竹海那方情

吴绪久 著

中国出版集团 现代出版社

图书在版编目（CIP）数据

竹海那方情 / 吴绪久著. -- 北京 : 现代出版社, 2018.3

ISBN 978-7-5143-6916-8

Ⅰ. ①竹… Ⅱ. ①吴… Ⅲ. ①中国文学－当代文学－作品综合集 Ⅳ. ①I217.2

中国版本图书馆CIP数据核字(2018)第041217号

竹海那方情

作　　者　吴绪久
责任编辑　杨学庆
出版发行　现代出版社
地　　址　北京市安定门外安华里504号
邮政编码　100011
电　　话　010-64267325　010-64245264（兼传真）
网　　址　www.1980xd.com
电子邮箱　xiandai@vip.sina.com
印　　刷　成都市兴雅致印务有限责任公司
开　　本　710mm×1000mm　1/16
印　　张　15
字　　数　251千
版　　次　2018年3月第1版　2020年6月第2次印刷
书　　号　ISBN 978-7-5143-6916-8
定　　价　52.80元

弹指，别再一挥间（自序）

——写在《竹海那方情》前面的话

岁月如梭，弹指一挥间，太可怕了。

坦诚地说，我编辑《竹海那方情》这个集子，动议很晚。近些日子，翻读那些过往的文字，也常常让我感动，时不时还对心灵产生些冲击，因而，我便想着，这些文字还是有些可取之处的。既然还能让我感怀，也许对大家有些益处，让大家读出些岁月的印痕，读出些过往的云烟，读出你的共鸣，于是，我便着手了。尽管岁月如梭而去，但弹指不应再一挥而走，或淡淡的，或沉沉的步履应该在笔间留存。

从2002年起，我连续参加过三届“中国作家看神州”的笔会活动，一是在惠阳，一是在怀集，一是在长宁竹海。这些笔会活动的规格都挺高，文化部原副部长陈昌本同志就曾任过采风团的团长。陈部长十分平易近人，对我们这些从基层来的作者也十分关照。记得在大亚湾时正下雨，他见我的雨衣被风刮破了，马上把他的雨衣脱下给我披上了，后来回到北京，还专门为我题写了“屈子风”三字寄来，以勉励我继续创作。这些笔会，中国作协副主席何建明同志都参加了，给予我们的采访和写作许多很直接的帮助，我在他们的身上也学到了很多东西。我国著名的报告文学作家赵瑜老师在长宁时还专门为我题赠了“神往夷陵”几个字，表达了对我们宜昌的喜爱；著名的文学评论家，也是中国报告文学学会副主席李炳银老师也给我留下了“行到安西更向西”的墨宝……当然还有很多名家和大家，在他们的影响下，我的写作还是顺利的，在惠阳，我完成了《走惠阳》一文，后刊于《中国作家》2002年年终刊上；在怀集我根据安排完成了《金丝燕，伴着丁香花儿放飞》一文，后来何建明老师主编《中国作家走进怀集》时，收录了这篇文章；在长宁竹海我写的《竹海那方情》由《中国作家·纪实》杂志刊出。另外，我在惠阳还写了两篇东西，一是散文《会水楼》由《黄河文学》发出；一是诗歌《大亚湾的夜》由《草原》发表。这真得感谢《中国作家》给我的机会，对我的支持和鼓励！也感谢众多的老师对我的帮助和指导呀！为什么在这个集子中第一辑便用《神州笔荟》来辑录这些文章，就是为了表示对老师们的敬重，表达我诚挚的心情！

自我的写于汶川地震援建前线的长篇纪实文学《洒爱大渡河》获得“五个一工程奖”后，便不想再去写短报告了，但身边常常有些事又激励着我，感动着我，甚至还冲击着我，因而也便去写了些。《王者女性她名“红”》，便是写一位维权能手的，她的事迹是得到了肯定的，省里授予她荣誉，是应该歌颂的，《芳草·潮》刊登了这篇文章，是对她的进一步的宣传。《叶红才正时》是对一位财政当家人的记述，要为政府当好一个家很难，但这位朋友是做得不错的，他也得到了大家的认可；还有社会管理，也是近些年大家都比较关心的事，因而我也愿“那方田野漾起春风”。另外，汶川回来虽然已几年了，但我在汶川救灾援建前线采风的情景却仍时时浮现在心头，尽管《洒爱大渡河》一书已作过很多叙述，但这情结仍在，不能释怀，所以我把《汶川援建，历史不会忘记》仍然收录了，这段历史会唤起更多人之记忆的。因为是短报告，所以我把这辑定为《峡山短章》了。

第三辑《旧曲新歌》便纯粹为一些散文篇章了，但的确又有点“报告”的痕迹。这些年，各地都在发生着大的变化，有些地方也变得无法相认，尤其是那些老地名，犹有历史沉淀的地名，稍不注意，它们便消逝了，是变化让它们淡出了人们的视野，因而，我有意识地去作了一些记述。比方说“下马槽”吧，这是当年“夷陵之战”后，刘备兵败“夷陵”而择路回川，走到此处山地大坡陡，而不得不“下马”之地。而就在这儿后来却崛起了一个“湖北宜化集团”，也许再过若干年后，你就不知道有个“下马槽”了，而只知道湖北宜化了。再说“龙凤山”吧，可能知道的人很少，因为这儿有了个稻花香集团，殊不知，“稻花香”之名早已盖过了“龙凤山”啊，所以，我以这些老地名之名，记录了一些变化，一些发展，虽然有的文章“出笼”的时间也有些早了，但毕竟还是历史的记录，仍然是会有些认识价值的。2000年时，我曾随《人民文学》的朋友们去过一趟欧洲，也曾有过很详细的出访记录，本想回来后好好写点东西，可至今无以为叙，只写了一篇《鱼岛“马”缘》，后收入《宜昌散文》，这里也录进吧，这是欧洲之行的唯一文字，也算是对欧洲之行的一个纪念了。

这几十年来，我写过的文字的确不少了，零零散散的，说也说不清楚。在文字的旧库中翻读，我总不免又翻出些东西来，久远久远的，这些放在第四辑的篇章，的确是“走过风雨的”一些文字，一些是在那特定历史之中的文字，是有着很鲜明时代特征的。《一束绽开的桂子》可以说是我第一篇称得上真正意义上的“短报告”作品的，它成稿于1978年。这是我大学时的一篇作文，从文中可以见出是受了徐迟老师《哥德巴赫猜想》影响的，我的大学老师给予了较好的评语，也应在情理之中吧。《风雨迹陈》是带着风雨的文字。

岁月如梭。几十年就这样流走了！弹指一挥间，真的“弹”得人一身冷汗！

作为我们，怎样来留住这些岁月啊？也许没有别的办法了，你只有尽你的义务，尽你的责任，用笔尖去挽留吧！用你的笔尖去送走风雨，用你的笔尖去迎接阳光！用你的笔尖去蹚过岁月的长河，用你的笔尖去织出明日的锦绣！

弹指，别再一挥而去；弹指，应该弹奏的是时代琴瑟！

2017年6月26日于宜昌半岭居

目录

CONTENTS

第一辑　神州笔荟

第二辑　峡山短章

第三辑　旧曲新歌

第四辑　风雨迹陈

第一辑　神州笔荟

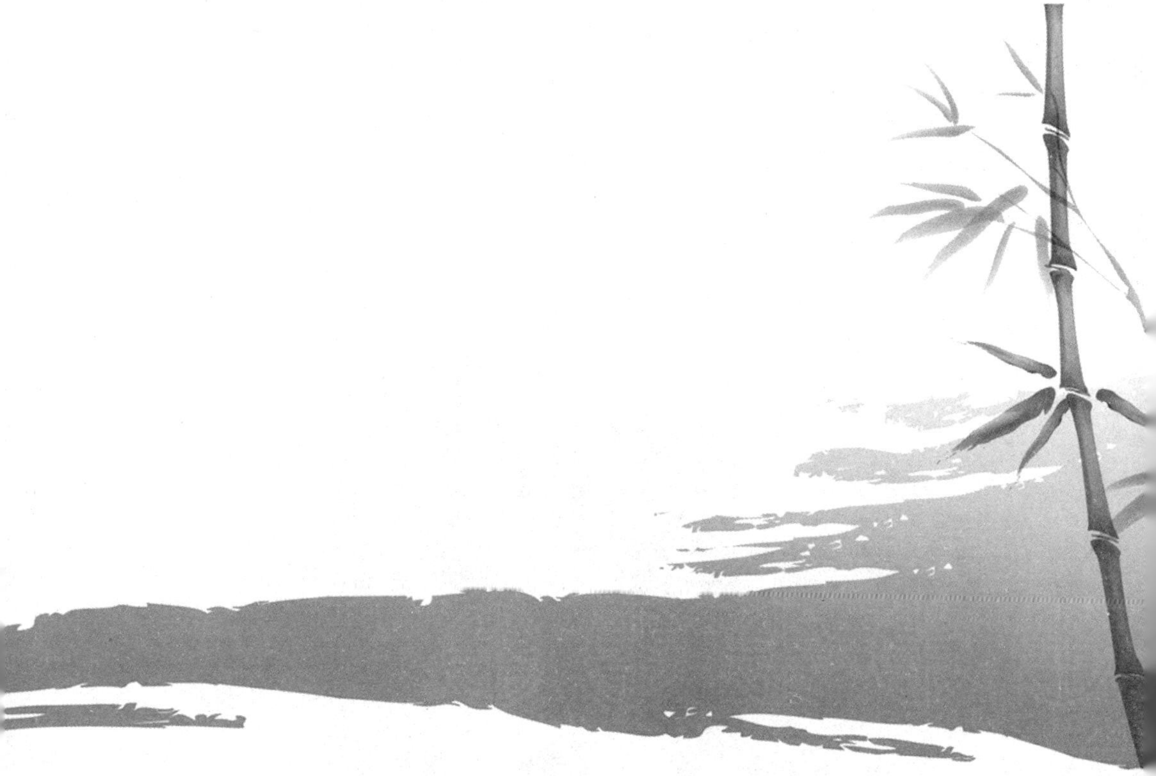

走惠阳

我走惠阳，是在“七月流火”的日子。应文友相邀，便踏上这块既古老又年轻，既神奇又充满无限希冀的土地。

说来也很惭愧，关于惠阳，过去我的认识太少，几乎不知道惠阳就在珠江三角洲，更不知惠阳与深圳、与东莞那么相邻相近，又有那么多千缕万丝的联系。当飞机降落在深圳宝安机场，当汽车把我接入惠阳，见那齐齐整整的椰树带，那碧碧绿绿的台湾相思林，那红得艳人的南国樱花，如图画般美丽，似绢绣般清丽，差点让我高呼起来：

南国风情一望收，
相思绵绵树悠悠。
樱红椰绿织若锦，
画展惠阳诗涌流。

说惠阳古老，这一点儿也不夸张。从公元336年东晋设立，隋开皇九年（589年）后称归善县至1994年撤县建市，其间有1628年历史。这浩瀚的历史长河留下了多少深邃的内涵，走惠阳，你是不能不去探访的。

在镇隆镇有一座典型的民居院，当地称为客家围屋，共有9厅18井，262间，它建于1798年。为叶文昭公所建。这围屋长约100米，三道拱门。从正门进去，有四道天井，五重门槛，中间拱门上大书“琼林世居”4个大字，并配对联一副：

南阳绵世泽
东粤绍家声

从正门而入，那四道门槛都嵌刻着十分醒目的对联：

龙缠肇岁
凤纪书元

所爱诗书绵世泽
还期孝友振家声

学东平王格言为善最乐
遵司马公遗训积德为先
……

它们无一不在警示着后人。

然而，更让人惊奇的是在厅堂右侧墙上有一石刻，你是不能不去叩读的。那是光绪三十一年（1905年）所立的10条戒示：

教孝悌睦宗族务正业重国课
守国法戒非为崇节俭端风俗
敬师长和乡邻

看罢，你怎能不去做一番思索？你说它是家规族律也好，你说它是乡规民约也好，不论怎样看，我想中国作为一个礼仪之邦，作为一个文明之国度，不正是通过这一家一族所展示的吗？而正是这一条一条的规训才培育出了客家人质朴的民风，才养育出了惠阳儿女那一股向上的精神。

在千千万万的惠阳儿女中，叶挺将军应该是最具代表性的一位了。他率师北伐，为中国革命立下赫赫战功，成为后继者永远敬仰的榜样。

在九州大地，不知道叶挺的的确不多，但知道叶挺是惠阳人的也的确不多。我是到了惠阳才知道的，叶挺是惠阳市秋长镇周田村人。他的故居名曰：会水楼。是一个群山环抱的村落，一个绿树掩映的宅第。高大的荔枝树，壮实的龙眼林，总是发出诱人的冲击波来。在这个环境中叶挺度过了他 14 年的少年生活，且从这里走上了革命道路。

进村之前，知情的朋友曾向我展示了一幅“风水图”。说叶家的宗祠坐落在会水楼，叶挺故居后的山为石鼓峰，山下有东西两条水流，山到祠堂处隐没，水到祠堂处汇合。因而说叶家要出伟人的。究竟怎样去阅读这个传说，暂且不论。但人们对叶挺的崇敬之情是不言而喻的。

作者在大亚湾

进村之后，我读得多的依然是“崇敬”。一条宽广的大道把我带到了会水楼，当地政府已投资 120 万元将这楼整修一新，白脊灰墙，看上去显得极其肃穆庄重。在会水楼，我会着了叶挺的侄孙子，他和妻子已年过五旬；还遇着叶挺的一位重孙媳，她年已 48 岁。一见面他们便向我侃侃谈起叶挺的往事来，说他读书时是如何恪守家训，如何恪守校规，而后又如何志图报国，投身革命后又如何回家动员兄长一起踏上救国之旅。他们谈起来，是那么沉重，而又那么自豪，也着实令我感动。以至后来，当我再次读到一位国家领导人的“北伐名将，

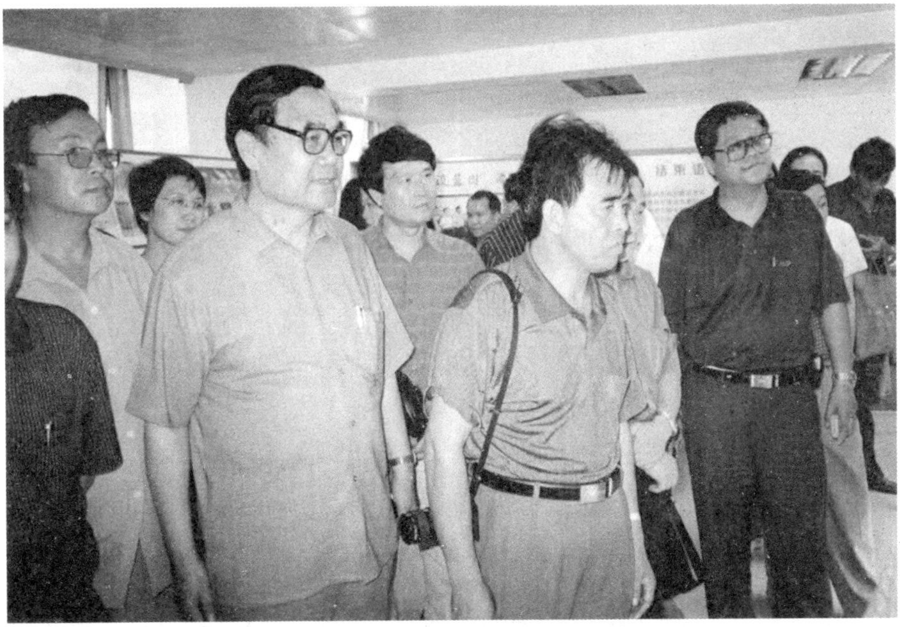

文化部原副部长陈昌本（左二）带团参观惠阳发展展

抗日英雄。铁骨铮铮，浩气长存”题字时，我想得更多了。惠阳，它是英雄的故土；叶挺，他是惠阳的骄傲。他那铮铮铁骨，定是后人永远学习的楷模；他那长存的浩气，定是惠阳人民永远受用的精神食粮！

惠阳是年轻的。说她年轻，这并不是我虚伪的夸词。1994 年撤县建市，原惠阳改为惠州市。而一个新的惠阳市便是以淡水镇为中心建立起来的。算一算，她是刚刚度过 8 岁的生日。就人生而言，是刚刚步入童年的孩子；就岁月来讲，那更是极其短暂的一瞬了。但看看惠阳，却是超越了童年，向你展示着那么靓丽的青春风采。

惠阳市“主人”向我们介绍了几组数字：全市版图仅 2178 平方公里，总人口为 50 万，建有工业园区 4 个，合资、独资企业 2250 多家，2001 年全市实现 GDP115 亿元，工农业总产值 228 亿元，财政收入达 3.1 亿元，县（市）级综合实力居全国第 57 位……他们淡淡地说来，却重重地拨动了我的心弦。短短的 8 年，这是怎样的 8 年啊！

对于工业园区，过去我的认识很少，我竟想象不出那是怎样的布局，那是怎样的规模，那是怎样的运作，而又是如何的火红。

走惠阳，自然也就走进了工业园区，走进了这现代文明的创造方阵，走进了这一个又一个魔幻的世界。

“联想”，这是中国叫得响的高科技品牌，堪称“中国微软”。谁都知道，它应该是属于北京的。到了惠阳，我才知道，它同样属于惠阳，全国三大生产基地，惠阳是其一。他们亲切地称之为“太阳城”，大概是阳光尤为惠顾吧。太阳城的人们一说话，总是充满着自信。

他们的设计能力是150万台/年，而2001年便达到147万台/年。算算这笔账吧，若每台创造1000元的价值，便是14.7亿元；若每台创造100元的效益，便1.47亿元啊。

在太阳城里，我首先是对他们的企业精神“创业创新，诚信共享，精准求实，服务客户”产生了极浓的兴趣。走上楼去，他们那井井有条的管理，工人们一丝不苟的操作，令你走路时小心得怕踩响楼板。整个车间静静的，如蓝色的多瑙河，没有风声，没有雨声，只有作业线在静静流动。我还和文友们一样，对他们开发的新产品发生了极浓的兴趣，禁不住在键盘上敲打几下，在汉字显示板上书写几笔……说实话，我们是陶醉在这科技的氛围之中。

“联想”提出他们的远景目标：高科技的联想，服务的联想，国际化的联想。看罢又有谁能不相信“太阳城”的春天不会早来呢？“春风已度玉门关”，自然，百花定当香满“太阳城”！

走惠阳，你也是应该到大歇工业园区去看看的。这是一座台商独资的工业城。以生产和销售高级灯饰为主。1991年第一期征地6.5万平方米，以后又陆续征地60万平方米，建起了7个工业小园区，园区内还建有游泳池、钓虾场、度假村、跑马场、“台湾商业街”等，仅绿化面积已达30万平方米，专业园艺队伍15人。可想而知，这里该有着多么庞大的生产制作队伍。少说也有万余人了。业内人士告诉我们，到他们第9个小区建成后，便会拥有3万员工……

不说这些吧，我们权且去看看它的产品。

一进产品陈列室，我们都惊呆了。这里的灯饰真是五花八门，琳琅满目，有圆的、扁的、方的、坐式的、站式的、卧式的、玫瑰形的、梅花形的、橄榄枝形的、杨柳枝形的……真是应有尽有。说来，你也许不会相信，这些产品还真没有一类是针对国内生产的，它们不是飞往密西西比河，就是飞向了阿尔卑斯山；不是远渡加勒比海，就是登陆亚平宁半岛……我的一位朋友质疑：一个小小的灯架，一个小小的灯座，一个小小的灯罩，一个小小的灯头究竟有多少利可图？而他们却正是在这传统的工业产品中，在不经意间创造着奇迹。不看不知道，的确，不去惠阳，谁能想象出他们的年产值竟然突破20亿元？我佩服他们，佩服他们的战略，佩服他们为社会和人类所创造的价值。然而，更让我佩服的应该是惠阳人。

事情也真巧。那一天当我们走出镇隆镇时，赫然看见“宜昌制衣厂”几个大字。我就是从宜昌来的！是宜昌哪一位在这儿干起了事业？可能是我的寡闻。我只能在惊异中猜测。当然，我也无法去猜度这个厂的规模。后来，我还是忍不住向几位镇长发问了。他们告诉我，“宜昌制衣厂”到这儿已经有几个年头了，现在的生意做得很大。你所看见的是他们的旧厂址，现在已经全部搬进了工业园区，开始了新一轮的创业……

镇长的话给我留下了很多想象的空间。在宜昌有个制衣厂我是知道的，不过已经关闭。为什么在惠阳新生了，发展了？果真是“橘生淮南则为橘，生于淮北则为枳”吗？果真是“水土异也”？创业者是在永不停息地追求。而他们为什么能鼓起不断前进的风帆，当然只能回到惠阳，回到这一片热土上……

惠阳的“主人”对我们说，从建市开始他们便推出了“三大板块”战略，一是以淡水镇为中心，二是以陈江镇为中心，三是以水口镇为中心。三大板块，一个目标，努力营造经济环境，加强招商引资力度，拓宽发展视野，壮大整体实力。短短8年，他们已经实践和正在实现着他们的诺言，换一句话说，就是劲舞“龙头”，强舞“龙身”，力舞“龙尾”，一条“龙”全活了，惠阳焉有不腾飞之理？三大板块将形成一个强力的三角支撑，那托起的又怎能只是一座城市，难道你不会想到，那托起的又怎么不是一段辉煌的岁月，一轮永远充满活力的耀人的朝阳？

走惠阳，令人感触万分。中国作家协会副主席、文化部原副部长陈昌本同志一席话说得至妙之极。他说，有的地方是经济不发达，文化不发达；有的地方是经济发达，文化仍不发达；有的地方是经济发达，文化事业也相当发达，惠阳就是属于后者。好啊！

他是以特殊的感情在讲述着他特别的感受，自然，他也是说出了我们心中的话。“文化”，在惠阳有着非一般的魅力。

一走进惠阳，我就被他们的文化广场所吸引住。

在新世纪来临前夕，为了提高城市文明形象和提高市民生活质量，惠阳建成了这项富有时代特征的大型环境工程。广场由一个中心、两个节点、三个活动区以及多层面立体景区组成，长700多米，纵深达200多米，总用地面积达15.6公顷。并吸纳了中西方传统思想，融合了现代造园意境手法，草坪、廊道、曲桥、叠水、树木、花卉，交错交生、互衬互托、相映生辉。倘若你徜徉其间，你定会感受到激光喷泉那声、光、色的跌宕诗潮和流动的画音，那玻璃光球游动折射的光环，以及那永不凋谢的南国绿韵。尤其是每到夜幕降临，每当月牙儿升起，又有闪闪烁烁的星星相伴之时，你就不难想象，为什么会有那么多人席地而坐，高举酒杯，相互祝福吧。原本，它就是属于人民的。

那一夜，朋友们伴着广场度过了一个难忘的夜晚，迎来了又一个朝霞满天的日子。第二天，在霞光中，我们走过广场，又走进了市图书馆。走进了这幢刚刚落成的大楼。据说，市委市政府计划办成10件实事，其中有6件就是文化工程，这图书馆就是其一。其规模，其豪华程度，我们结伴同行的朋友都同声叫绝。而令我最惊叹的是，这馆的资金来源，不是伸手向上要，而是社会各界人士共同承捐的义举。修建图书馆，就是为了提高全民的素质，而民族素质的提高自然是全民的责任。走进图书馆，我便不想走出来，我站在那块捐资碑前想了很久、很久……

文化，在惠阳是光彩的。同样，教育在惠阳也是风光的。俗话说，知教育者知未来。惠阳人是在向我们表白。三大板块能托起今天的惠阳，明天的惠阳靠什么支撑？靠人才，靠教育！这是希望所在！在崇雅中学，那十几栋正待完工的新校舍似乎在向我们昭示着：希望将从这里升起！

笔会作者留影大亚湾

走惠阳，谁也忘不了在高级中学那短暂的一瞬。惠阳高中，这是一所历史悠久、闻名遐迩的学校。说它历史悠久，是因它始建于1901年；说它闻名遐迩，是因为它培养过叶挺、曾生（东江纵队司令员）、黄焕秋（中山大学原校长）、肖扬（最高人民法院院长）等一大批精英人才。我们走进了惠阳高级中学，真像当年走进北大、清华那般的感动。新校区投资1亿多元，占地14.5万平方米，建筑面积达9万平方米，绿化面积达到6万平方米。虽然正值暑期，校园是宁静的，然而却又是火热的：那绿茵茵的足球场，那暗紫色的塑胶跑道，正向我们展示着一个个龙虎健儿的身影；在校园的另一侧，我看见参加英语夏令营的孩子们，黄黄的T恤，轻轻的话语，似乎又在向我们传达着另外一种信息……

无数学子从这里起飞，从这跑道跑出的，从这英语角走出的，他们是惠阳新一代骄子的代表。是啊！他们是明天的星星！他们是明天的惠阳！他们是永远闪烁的希望！

夜晚，联欢晚会又开始了。小星星艺术团有板有眼，多姿多彩的艺术表演又把我们带到了无尽遐想之中。我想，也许有一天，他们要走进电视屏幕，去向全国的观众展示他们才艺的。既然小星星已从惠阳升起，有谁怀疑他们不会在祖国的天空中闪耀……

走惠阳，我还领略过三块不毛之地的风姿。大亚湾就是其中之一。

到过大亚湾吗？

大亚湾海域就在惠阳之南。走惠阳，你就得去大亚湾走走。

那天，一条游艇载我们驶进了大亚湾。这天，风并不大，但浪却很大，风浪摇得游艇欢快地跳起“迪士高”来；雨并不很大，直浇得人凉丝丝的，这种情景倒使人很容易进入“道是无晴却有晴”的意境中去。朋友们在风雨中乐得都不想进入仓中去，任凭风吹雨淋，大概都想品味一下拥抱风雨，拥抱大海的滋味吧。

文化部原副部长陈昌本（中）带队感受大亚湾海韵

我站在甲板上，我更想品味的还是惠阳人搏雨抗风，励精图治，改写历史的气概和情怀。

大亚湾就是最好的见证。

大亚湾距香港仅47海里。20世纪60年代，内地困难重重，而香港正步入繁荣之时。其时，大亚湾更是一个荒凉的小渔村。全村皆靠打鱼谋生，清晨出去打鱼，然后便到香港去卖，晚上再驾船回家。时间久了，他们便不再回来了，干脆在香港定居下来，有的继续打鱼，有的便改做他行了。两年下来，全村人几乎走了个精光，最后剩下一个“主任”也耐不住，渡海也去了香港……

听完这个故事，我真不敢相信，眼前的这片海域曾经就是一条“逃港”的暗流。现在，它完全变了，成了一条回归的航线。这是多么惊人的变化啊！几位朋友站在甲板上，让风雨淋透了全身衣裤依然饶有兴致地眺望大海，可能也是被这故事所感动了吧。

我回头看看大亚湾，那儿已建起了海滨浴场，建起了游乐园所，往日的渔村已成为一座现代化的集市。“主人”告诉我们，“逃港”的人早都回来了，现在大亚湾的人都富了，谁还再干那些蠢事？而且，大亚湾的前景更是不可估量……

“大亚湾是个难得的深水良港。你看大亚湾畔，周围青山相拥，水域开阔，是很有潜力发展成为一个国际大港口的。”依然是陈昌本部长的一席话道出了我们大家的感悟……

其实，现在是台湾人、香港人回来寻求发展了。从大亚湾大甲岛回来，中午就餐的那家海鲜城就是一位香港先生开办的。他请大家都美美地品味了他的海鲜。

其时，我也和大家一样品味不尽。然而，我更相信我们品味的还有大亚湾那惊变历史的佳肴；还有惠阳人赢取丰收的喜悦。

这种滋味，后来我们到山上去也同样品尝到了。那山隶属镇隆镇黄洞村，原也是不毛之山，名为石坳背，听这几个字你就会有种荒芜的感觉。乘着改革的东风，镇里大胆将这些荒山承包出去。一位姓黄的农民便在这里办起了果场，整整300亩。他的承包时间是14年，第5年便开始收益了。山上种有荔枝、龙眼、黄枣。而且品种尽是好的，就说荔枝吧，有贵妃美、有桂味、有“糯米糍”；龙眼却是清一色的百夹。我们来到山上，虽然荔枝的收获时季已过，但那满山的龙眼，一树一树的，一簇一簇的，放眼一望，像一山硕大的翡翠，镶嵌着一层深黄色的宝石，诱得人心痒痒的，口水直流。果场的主人希望大家好好的品尝品尝，其实，真到果树下，又有谁舍得去大口“吃饼”！只是这棵树下摸摸，那棵树下摸摸，当真的掰开一颗放进嘴里时，那种喜悦真是难以言表的。

是的，这是真正在品味丰收啊！在分享惠阳人收获的喜悦啊！

我不经意地问了问那果场的主人，他告诉我，2002 年荔枝已收获 7 万斤，龙眼可能是 6 万斤。算一算账，收入近 30 万元的。你说这不是收获吗？

一位农民，一年能从山上捞回 30 万元，你能说这不是奇迹吗？

我的朋友们在山径，在林间那种兴奋劲是足以令人欣慰的。

惠阳，你太神奇了！你似乎就是一个制造奇迹的工厂。

是夜，当我们返回淡水时，又经过了一片不毛之地，“主人”更兴奋地对我们说，已经准备 8 年的中国壳牌公司已在这土地上破土动工了，这是一个投资 40 多亿元的项目……

请想一想，两三年后，这里又将以怎样的形象昭示后人啊！你能说这里不会诞生一个更大的奇迹吗？

啊，惠阳，我真服了你！

我是从三峡宜昌来到惠阳的。我走过三峡。我曾对朋友们提议：

“你想走四方吗？那就请你首先走进三峡吧！走进这世纪的画卷之中！”

现在，我走过惠阳。看来，我得再对朋友们补上一句了：“你想走四方吗？你走到了南方，千万千万要抽时间去走走惠阳！去领略，领略那迅速崛起的希望！”

走罢惠阳，陈昌本部长把他的感受凝练成 8 个字：

光辉征程，众志成城

他送给了惠阳。

我的一位朋友也挥毫写下了这样的感受：

满城秀色满城春
靓丽惠阳可醉人

《中国作家》李文忠主任（右）在采风中

中国作协副主席何建明（中）在采风中

而我呢，起初我想到这样两句话：

惠风沸淡水
诗意涌东江

想送给他们。却又总觉得没能很好表达我“走惠阳”的感受，只好把它收回脑海之中。

我决心再搜寻两句最美的词来献给这块神奇的土地，令我们永远骄傲的惠阳。于是，临别的那个晚上，我失眠了……

2002年9月，原载《中国作家》2002年年终刊

附：

大亚湾的夜

大亚湾的夜
很静　很静
月亮没有升起
星星没有闪现
我极目海天

只觉得
咫尺里
便是那沉沉的地平线

不知过了多久
风声徐徐
把浪花引荐
那浪花一层一层
串起
银色的项链
在夜的掩映下
游人睁大
近乎贪婪的双眼
张开双臂拥抱
无止无尽的爱愿
带回家吧
想一想
梦又那么的遥远

有一个女孩
伫立在弯弯的海岸边
背后是大海
一道没有终点的弧线
海水轻轻荡过
把她脚下的沙滩抚遍
海风轻轻拂过
把她飘逸的秀发吹卷
她扬了扬手臂
她提了提脚丫
平平的沙滩
刹那间
便留下一份美丽的答卷
她说

这是唱给大海的乐章
这是献给浪花的诗篇
看过去哟
浪花真的谢落
海水真的退远
也许是　怕惊动
她永远静穆的心田

夜深了
游泳的人们不肯离散
狂放的性格
多像大海
发怒时的嘴脸
你不下水吗
浇你一头浪花
你不湿衣吗
让你丈出海的深浅
多欢快的笑声呀
融融
甜甜
又串起一道
海岸的风景线
倘若你要品尝
那海水总是
涩涩的爱
而那笑声
总是清清的甘泉

我走着
沿着曲曲折折的沙迹
我走着
踏着涨涨落落的浪花
月亮升起来了

星星闪现出了
远方又跳出
一排排明亮的灯影
那是澳头的世界
正和着大亚湾
共同筑起大海的乐园
啊，梦的夜
好近　好近

竹海那方情

把我们的爱赋予自然；
把我们的情赋予竹海。

——采访手记

走进竹海，这是我人生的大幸。

东坡先生曾说，不可居无竹。可我们久居闹市，那是无缘享受竹之温馨的，更不可能在竹的怀抱中去品味生活。今天当我们走进中国竹乡，走进蜀南竹海，那种愉悦真是无与伦比的。那竹的美轮美奂，那是诗，那是画，它让所有的人，更让我激动着，沉醉着。

爱竹人生今又甚，
竹桥竹路伴幽清。
彩风画雨仙乡客，
歌赋绕梁送婉音。

这是我即兴写下的一首赞词。也是我发自内心的感受。

我爱竹海。

而当我听说了竹海的人们为竹海的昨天，今天，抑或明天所赋予的那份真情后，我更觉得：竹海可爱，而竹海那份情更是可钦的。那份情是厚重的，厚重得如那满山的翠竹淌落下无数的玉来。

（一）

在蜀南竹海，长宁县委宣传部的同志，给我们讲述了这样一个故事：

感受竹海

很久很久以前，有一位叫瑶琴的仙子，为七仙女之一，她看出长宁这个地方太美太美，于是便有了思凡之心。不久，便偷偷地飘下凡尘来了，真有点“碧海青天夜夜心”的感觉，禁不住人间的诱惑，在长宁这个地方与一位酷爱种竹的山娃子结合了。这样一对恩爱的夫妻，就这样植竹爱笋，相依相伴，生存生活，把竹种得青葱翠绿，把家园打扮得胜似人间天堂。一年又一年，也不知过了多少年，瑶琴压根儿就没想着回到天宫去。不料此事被王母娘娘发觉，即令她回到仙池瑶地，可瑶琴怎么也不听招呼，硬是不走。王母娘娘既心疼也无奈，只得由她去了。于是，山娃子便成了竹王，瑶琴便成了竹后，这蜀南之竹便在竹王竹后的呵护之下愈发的隽秀美丽了，直到永远……

这个美丽的故事让我真切地感受到，蜀南的人们是爱竹的，他们倾注给蜀南竹海的情是可以感动上天的，王母娘娘都被感动了，还有谁不能被感动呢！

著名报告文学作家赵瑜（左）在采风中

“我们尊重大自然，顺从大自然，把我们的情爱倾注给大自然，我们便能得到大自然的回报，享受着大自然的恩惠。”

“倘若我们不给予大自然，大自然也不会给予我们。”这是竹海人的感悟。

我想这是一个真谛，

是自然的原则，也是这故事的注脚。

我们不妨再读一读他们徜徉在竹海中的文字吧。从他们的笔下我们更是能体会这份浓浓感受的，他们对故土的爱，对竹海的情，真挚而又多彩。

在《解读竹海》一文中，我们读到了如此动情的文字：

“蜀南竹海的美，美在其‘秀’。在这片竹的海洋里，修篁接天，苍翠欲滴。二十八条峻岭，条条如苍龙出海；五百多座山峦，座座似青黛点点。”

“蜀南竹海的美，美在其‘幽’。万顷竹海波涛涌，千年茂林曲径幽，信步林间，朝可闻杜宇啼鸣，暮可听琴蛙奏吟；晴可览天光云影，雨可赏烟雾迷离。”

“蜀南竹海的美，美在其‘雄’。且不说那丹崖断壁的陡峭，也不说那飞瀑溪河的激越和那古亭老寺的峻伟，单是那万万千千竿柔竹构筑成的浩瀚世界就足以感动人，让人真真切切地感受到自然的神与力……”

这是胡力先生的感悟。这位在竹海拼打了几十年而已走上管理岗位的汉子，把他对竹海的那份特有的情感，凝聚在寸毫之下，向世人进行了坦率的吐露。从这文字中，我们读出的不仅是竹海之美，更是情的淌流。

“淯水泱泱，竹海苍苍，泱泱淯水染润几多景致？苍苍竹海掩映多少风尘？春赏佛来山之晓雾梨花，夏泛翡翠峡之烟波扁舟，秋欢古石林之竹石竞秀，冬玩海中海之瑞雪湖光……绿色呼唤长远，生命热爱康宁，康宁竹海长春，长远世衍绵延。”

宣传部部长如此道来。他呼唤绿色，赞美生命；他呼唤康宁，赞美长青。苍苍竹海岂止是掩映了竹海人对竹海的万般钟情！

伍荣祥是一位土生土长竹海人。读一读他的《竹海情》，听一听他的《竹林》之歌吧：

夏日时节，你的海面一片金黄。
在你的内域里外域里，我看见，

那不仅仅是早晨，而黄昏那缕缕阳光也是灿灿的。

渡一只舟去彼岸吧——
醒着，你是剪影；
梦着，你是剪影。

也许是吧，在竹海，人们便是在这剪影中生活。这剪影是人们用情抒写的，用爱画就的；它是一片金黄，有如灿灿的阳光。

的确，我们在竹海畅游了两天，每到一处我们听的读的看的，都让我们有着同样的感受。我们为竹海的美所折服，我们为人们倾献给竹海的厚重之情所感动。我们的团长李一信先生在那大红的留言册上禁不住写下了4个字：

竹海情深

我也抑制不住自己的心情，把人们对竹海的那份淳情也凝成了4个字：

竹情海深

这是我对这竹海的真切感受。

（二）

万岭箐。

一个十分独特的地名。蜀南竹海的象征。主人说，这“箐”字是字典上没有的。我查了查，有些字典没收，但《辞海》和一些大型字书还是收了这个字。而注释却大体相同，或为竹名，或为茂竹，总是与竹有关吧。而这地名为什么从“竹”，从“青”？主人告诉我，是与那美丽的传说有关。

而我，倒更愿意认为，这地名是与一段史实有着千丝万缕的因缘。

明朝年间，张献忠在四川大开杀戒，偌大一个蜀地被杀戮得只剩3万余人。蜀南也未能幸免，本为“长宁”，实不安宁。所剩人口寥寥无几。

人们为了生存，便不得不隐身山林。于是，靠山吃山，便成了谋生手段。这万岭之山，竹也便青青翠翠地生长了。这“箐”也便成了这山岭的代言。

《人民日报》编辑孔晓宁（左）在采风中

然而，这毕竟是旧话。

而真正使这千山万岭翠竹青青的却是进入 20 世纪 90 年代的事情。

在一份文件中，我读到了这样的说明：

长宁开发利用竹子的历史源远流长，在改革开放的热潮中，长宁人清醒认识到竹资源是最为宝贵的自然资源。20 世纪 90 年代初，县委、县政府确立“以竹海兴县”的发展战略，将保护和开发利用竹景观，发展生态旅游提上了重要议事日程，柑橘、蚕桑、竹业、矿业被确定为县域经济发展的四大项目，县委、县政府成立了专门工作机构，负责组织实施四大项目开发。以此为标志，长宁县竹产业进入了一个新阶段，竹林基地逐年发展壮大，退耕还林工程的实施为成片竹林基地的建设注入了强劲的生机和活力。

县委、县政府对长宁的历史是了如指掌的，对竹的认识是深刻的，对长宁的竹文化是重视的。唯此，才能大胆提出“以竹海兴县”这一重大战略举措。

这其中，有一位老人我们是绝不能淡忘的，虽然他已退休在家，但他的精神却仍然闪烁在万岭箐人们的心头。他就是时任县委副书记的龙章和。他走遍了万岭箐的山山水水，访问了无数的专家学者。然后大胆地提出了一句口号：

扛着竹子奔小康！

就是这句口号，它成了农民的口头禅；这口号它也化为了一面旗帜，呼啦啦地在长宁县 8 乡 10 镇的上空飘扬着。

一场退耕还林的工程铺开了！

一场以竹兴县的人民战争打响了！

这其中，长宁的人民做了哪些工作？现回过头来看，他们所作的很多

很多的总结都是值得肯定的，也是值得我们去认真体会的：

一是优化思路，突出重点。县委，县政府认真分析审视县情，集中民智，科学确定并始终坚持“旅游富县，特色强县”发展战略和“旅游先导，工业支撑，农业强基，城乡统筹”的发展思路，按照竹产业要“科技兴竹、系列开发，争创名牌、跃上台阶”的总体要求，坚持以市场为导向、科技为支撑、基地为依托、加工企业为龙头、产业升级为目标，坚持统一规划、合理布局，高起点、高标准，整体推进。

二是大力发展多种形式的股份制和股份合作制，引进龙头企业和“五专”组织，与农民通过合同、契约、租赁经营等多种形式，结成经济利益共同体。大胆探索林地所有权、承包权、经营权三权分离的运行机制，形成业主包租、流转经营、规模发展、股份合作、协会带动等多种经营模式。

三是用好用够退耕还林政策，鼓励对荒山坡和坡耕地实行承包造林，给予造林补助，引导农民大力发展笋竹两用林。规范收费标准，取消一切不合理收费项目和不必要的流通检查。不断加强市场整顿力度，为各类市场竞争主体参与平等、有序竞争创造条件。

四是以科技为支撑，大力实施科技兴竹。全县上下始终把科技作为推进竹业产业化的第一要素来抓，切实抓好新品种、新技术的推广运用，限

笔会作者在长宁竹海留影

制发展黄竹，稳定发展楠竹，大力发展苦竹、绵竹、杂交竹、麻竹，建设高质量的竹原料基地。

这些是他们一代又一代领导人和全县父老乡亲用心血写成的体会，是他们用一个又一个事实编织的经验。这是铁定的、不可动摇的。

那晚，我和林业局副局长、林业科技推广站站长进行了长谈。从谈话中，我感悟更多的还有那：

以“竹”种竹的精神；破“笋”种竹的态度。

以“竹”种竹，就是用竹的气节、品格和那坚韧不拔的精神，去对待种竹造林一事；破“笋”种竹，就是反对一切的“嘴尖皮厚腹中空”的做法，反对一切的形式主义，务实求真，扎实苦干。

整整 20 年，他们没有一刻不在想着竹，干着竹，梦牵着竹，经营着竹；整整 20 年，他们该干了多少实事呀！

就说“退耕还林”吧，国家没有出台退耕还林政策之前，县里便出台了退耕还林补贴，引导农民种竹兴竹；国家出台了退耕还林政策，县里便逐户落实到位，激励农民种竹兴竹；国家取消了退耕还林补贴，县里依然拿出政策支持农民种竹兴竹。

笔会作者采风中

再说分片包干吧，春节以后，全县县乡镇村所有干部都得分下去领衔包片种竹。该什么时候种，怎样种，年初是不管的，而年底是要结账的。这时结的是硬账。有专门的验收小组，他们不知跑烂了多少双鞋，跑遍了全竹海的大大小小的山岭，小片数窝，大片分测，缺一补一，少一罚一。如此过硬，谁还马虎？

一组铁的数据足以向我们证明：

1998 年全县实现全面绿化达标；

2000 年荣获“全国造林旅游百佳县”称号；

2005 年竹林面积达到 45.8 万亩，全县 43 万人口，人均拥有竹林 1 亩多啊！

2006年被授予“中国竹子之乡”的荣誉称号，这就不奇怪了！

中央电视台曾以《老黄种黄竹》为题介绍了当地一位黄姓的农民是如何种黄竹的，这其中有何甘苦，有何心酸，是用不着我们去做过多说明的。我想，这其中肯定倾注的是各级干部的心血，是各级政府给予的阳光，和那肥沃的土壤，老黄种竹才得以成功了。

应该说老黄是千千万万种竹农民的代表。也正是因为有了这千千万万的“老黄”，才有了今日这蜀南竹海啊！才有了这千万山岭的翠竹青青啊！才有了这独特的地名啊——万岭箐！

万岭箐，一个让我们永远难忘的竹海之乡啊！

（三）

淯水河，一条贯穿长宁县，直奔长江而去的白丝带。

我们穿过竹生态隧道，来到一个名叫三里半的地方，登上游艇，便在淯水河荡游起来。

那淯水河，水清得透亮，两岸的硬头黄竹婆娑摇曳。而新竹又从婆娑中高高亮起，阳光下泛起银光点点。我们游荡着，时而有翠鸟鸣欢，时而又惊起白鹭翩飞，真如游在诗中画中，友人兴致勃勃地跨上船头，高扬起红色纱巾，犹如点燃一道亮丽色彩，于是乎，大伙儿心悦不已："我们不妨把家搬到这儿来吧！"

这景致真是美极了。

而主人告诉我们，这河两岸，以前是不种竹子的，全是农田，一到雨季洪季，水土流失相当严重，别说游玩，人居都成了大的问题。县委、县政府的第一批治理计划，第一拨退耕还林政策就是从这里开始的。

建设竹海的第一枪便在这里鸣响。

黄竹婍娓，淯水清秀。一道秀丽便谱写了蜀南竹海的序曲。

人们也不断从种竹之中总结出了一些有用的经验：

选好竹母子，保护龙眼睛；
留好发芽节，一窝栽两根；
接住天河水，斜度力求精……

这也成了长宁县人人会唱的童谣。这童谣也便摇着竹林成长，这竹林也便从当年的"婴儿"出落为现在的靓丽的"大家闺秀"。

过去长宁县城的人们外出，经常会遇上山洪暴发，回不了家。现在好了，在这童谣声中生态竹林形成了，山洪驯服了，淯水清澈了。

说到种竹，还真有些不简单。我们是外行，不知个中滋味，细听，才知"世界真是奇妙"。

种竹也需要"计划生育""优生优育"。用他们的话说是"采伐强度大了，竹子长不好；采伐强度不够，竹子也长不好"。

1999 年，县林业局副局长承包 250 亩苦竹林，经营了一段时日后，有人却向上级"举报"了，说"局长搞破坏，把竹子都挖了"。其实是人们还缺乏科学种竹的常识。局长是在调整龄级结构。按照苦竹生长的要求，砍小扶大，砍弱扶强，砍病留新，保持合理密度，并且在垦复之中去掉三头（树头、石头、竹头）。这些做法都与一个"砍"字有关，百姓们还不理解，认为他砍了竹就是"破坏"。后来，竹子生发得越来越茂盛，人们也就认可了。

林业科技推广站站长索性承包了一片边路的楠竹林，有 100 多亩。这位市级优秀专家，干脆示范给大家看。她按照低产林改造的要求，以丰产栽培的方式，一点一点地示范去做。过去人们常是砍大的竹，砍顺路的竹，砍得发笋率越来越低，竹子越来越细。站长不这样干，她把新生竹标上记号，把该砍的竹也标上记号，让农民们学着去砍。这一来，农民们也都变得聪明了，周围 1000 多亩楠竹林哗啦啦地就像喝足了奶的孩儿越来越高大，越变越壮实，真让人羡慕得没有办法。看着这些心血的结晶，用心花怒放来形容百姓的心情那是绝不为过的。过去一亩地产楠竹还不到半吨重，现在翻了两倍还不止呢！

自然，竹农的收入也是成倍的增长了。你说，有谁能有今天这么高兴哟！倘若大家有时间去林业局的荣誉室看看，那一墙一墙的锦旗，那一排一排的匾额，那正是社会对他们工作的认可啊！

说来，在常人眼中，竹子给人的感觉总是青青翠翠，精精神神的，有如淯水河边的硬头黄那样，婆娑多姿，缤纷多彩。殊不知，它也经常遭受病虫害的侵袭，什么沫蝉，什么黄脊竹蝗，什么丛枝病总是在寻找市场。1995 年就发生了一场大的虫灾，7 万亩竹子受到威胁。这虫灾的灭治又很麻烦，不能用重药，但又必须歼杀。此事迫在眉睫，不仅是林业技术人员急，县委、县政府一班人更急，当即便请来省林业病虫防治专家和四川农业大学的教授们，一起商议对策，并马上成立了竹病防治领导小组，拨出了一大笔专款，并打响了一场“彻治病虫害，保卫生态竹”的人民战争。尽管如此，还是用了 3 年时间，到 1998 年才控制住疫情。

坏事还真能变成好事，从这事中他们便悟出了一个道理：防重于治。也便从这以后，他们便在“防”上下功夫了。一方面，他们展开了一年一度的病虫普查，把病虫害灭杀于萌芽状态，2003 年入冬前他们就在富兴乡十里村挖出病虫卵块 700 多公斤，保住了那上千亩的楠竹林；另一方面，他们大搞科普宣传，把种竹知识传授给农民，县林业局局长告诉我们，他们每年都要举办好多好多的培训班，大型的有 5—6 期，小型的便不知其数了，从县一直办到村组，起先，教员不够，他们便先培训骨干，再由骨干去做教员，层层培训，我算了算，近几年全县有近 2 万人接受过他们的培训。此外，他们还制作了大批的种竹科普光碟，发到乡组，让农民们直观地感受那形象的说教，从中受到启迪。

果然，这几招也真有效果。病虫害少了，竹也便健康了，从一窝竹，到一片竹，到一山竹，到一海竹，呈现在我们面前的都是那么葱郁葱郁的。竹青了，山秀了，水绿了。我们品到的便是一首首诗、一幅幅画了。有如荡舟在这淯水河一样，人沉醉了。

淯水河，她能通向长江，她也能通向竹海啊！

（四）

竹海宾馆。

这是张爱萍将军视察竹海居住过的地方。

走进去，那庭院式的结构，典型的别墅式庄园，十分清新舒爽。老板姓陈，很好客，也很善经营。晚餐，他为我们准备了一桌丰富的全竹宴，什么竹荪汤，什么竹花肉，应有尽有，这些竹海特有的菜肴是我们很少见也很少听说的，这让我们很开心。老板估摸我们的“知识层次”比较高，餐后，他便特意铺开了宣纸，希望大家留下“墨宝”。朋友们写得很多，我也乘兴写下了两句话：

竹风天下永；
海韵宴边康。

这既是对宾馆的寄语，也是对竹海的赞誉。

这些年来，“扛起竹子奔小康”，已不再仅仅是口号了，而是成了竹海人民生活的写照。

“靠山吃山”也变为“靠竹吃竹”了。

环境变了，人们的观念也变了；一切都在改变着。

从一份资料上我们得知：2006 年全县实现竹产业总值 10.52 亿元，竹材加工业产值 1.7 亿元，竹旅游业产值 1.7 亿元。全现现有 72 家竹企业，400 余户家庭作坊，3.5 万余人从事竹业加工生产，已开发出全竹浆文化用纸、包装纸、竹地板、竹胶合板、竹生活用品、竹工艺品、竹食品等六大系列近 600 个品种，其中自主研发的浇注用模板、竹拖鞋、锥面离合式插接筷获得国家专利，全竹浆包装纸生产工艺全国首创（未及时申请专利），全竹浆牛皮纸、长裙竹荪、竹根雕等 11 个产品先后在亚太经济贸易博览会、中国竹文化节上获 4 个金奖、5 个银奖、2 个铜奖。产品远销欧美、东南亚和全国各大中城市。竹产业已成为县域经济发展的支柱产业，已成为农民增收的主要来源，已从竹产业中获得人均纯收入710元。积极引进外资和大力扶持发展竹产业龙头企业，2006年全县竹产业注册企业72家，其中年产100万元产值的竹加工企业38家，占52.7%，年产值上亿元的一家——长宁竹海纸业有限责任公司，有3家市级产业化龙头企业，5家县级产业化龙头企业。升达竹业有限公司年产15万平方米竹地板项目，长江造林局林业集团公司年产50万平方米的竹模板项目已落户长宁……

这竹海宾馆仅仅只是这变化的一个缩影。陈老板的这种细心便是这改变的写真啊！

徜徉在竹海，我们听到的更多是关于竹海镇的信息。

早年，竹海镇便响亮地提出了新的口号：

高扬竹海金字牌，
构建蜀南第一镇。

这个口号是叫得很响的，有如当年的“扛起竹子奔小康”一样。也许是因为竹子发展了，竹的气候形成了，原来的柏岭区便改为了现在的竹海镇。这个镇并不大，109.7平方公里，16.5万亩面积，却种有10万亩竹，近3.3万人口，却有1.2万人从事着与竹有关的产业。

竹海景区已成为国家4A级风景区；

竹海中建有五星级宾馆一家，三星级宾馆2家，二星级宾馆4家。比较有规模的“农家乐”餐馆多达50多家。

直接从事旅游业的有3000多人，年接待旅客60多万人次。

过去的南蛮之地，现资产过100万元的已有30多户。这是一个多么让人感慨的数字啊！

“主人”告诉我们，镇里有位韦姓农民，家有6口人，过去穷得叮当响，现在靠竹富了，既做餐馆，又做旅行社，还盖起了1500平方米的接待楼，今非昔比了。还有一位姜姓农民，建有三个接待基地，其中就有2个星级宾馆，建筑面积达到4000多平方米，真可称得上是“小康之家”了。

镇里领导说，他们从事旅游产品加工的有800多人，从事竹荪、竹笋加工业的有近1000人。在竹海中看一看，是令人信服的。每到一个景点，那竹雕工艺品真可谓琳琅满目，更兼那现场雕刻的质感，的确让人爱不释手；而每走进一个店铺，那满铺满岭的竹之食品，也定会让你心怡嘴馋的。

想当初，动员农民种竹，也真苦了村干部。要做通一位农民的工作，有时得花去几天时间，甚至不得不带着干粮去与农民“磨嘴皮”。现在已是大大改变，一位农民富了，大家也便争着奔小康了。四川省委曾表彰了100名基层优秀党员，竹海镇农林村的支部书记熊文福就在其中。竹子种起来后，其初人们一时不知如何致富，熊文福便邀约了几位农民带头实践起来，首先便开发了旅游景点仙人湖。其初，门票价格很低，而慢慢地旅游火了，门票价格也就慢慢高了，腰包也就慢慢鼓了。大伙儿一看也就跟着上了，接着仙寓洞、忘忧谷、七彩飞瀑……便相继开发出来，致富的人也就越来越多了。再说那竹雕刻吧。前几年，四川省举办了一次农产品展销会，竹海镇有位艺人制作了一件竹雕作品《蜀南竹海天下秀》，把竹海景点都雕上了，没想到这作品一举夺得了农展会金奖，更没有想到的是有人要出大价钱买走这作品。这一下竹雕便在竹海火了起来。去看看吧，有老人，也有年轻人；有男孩儿，也有女孩儿，竹雕已俨然成了竹海的一道亮丽且独特的风景线。经他们这样一敲一打，一铬一炀，一节竹筒就变成了一件工艺品，让人掏钱也掏得干脆、舒服。朋友们真买了不少。那些雕刻者认真的神态，精湛的工艺真让人佩服。我看得心热，真恨不得雇一列车把那些竹的制品、竹的食品、竹的干货统统运下山去呀，让我的朋友们一起来享受享受！

我的一位朋友永春先生即兴题写了4个大字：

自然上品

我想，这是最高评价了。这不仅是对竹的工艺品的赞评，也不仅是对竹的风味佳肴的赞评，它应该是对整个竹海的肯定了。

是吧，“此曲只应天上有，人间哪得几回闻”！整个竹海就是一件人间不可多得的自然上品呀！这是竹海人们情致的灿烂结晶！

不到竹海，真不知道自己的竹知识有多么的贫乏。到了竹海，才知道竹子竟有那么多的品种，什么

楠竹、黄竹、苦竹；什么慈竹、绵竹、斑竹；什么西凤竹、宝塔竹、琴丝竹；什么佛肚竹、龟甲竹、人面竹……算一算，竟有480多个品种。而且，还知道了小小的竹子竟有那么大的作为，那么非同寻常的能耐。

洋洋洒洒45.8万亩竹海，林林总总480多个品种，该蕴藏了多少的潜力！色彩多了，色彩全了，浓墨重彩也罢，轻描淡写也好，该是可以画出多少旷世的图画来！难怪县委书记，县长再次向全县人民发出号召："竹子是长宁经济的擎天柱，延伸竹产业链条是实现区域经济科学发展新的突破口。"撑起擎天柱，奔上幸福路。我想，在这口号之下，未来的竹海一定会变得更加具有魅力，更加充满活力，更会展露神力！

"好大一棵擎天竹！"

这是对长宁竹海的现实概括，更是对长宁竹海未来的展望。

这是43万长宁人民情爱的表白！

是啊，竹海那方情，永远未了情！

2007年4月12日

（原载《中国作家·纪实》2007年12期）

附：

蜀南竹海赋吟

（一）

平生爱竹梦犹真，百里山乡竹海深。
一围青篁排远近，万坡春笋望辰星；
缆车直上惊鸥鸟，游筏半行睡美人。
涧里荪花含雨秀，蜀南无处不风情。

（二）

古朴蜀南客气淳，临江夜宴伴歌声。
梨花合得游人醉，烛影春风带雨馨。

（三）

淯水畅游媲漓江，竹丛夹岸泻春光。

溪清映落纤枝秀，浪白溅飞歌韵长；
细雨无声唱节令，轻风有意颂吉祥。
巾红遥向鹭高远，画里舟船尽醉觞。

（四）

硐竹石林双展雄，大千世界一收中。
登高敢亮九天手，探秘慎听六地风；
八阵暗藏七巧路，三猪戏说五佛功。
人间四月百花弄，缔宇寺连万古榕。

（五）

爱竹人生今又甚，竹桥竹路伴幽清。
彩风画雨仙乡客，歌赋绕梁曲曲音。

清水之城

——湖北荆州做活水文章

“如何把水做活”“如何做好水文章”，一直是湖北省荆州市委领导思考的大问题。因为对于一个水域面积占全市面积1/4的“水城”来说，“惟有源头活起来”，城市的社会经济功能才能充满生机和活力。

荆州市，地处长江中下游江汉平原，长江穿市而过，有近500公里的长江过境岸线。荆州市内江河纵横、湖泊密布、水资源丰富、水系完整，江南有4条支河连长江直达洞庭，江北有4个湖泊连成水系，以保良田浇灌。

“水可载舟，亦可覆舟。”对于“水城”来说，水可以兴城，也可能给城市带来灾难，有着几千年历史文化的荆州人对此深有感受，更了解做好水文章的意义。荆州人的目标是，建设一个集“历史文化名城——古荆州，现代经济大市——新荆州，生态园林城市——美荆州，江汉平原中心城市——大荆州”于一身的现代化的鱼米之乡。

除患兴“利”建设生态农业

“万里长江，险在荆江”，“十年九不收”，这些流传甚广的民谚都是对荆州水城的历史见证。

对于荆江之险，从中央到地方都一直十分关心。早在1953年年底，共动用30万劳力完成的荆江大堤这一浩大的防洪设施，在1954年、1998年两次特大洪灾中发挥了效力。1998年后，中央、省、市又筹资70多亿元，对荆江大堤进行加固，提高防洪能力，使水患被铲除。

水患的根治，为荆州农业发展带来了机遇。荆州素为我国的特大粮仓之一，“湖广熟，天下足”，而“四湖熟（荆州四湖流域），湖广足”。

1998 年以后，荆州大胆而缜密地实施农业水利配套工程，使排水农业向载水农业转变，以水兴“利”的作用逐渐显现，生态农业稳步发展，荆州又逐步恢复了粮仓、棉仓、油仓、鱼仓的传统形象。目前国家公布的第一批 151 家农业龙头企业中，荆州就有 6 家，而省级农业龙头企业已有 24 家，市级达到 120 多家。同时，全市已认定无公害标志 12 个，绿色稻米标志 6 个，有机米标志 4 个。

荆州的天鹅洲麋鹿养殖基地，是目前国内最有影响的麋鹿养殖圈。由于围坝和饮用水等管理到位，这里的麋鹿从最初的 8 只，已增加到 540 多只。据介绍，这里还将建造我国最大的湿地公园。

“靠水吃水”，近年来，荆州市的四湖小龙虾已成为外贸出口的重要产地，成为欧美市场的抢手货，而且质量上乘，检疫合格，产品供不应求。地处四湖流域的监利县，不少农户靠河蟹、黄鳝和小龙虾走上了致富之路。他们还推广“鸭稻”生产模式，开发优质有机稻米，全县 2006 年产量达 17.8 亿斤，成为全国第一大稻米生产县。而以稻米加工为主的福娃集团是国家第一批公布的农业龙头企业，以“公司 + 基地 + 农户”的生产经营模式，建立了 3 万亩的有机稻米生产基地，使 8000 多农户从种粮中得到了实惠。他们生产的无污染、无公害的有机大米获得了“中国绿色食品”“放心粮油”“国家免检产品”等多个荣誉和称号。

荆州正在成为真正意义上的鱼米之乡。

工业治污还“洁”救“水城”

对于“水城”来说，如何避免和解决工业污染是一个棘手的难题。荆州的轻工业曾一度相当发达，拥有一些知名企业。后来一些企业改制后，引入了很多外来资金，企业也被外地人承包。某些企业只顾自身利益，漠视污水的排放与处理，给“水城”带来了严重的危害。

近几年，荆州市委、市政府已深刻地认识到这一点，把治污还“洁”纳入了重要的议事日程，并果断采取了“四个字”的具体措施：

“关”。铁腕关掉所有的严重污染水环境的“小造纸、小电镀、小化工和印染企业”。起初有人曾说是否给点缓冲时间，但市委、市政府态度相当坚决：不留余地、不给借口、一律关停。并成立“专项执法领导小组”，强制执行，确保关停到位。

“启”。启动原有的污水处理厂。荆州市原建有红光污水处理厂一座，日处理污水处理能力 10 万吨，过去因运行成本高迟迟没启用，现市委、市政府创新环保理念，运用市场机制，采取 BOT 方式启用起来。

“建”。建一批污水处理厂，确保对污水的处理。现已动工在中心城区草市建起一个 3 万吨污水处理厂和一座 5 万吨污水处理厂。在开发区建一个 2 万吨污水处理厂，并要求所属县市必须建起污水处理厂。

“引”。引导所有纺织印染企业到纺织工业园区集中生产，集中处理排污。目前已有 29 家企业与纺织工业园区签订了迁建协议。

由于这些措施的实施，过去流入长江的所有排污口已全部关闭，不再有污水流入江湖。

面对招商引资的热流，荆州有一条铁律，即有污染但不具备除污能力的企业一个不引，这不仅为“水城”提供了环保保障，同时还促成了一大批高附加值的企业“落户”荆州。

开源做“活”古城水

荆州是一座有着 2000 多年历史的古城，楚国曾在此建都 411 年，三国时的“刘备借荆州”的故事可以说是家喻户晓。现在荆州城是全国古城保存最完好的，不仅城郭保存下来了，而且“池”也保存下来了。

但是，前些年，由于环保意识差，作为护城河的水质受到严重污染，护城河外的将军河河水也受到了污染，杂草丛生，臭味逼人。对此，荆州市委对“水城”的治理思路是“活水”，即变“以河治河”为“以水治河”。在荆州市上游不远处便是沮漳河，这是长江上一条较大的支流，有着丰富的水量，于是便决定引入沮漳河水，使之通过护城河、将军河道循环流动后再注入长江。这个方案不仅可行，且成本低。工程完成后，荆州水城面貌大变：“千年污地，一朝变活。”

洪湖要做中国最美的自然生态保护区

洪湖水域的治理同样是“活水”理念的成效。洪湖有 56 万亩水域，是全国第七大淡水湖，过去是“四处野鸭和菱藕，秋收满畈稻谷香”。但是前些年在一己私利的趋使下，洪湖水域完全变质，其中有 37 万亩被围网支离，最大的网群竟达 1.69 万亩。荷花没有了，菱藕没有了，野鸭没有了，候鸟也不再来了。船只根本无法走进湖中。走近湖畔，也只能看见满湖的围网，满眼的插竿。

这事引起了各界的广泛关注，荆州市委、市政府从 2005 年开始根治洪湖，决心还洪湖一个真实风貌。市委成立了洪湖湿地管理局，并在省委、省政府的支持下，动用 7000 多万元资金，1 万多人力，撬掉了湖中数以亿计的围网插竿，撤除了全部围网，并疏通了洪湖与长江相通的渠网，使湖水真的活了起来。

现在，洪湖不仅水质变清了，湖中长满了被称为“水质晴雨表”的黄丝草，国家一、二级保护生物东方白鹳、黑鹳、中华秋沙鸭、白尾海雕、白肩雕、大鸨等也不时地出现在湖区。

水清了，水净了，水活了，荆州人又在思考如何让水美起来，做好水文化。荆州市委领导介绍说，他们正在按照“连江接河、清淤洁污、修桥补路、显城露水”的要求来绘制“美”水的蓝图。

对于洪湖湿地，荆州人的目标是把洪湖建成国家级最美的自然生态保护区，包括荷花恢复区、名特优水产区、夏候鸟繁殖区、冬候鸟栖息区、浮叶植物茂盛区等，让“人、水、草、鱼、鸟”五大要素和谐共处，实实在在地让洪湖水美起来，成为全国最美的湿地旅游区。

（原载2007年8月27日《中国经济周刊》第33期）

会水楼

会水楼是叶挺将军的故居。

对中国革命史稍有了解的人都会知道，叶挺是中国革命年代不可多得的一位将才。他从保定陆军军官学校毕业后，1921 年便任孙中山大元帅府卫队团营长，1924 年赴苏学习并加入了中国共产党，1925 年回国后担任了国民革命军第四军独立团团长，率师北伐，战功赫赫，以“铁军”之誉威震华夏，1927 年又先后参加过南昌起义和广州起义。抗日战争爆发后，任新四军军长。1941 年，国民党顽固派策动皖南事变，叶挺将军在与国民党军交涉时被扣押。1946 年 3 月，经中共中央多方努力，叶挺获释出狱，参加国共谈判。4 月 8 日，由重庆回延安，因飞机失事，不幸遇难。

但是知道叶挺将军故居的人却不多。我也是到了惠阳后才知道的，叶挺将军便是惠阳市秋长镇田村人。

我们拜谒会水楼时，天正下着小雨。南方多雨，诸多不便，但此时的雨是很合时宜的，我的心中一下子多了些杜牧笔下“雨纷纷”的情结，有了更多的对将军的缅怀之意。那道路是宽阔的，看得出地方政府和人民对将军的那份深情了。一路行来，我们就行走在这种天也时、地也利的浓浓氛围之中。一路行来，我们似乎觉得那一株株高大的椰子树，那撑着一把把人伞盖的荔枝树，那一簇簇喷吐着赤金般的龙眼林，似乎也在向我们讲述一则则当年叶挺将军出生入死的故事。

会水楼也便是在这种特别的关爱下以崭新的面貌与我们见面的。为了永远留下将军的精神，政府又投资 120 万元进行了再修缮。这座始建于清代，二进四合、面宽 15 米、进深 16 米、高 5 米的建筑，全被粉饰成银灰的面墙、银白的屋脊，显得极其庄重而又肃穆。细雨之中，偌大一个楼园静极了。我放眼环视，那些树丛里，那些墙角边，好像都闪现着当年叶挺活跃的影子，他在这里整整生活了14年，14岁的他走出了会水楼，走上了革命征程。

走进会水楼，才知道“再修缮”工程还在继续进行。遗憾的是我们没能目睹叶挺将军的遗物，也没法拜读叶挺将军从事革命活动的图片。然而，有幸的是我见着了叶挺将军的侄孙和侄孙媳二人。算算，他们已是知天命之年，当然，他们是知道祖辈一些故事的。一见面他们就向我侃侃而谈，叶挺是如何的聪慧，又如何的好胜，是如何遵循家训，又如何叛逆族规。这侄孙是叶挺哥哥的孙子，其父辈与叶挺年龄相当。他告诉我，叶挺参加革命以后，不久回村发展队伍，他的爸爸便也跟着叶挺去参加了北伐……看来，从会水楼走出的应该是一个家族，以叶挺为代表的一代又一代田村的儿女了。眼下，叶挺的侄孙和侄孙媳二人都参与了“再修缮”工程，从他们有力的大手和饱含期待的眼神里，我还读出了他们的良苦用心，他们是真心希望早日把会水楼修缮好，这对他们来讲，是光宗耀祖之事，对社会来讲，对后代来讲，也是垂范千秋之事啊。

从会水楼出来，天还在下雨。我们发现会水楼一侧有一大片香蕉林，直直的秆，阔阔的叶，挂满了一盘一盘滴翠流香的果实。大家不约而同地走了过去，留个影。我也倚着香蕉树，托着香蕉盘拍了一张。不知朋友们是怎么想的，这张照片我是一定得留下的，因为这树蕴含着叶挺将军的灵性，这果实饱浸着叶挺将军的心血。从会水楼带走的礼物，有什么能与之匹敌？

会水楼，一座将军之楼！

花繁春洲

花繁春洲。在湖北省枝江市的百里洲镇逗留了两天，便有了这样的感觉。眼下，春的花儿早已谢落，不像当年写“百里絮花”时那百花的争荣，只有田垄边的萝卜花还是紫色的，零散的油菜花还是鹅黄的，但我还是这般强烈地感受到，今天的百里洲正是一个繁花无限娇艳之洲，是一个春光无限明媚之洲。

在我国内陆河流域，百里洲足可称为“第一洲”。赵瑜先生的《革命百里洲》一书曾作过很多诠释，这书也获得过文学大奖。现在我们来到百里洲，更是多了一分骄傲。

现在又该怎样注释“花繁春洲”？有三句话是不得不说的。

恬静的田园风情。来到百里洲，这里没有闹市的喧嚣，没有漫天的风沙，没有混浊的烟尘，更没有 PM2.5 的困扰，这里有的只是满眼的翠绿，蓝天白云下绿压压的麦海。20 世纪 60 年代，还是一个毛头小子的我首次穿过百里洲，就曾为这里碧玉般的麦浪所震撼，吟出了“麦浪涟涟展四野，书声朗朗来三洲”的句子，至今未能忘却。现在，这风情是更盛了。在我们平原之地，有一句俗话说得好，“女人的鞋边，男人的田边”，是说善女红的姐妹们会把布鞋的边沿打理得更加美观，而男人呢，更注重料理田边。顺路走去，你会发现，这田埂、田垄被打理得有角有棱，方方正正，就连抽出的麦穗也是整整齐齐的，有如修剪过一般。在这绿绒绒的麦海中，望过去，时不时还有些红色冒出，那是女人也在修理着田边哩。

开放的现代农业。大家可别小看了百里洲，即使在最饥饿的岁月，这儿也几乎是家家有余粮，其皮棉单产曾创造过我国的纪录，让很多人不敢相信。这里的土地肥沃，百里洲由长江主航道与南河分支环抱着，犹如襁褓中的婴儿。同时，它也没有受到太多小农经济的束缚，而是以开放的姿态探求着现代农业的发展之路。百里洲曾大面积种植西瓜，甜过一方人；也曾大面积培育洲梨，香过一方人。现在在土地流转政策的导引下，一个个专业的合作社诞生了。在一个果蔬合作社里，我们看到用500多万元建起的600多亩无公害蔬菜基地，大棚蔬菜就有300多亩，圣女果、迷你瓜已畅销全国。在大棚里，种植的西红柿已有一人多高，上面一层是勃勃的花，下面一层是盈盈的果，黄的红的绿的，煞是好看。

当然，我还得说，多彩的追梦远景。自古以来，百里洲人就有一股不服输的劲头。特别是中华人民共和国成立后，百里洲人依靠自己的力量，在洲上开挖出一条人工河，上通下达，解决了浇灌和饮用水问题。百里洲人就是靠这种打拼精神，获得“楚天明星乡镇”的称号，当年周恩来总理亲自为他们颁授奖牌。时下正是一个多梦的季节，百里洲人也有着他们更美的梦想，他们要依靠这得天独厚的生态环境，再造“江心绿洲”的旅游品牌。为了这个梦想，他们先后举办过“百年枝江”全省环洲自行车赛，“普罗巴克”越野汽车拉力赛。人工河两岸，已栽植了大面积的广玉兰、樱花和蜡梅，不远处，1000亩的优质葡萄园也粗具规模，500亩的槟榔苗基地、1200亩的中药材基地的建设也正紧锣密鼓地进行着。相信美好的“百里梦境”必将更加璀璨。

（原载《人民日报·海外版》2013年5月9日第8版）

金丝燕，伴着丁香花儿放飞

——怀集县教育发展速记

来到怀集采风，我认识了金丝燕，知道了怀集就是金丝燕的故乡，成千上万只金丝燕在这里安家，又从这里放飞；我还认识了一种植物——丁香树，秋日里那花开得真艳，黄黄的花有若金桂，开得满树似金，而那香亦浓浓的，老远老远，那片香就让你心悦神愉。而当我了解了县教育事业的发展状况后，我倒真切地感受到县教育事业便有若这金丝燕，在南粤之地放飞着，放飞在广袤的蓝空，而且是伴着丁香花的香艳在放飞的，让人有品味不够的清韵。那愈飞愈远的身影，那亦芬亦芳的风姿，就那么让人久久地回味着。

怀集的教育有着深厚的文化底蕴，它如燕岩一般，营造了金丝燕的栖息地。

有这样的感觉，是由怀集提供给我们的两份资料产生的。没有文化的事业往往是苍白的，有了文化做基础，而且是坚实的基础，那么我们就有理由相信，那种发展的前景将是不可估量的。那么我们就先看看这两份资料给我们的启示吧！

资料一：邓罕孩："赤足校长"传佳话

邓罕孩（1908—1944），字翁然，号郡龄，中洲中心村人。1925 年毕业于中山大学理学院后，即随“中华民国化学业考察团”到日本东京、名古屋等城市考察。回国后，分别在广西兴业、钟山等中学任教，1940年回怀集中学任校长职。这期间，他兢兢业业，勤勤恳恳，为怀集教育事业作出了显著成绩。

邓罕孩在怀中任职期间，正值抗日战争进入最艰苦的岁月，怀中于1939年为了躲避日机袭扰曾迁校到泰来山乡。由于校舍狭窄，交通不便，加上办学经费不足，给教学带来重重困难。1940年秋，他调到怀中就带头吃苦耐劳，以身作则，忘我工作，很快就安定了师生的思想情绪。1941年春，怀中从泰来搬回怀城后，邓罕孩就加紧筹划校舍扩建。当时最大的困难是资金和场地，通过他的四方奔走，终于得到政府和群众的支持。1942年建成北楼12个课室，把怀中从原来8个初中班增加到12个班，于同年秋季又开始办高中班。

在建设北楼的同时，他又着力筹建怀中科学馆和图书馆。建科学馆时，国家穷得无资金可拨，邓罕孩就带头和发动全校师生勤俭节约，他倡导赤足、不穿鞋袜，把省下来的钱建科学馆。仅一年就凑了一笔款，并发动师生自己动手备沙石，于1942年年底建成，命名“赤足科学馆”。对图书馆他则发动校外力量，诚意求助多罗民强钨矿公司，也于1942年年底建成。接着又在1943年建成8间课室的南楼，使怀中成为由原来8个初中班发展到16个班的一所中学。

而且，邓先生总是把艰苦朴素作为一种办学精神来大力提倡，用这种精神去磨炼学生的意志。他吃喝求粗不求精，他天天赤足不穿鞋，因此得了个“赤足校长”的美名。为了抗战的需要，全县募捐两架滑翔机，他带领全体师生做宣传发动工作，共捐款2000多元，有力地支援了前线杀敌。为了使学生扩大视野，每学期都组织一次远足旅行，仅1943年他率学生到洽水罗岗、七坑等地采集矿植物标本达400多种。

可以看出他这种办学精神和理念，该是留给后人的一笔多么宝贵的财富啊！

资料二：朱锡昂与怀集县立中学（作者：方剑辉）

中央电视台在《新闻联播·永远的丰碑》新闻节目中，播出了原怀集县立中学堂首任校长朱锡昂烈士的革命事迹，颂扬他为革命的胜利做出的积极贡献，缅怀他为革命奋斗一生的丰功伟绩。

怀集县立中学具有光荣的革命历史，成为怀集革命的摇篮。随着中国革命之火在全国各地的燃烧，受朱锡昂进步思想的影响，共产党员梁一柱先后在该校任教，邓拔奇、钱兴、植启芬、邓偶娟等一批进步学生在此读书，从这里踏上了革命的征途。在开展革命斗争中，他们不怕流血牺牲，抛头颅、洒热血，为中国革命的胜利而献出年轻宝贵的生命。

朱锡昂先生不仅是首任校长，更是一位革命的先烈。他不仅为治校留下了宝贵的精神财富，更为我们振兴怀集的经济，塑造一代新人留下了彪炳千古的典范。

读完这两份资料，大家有何感受呢？难道不会与我一样，深深感到，这是一方沃土吗？这是教育的沃土。怀集的教育，是由这些前辈为我们塑造和奠基的，他们的典范将永远激励后人啊！

怀集教育的今天，镌刻着两个大字：发展。有如在蓝蓝的天宇金丝燕正矫健地飞翔。

透过历史，我眼前展现出一幅怀集当今教育的崭新画面。虽然天空飘着细雨，但一队队的孩子们，穿着整齐的校服骑着自行车直向学校奔去，我抢拍了一张，正是一幅动感十足的上学图。很快，这幅图也在我脑子里清晰起来，蓦然跳出两个字来：发展！是啊，它正是当今怀集教育的主旋律，镌刻在南粤大地的主旋律。

教育局局长严标文同志，这位土生土长的怀集人为之作了很好的说明。

怀集的教育至少有三大亮点：

第一，初中小学的义务教育巩固率提高。2003 年时全县上学人数只有 17 万余人，现在已有 21 万余人。加上高中在校人数达 22 万余人。

第二，育人环境得到了极大的改善。2003 年以来，全县新建校舍超过 22 万平方米，是全县全部可使用校舍面积的 1/5。学校也不收取任何费用，农民不再为孩子上学犯愁了。

第三，普通高中有了较快的发展。2003 年时，全县每万人中拥有高中学历的人数为 46 人，现在已达到 91 人，几乎翻了一倍。而且县一中的在校人数已过万人，创造了历史。高考成绩看好，在肇庆市排名上升到第二位，且连续两年出现单科高考状元。2005 年一位来自农村的孩子摘取了全市英语桂冠。

教育局副局长岑雅先生是新一届县政协副主席，他对“发展”作了进一步的说明。他十分自豪地对我们说：县教育的工作重点就是8个字：加快发展，加强管理。

这个“发展”是体现在多方面的，是要“加快”来实现的：

——加快中小学校布局调整的步伐。从2002年开始已进入第四批，共有28个学校实行了有计划的有效调整。

——加快校舍的改善，大规模启动教学楼建设。计划投资9500万元，现已动工66栋教学楼，已投资8000多万元，在建面积已达11万平方米。

——加快落实办学管理模式的调整。用“六个统一”促进调整到位。即统一规划、统一设计、统一预算、统一筹资、统一业主、统一标准，以确保学校工程质量，以保证调整之中学校校长能有充裕时间管理教学。

——加快高中的发展步伐，尤其加快县一中天湖新校区的建设。县一中占地402亩，已聘请省高等教育设计院设计，90个教学班，一期工程6栋校舍。现已完工4栋，建筑面积已达9万平方米。

——加快教学设备的改善。全县已投入1060万元，在所有的33所中学，19所中心小学建起了语音室、电脑室，保证了信息管理基础课的教学。

而且，当我谈到他们提供给我的那一份资料时，我谈到了更加翔实而具体的注脚：

这是《怀集志·教育长卷》提供给我们的一组数据：

至2000年，全县有完全高中7所，独立初中49所，学生4740人，教职工2636人；

全县有小学348所，共3366个班，在校学生101298人，教职工4554人；

“普九”成果巩固，小学毕业率为99.9%，初中为99.9%，15周岁人口初等教育完成率为99.7%，17周岁人口初等教育完成率为95.6%；

全县改造薄弱学校202所，改建、扩建校舍79.57万平方米；

全县新建200米跑道运动场13个，400米跑道运动场1个，新增图书15万多册，生均20册；

全县中考优生数，连续4年保持在1100人以上，高考上省线人数不断增加，2000年283人，创下历史新纪录；

全县中小学学生体育合格率达93.2%，初中生达94.1%，健康教育开课率县属学校达100%，全县达85%……

再看看《二〇〇五年教育工作总结》提供给我们的数据吧：

全县共投入2724万元，完成三批共66所老区破危学校的改造工作，共建教学楼63栋，综合楼3栋，新建校舍41118平方米，新增校园面积57142平方米，大大优化了办学条件；

中小学布局调整，第三批30所学校84个项目，第一批64个项目已全面动工，已有18个项目竣工投入使用，26个项目基本建成；

普通高中招生3428人，比上年增加600多人，中等职业学校招生877人，比上年增加150人；

全年小学适龄儿童入学率达99.8%，初中达98.1%，辍学率分别控制在0.02%和0.95%以下；

全县高考上省大专A线人数达1231人，首次突破“千人”大关。中考总分500分以上达4305人，比上年增加385人，增长为历年之最；

全县小学和初中适龄儿童入学率分别达到99.9%和98.1%，巩固率分别达到99.9%和99.05%；普通高中招生达3428人，比上年增加600多人……

读完这些数据，你有什么想法呢？难道你不会和我一样，有着那么多的激动和兴奋吗？怀集的教育在发展之中，而且是在快速的发展之中。“发展是硬道理”，他们是在书写着自己发展的历史，唱着一首发展的赞歌；如同金丝燕般在飞翔着，是那么美丽地飞翔着……

金丝燕的飞翔，是因为季节的更替，而怀集教育的发展，却是因为县委、县政府一班人的高瞻远瞩。

“怀集县委、县政府对教育的重视，这是前所未有的。”在采访中，县教育局党委副书记林罗海同志十分肯定地对我们说。并且，他给我们谈了一个令人异常欣喜的事实：县委、县政府每年到教育局现场办公不少于三四次，大会小会都强调“教育改变命运，知识开创未来”的理念。2004年，县委、县政府还专门出台了文件，更加大对教育的宣传力度。在县《政府工作报告》中，我读到了这样的内容：争取尽快完成一中新校区工程建设，为社会提供更多的优质学校资源，进一步提高我县教育水平，实现教育强县目标……对教育，这是谈得何等具体啊！可以说这是很少有的，可见出县委、县政府对教育是何等重视。这样的情景你能说不让人欣喜吗？

我读到《新怀集》报，一条套红通栏大标题赫然在目：

县委县政府重奖教育先进

它的引题是：营造尊师重教氛围，推进教育强县战略。这标题无疑说明了县委、县政府对教育的重视，对教育的认识。有了全新的认识，有了高度的重视，才会有了教育全新的局面。

不妨，我们跟着这条标题读下去：

9月6日晚上，县委、县政府在燕都广场隆重举行表彰教育先进暨庆祝教师节文艺晚会，对一批教书育人先进集体和先进个人给予表彰奖励，奖金总额近150万元。这是我县近年奖励教育先进范围最广、奖金最多、影响最大的一次盛会。县委县政府授予下帅壮族瑶族乡的廖月明婆婆“模范老人”称号，并颁发1万元奖金，县政府从今年7月起发给她特殊补贴每月200元，终身享受……廖月明老人80多岁了，她只身带着两个孙子，供他们读完高中，又上了大学。在一个山区里这该是何等艰难啊。这事是让人感慨万千的。而县委、县政府的奖励更是让人感慨的。这是一个多么明智的举措啊！教育是全民的教育，只有全民重教崇文才能造福万代啊！这不仅是对廖月明老人的表彰和嘉奖，更是在向社会发出号召和呼吁！也是在向世人证明，怀集“教育强县”的决心。

也许，正是因为有了这样的举措，才有了一个又一个重育的典型，才有了一个又一个重学的英才。

《南方日报》（2006年9月8日）报道：

怀集八旬老人罗贞英辛勤供养第三代读完高中孙女考上大学

昨晚，怀集县举行教育表彰暨庆祝教师节文艺晚会颁奖大会，苦心养育孙女考上大学的罗贞英老人被授予“重教善育”家庭称号并奖励5000元。

罗贞英老人今年82岁，怀集县蓝钟镇佛甘村委会甘屋自然村人。50年前，罗贞英年轻的丈夫撒手人寰。后来，她的厄运接踵而至：大儿子因为受不了老婆离婚改嫁的刺激而引发精神病；另两个儿子因病先后离开人世……20年来，罗贞英除了照顾患病儿子养育孙女外，还供孙女甘杜程读完高中考上大学，捡来的弃婴甘丝媛也考上了怀集一中实验班读高中。最近，甘杜程已被广东行政职业学院录取。这又是一则重育的典型。

《西江日报》报道：

崇文重教苦尽等，患难父子同领奖

——记怀集县“模范父亲”李伟祥和他的儿子李育胤

9 月 6 日，在怀集县举行的表彰教育先进大会上，来自冷坑镇谭新村一个困难家庭的李伟祥被授予“模范父亲”称号，考上中山大学的儿子李育胤被评为高考成绩优秀生，分别得到了 5000 元和 1000 元的奖金。

父子俩同台领奖的消息不胫而走，村里人纷纷奔走相告，大大激励了当地人送子女读书的热情；李育胤的母校冷坑镇中学也贴出了大红光荣榜。苦尽甘来，李育胤一家人熬出头了，然而，他的家庭背后却饱含着几多风雨，几许辛酸：亲人病故、生意破产、房屋抵押、借债无门……这既是一个重育的典型，也是一个重学的楷模。

再读一则 2006 年 7 月 12 日《综合新闻》上的报道吧：

打工妹喜圆大学梦——

七年前，她从乡镇中学考上县一中，为支持哥哥读大学，毅然放弃读高中机会外出打工，但她坚信读书才是人生的根本出路；3 年前，哥哥大学毕业，她拿着“过期”的录取通知书，踏进县一中读高中；今年，她高中毕业参加高考，以 612 分成绩超过了大学本科录取分数线。她演绎了一个奋发有为、自强不息的动人故事。她就是连麦镇步岗村的女孩儿黄英。

这又是一则重学的故事啊！

读到这里，我真的有些感动了。一个县的经济要发展，没有过硬的教育是不可能的。一个地方的教育要发展，没有崇文重教重学的氛围是绝对不可能的。而崇文重教重学氛围的形成，没有县委、县政府的高度重视是绝对不可能的。今天怀集做到了，怀集的实践向我们证明了。他们高瞻远瞩的决策，他们创新的思维，过硬的举措，为怀集教育的发展提供了良好的保证，有谁能怀疑这金丝燕不会飞得更远呢！

我讴歌金丝燕，我更讴歌有着金丝燕般美丽的园丁们。

事业的发展离不开人才，教育的发展同样离不开人才。在采访中，县教育局的朋友们非常高兴地向我们介绍了他们实施人才战略的做法。怀集是个偏远山区，要留住人才很难，但他们心诚。他们用真诚留住了他们。近两年来，他们从相关重点大学引进各类教师850多人，仅县一中便有外籍教师309人，占了教师总数的一半多。用他们的话说："除了西藏、新疆外，其他各省市的教师都有。"用外籍教师的话说："在广州各地任教的外籍老师很多，但在怀集的教师是流动最少的，是稳定性最好的。"也就是说，来了就不想走了。我知道，县里给了些政策，出台了年薪制，出台了住房补贴制，这些都是他们安教乐教的基础。我想，应该还有其他的因素。

潘志参主任曾给我送来一份材料，那是介绍陶荟华老师的。10多年前陶老师外语大学毕业后在东莞一家电脑厂任经理助理，位显薪高，起初，怀集招聘她时，她非常不情愿，"她在踏进校园时一刹那便傻了眼：一座破破烂烂的土瓦房便是教室，教学设施严重不足，而且工资只有在东莞工作时的1/10。那一刻，她彷徨了，到底是走还是留？"应该说，这时是人生最难抉择的时候，常有"一失足成千古恨"的懊悔。可是她"看到校长期盼的神情，看着孩子们一双双祈求的眼睛，她坚定了自己的决心：这里需要自己，这里是自己真正实现人生价值的地方"，她留下来了，并且一干就是10年。10年里，"教师，应当是一支火把，点燃学生心中的希望之光；教师，应当是一盏灯塔，为学生指引人生的方向"。这成了她常挂嘴边的一句话："没有爱就没有教育"，这成了她施教的动力。10年后的今天，她成功了，她赢得了社会的好评，领导的赞扬，群众的信任，光荣地获得"全国优秀教师"的称号。

为了促进老师们健康成长，更好地发挥自己的聪明才智，县里会经常性地组织老师们参加各类培训活动。县一中有两位校长到英国参加了管理培训；2005年有50多名教师到湖南师范大学参加了培训，还有7位老师到北师大参加了培训，培训总数达到280多人次。

县里也会经常性地组织各类竞赛活动。

2004年他们开展了"为人师表，爱岗敬业"的主题师生活动；2005年又开展了"爱满校园，情倾未来"的主题师生教育年。同时还开展了各类课题研究和课件竞赛活动。

自然，这些活动是有回报的。怀集一中邓少峰校长开发的“中学思想政治教学网站”，成了全国同类网站点击率最高的网站；冷坑小学组织的“农村口语交际实验”，受到专家们的一致好评，国家教育部语言文字应用司的领导来观摩后，交口称赞：“一个山村小学能办到这一点是非常可贵的，推广意义很重大。”

说到这里，我们要介绍另一位老师，她叫丘红慧，县实验小学教师。看看《人民日报·华南版》和《南方周末》对她的报道吧：

让山区孩子赢在起跑线上

曼妙的音乐，亮丽的画面，声、光、电、影的电脑课件教学手段中，一堂趣味盎然的语文课正在进行。台下，是来自教育部、中央电教馆，以及清华、北大、同济等著名高校的电教专家。台上，讲授课文《只有一个地球》的，是来自怀集县的丘红慧老师。此时，她正代表广东，参加第九届全国多媒体教育软件大奖赛。

“你的课件采用了什么技术？”“素材来自哪里？”“其中融入了什么教育理念？”……课刚讲完，专家们便饶有兴致地接连提问，丘红慧对答如流，令在场专家频频满意地点头。

“请问您是来自哪里的老师？”大家不禁问她。当得知丘红慧是一位来自贫困山区的小学老师时，专家们瞪大了眼睛，脸上的赞叹换上了质疑。“你的课件，是请专业公司做的吗？”丘红慧坚定地摇头，“能具体解释一下课件的制作吗？”为了比赛的公平公正，专家们穷追不舍。“举个例子，在制作过程中，为了让地球转出漂亮的弧度，我复制了20个平面地球，再以函数切割，然后进行组合压缩……”回答还未完毕，全场已掌声雷动。毫不吝啬地，人们把赞美献给了这位来自贫困山区的教师。

丘红慧不仅一举夺冠，而且成为该赛事唯一一位来自山区的获奖者。对于她的参赛作品，专家们如此评价：“内容新颖，意识超前。而且，科学性和实用性都很强。”

金丝燕常是群飞群翔，当我与他们接触时，也由衷地感受到，这里的园丁们也是这样，形成一个模范的群体，他们在各个中小学里，在各自的岗位，用爱心编织成一个个五彩缤纷的花环，把教育的园地装扮得光彩夺目。

我有幸读到他们自己创作的《园丁颂歌》，让我录下几段旋律，一起来品味吧。

颂歌之一：亦师亦范的欧阳资仁老师

亦师亦范，勇当标兵是怀集一中英语教师、高三年级长欧阳资仁老师的追求。

1990年秋，欧阳老师大学刚毕业就来到了怀集。他主动向领导提出要到偏远的永固镇中学去任教。当时，这里还没有电，照明只能点蜡烛，也没有自来水，师生用水要到很远的农民家水井去提，况且这里的语言极其难懂，连怀集本地人都“闻言兴叹”。虽然如此，他却义无反顾地留了下来。

为了提高学生对英语的学习兴趣，他从当时仅有的140元工资中拿出一部分用于奖励英语成绩进步大的同学以及为他们购买学习资料。1993年端午节那一天，学校发给每一位老师10块钱的补贴，原以为这10块足够让自己这个小家庭过上一个好节，可当时班里正好有5个孩子因交不起《英语周报》费而发愁，他便不假思考地将这10元为他们垫付了订报费。可当他走到街上的时候，才发觉自己身上已是身无分文。此外，他还让患病的贫困生到他家里吃饭；为了访回辍学的学生，他吃住在农家，一访就是整天整夜。

1996年，欧阳资仁老师被调到怀集一中工作。2002年高考，他所任教的两个化学班的112个考生中，上省线人数88人，单科上省线率达78.5%，所任班主任的班级中，54人参加高考，47人考上了大学，创下了怀集一中普通班上线纪录。而且连续两年的全县英语科高考状元都出自他的班级里，他还先后在报纸杂志上发表论文20多篇。

颂歌之二：汗洒教坛的植钟焕老师

钟爱教坛洒汗水，焕发精神献丹心。植钟焕是怀集县怀城镇城南初级中学语文骨干教师。他将自己的教学做法和教育体会，撰写成教育教学论文，先后有20多篇文章在县、市、省级报刊上发表，获得60多项奖励。

植老师总是以满腔热情关心、鼓励、帮助每一位教过的学生。他现在任教的一（8）班黄浩光同学，因为家庭经济困难，几次有退学的念头。植老师看在眼里，痛在心里，把准备买电视机的钱用于支付这位无亲缘关系的特困学生，第二学期开始又把这位同学带到自己家来住，解决了该生的生活之忧。班中的陈志敏同学，在校外因意外发生车祸，植老师闻讯火速赶到现场，立刻呼叫救护车，为他垫支了入院抢救的费用，又为学生抹身、倒痰盂、喂药。植老师心里总是记挂着学生。冬天洗澡，学校无热水供应，他就把自己班的住宿生请到自己家中提供热水洗澡；当得知一些学生几天吃不上肉时，他便把这些学生请到家中，为他们加菜。植老师就这样，总是把温暖送到学生心坎里。

他在近20年的班主任工作实践中，积极探索，总结出班主任工作经验“五心育人”法，在怀城镇中小学全面推广，并做了5场（次）的专题讲座。

颂歌之三：精心育桃李的严颖老师

诚心献教坛，精心育桃李。1978年8月步入教坛的城东中学严颖老师，一直在怀集这个山区任教。27载花开花落，春去秋来，27年如一日地在山区的教育园地上辛苦耕耘，在这片热土上不知洒下了多少汗水，付出了多少心血！

严颖老师除了白天在学校工作外，晚上还把书本和教案带回家，几乎每天晚上都要工作到11点以后，有时她的丈夫已经上床睡觉了，她还在伏案备课。她的丈夫心疼地说：“都教了几十年了，怎么还那么费劲备课？”她总是付之一笑。她为了让学生的身心健康得到全面发展，自己掏了700多元买了四套从初一到初三的学习辅导书籍，订了一份《教学学习方法报》，放在教室中的书架里供学生使用，买了一批体育器材，放在教室里供学生课外强身运动使用。2005年春统考中，她那个班的数学平均分达到了81.78分，名列全校第一。在2005年肇庆市八年级数学竞赛中，所教的学生黄迎君同学获得了全市的三等奖、叶燕妮同学获得了全县的一等奖、梁够同学获得了全县的二等奖。1998年，在实践数学优质课评比大赛中，严老师又以出色的表现在教坛擂台赛上荣获全县的一等奖。

颂歌之四：真情系教坛

情系教坛，永葆共产党员先进本色，是蓝钟镇中心学校禤艳珠老师教书育人之道的写照。5年来，她一分耕耘换来一分收获，禤老师所任教的两个班级的语文成绩，在学期末统考中居全镇前茅，县抽考成绩排在全县前列；她所任班主任的班级每一学期均被评为“文明班”“学习标兵班”，打破了低年级因自学性低与“文明班”“标兵班”无缘的纪录；她的学生活泼好学；在文艺会演中获得全校一等奖；在学校体操比赛中荣获一等奖……这些硕果让学生为自己的班级而感到自豪，可知道里面含着禤老师多少汗水啊！

禤老师刻苦钻研业务、大胆创新，经常给全校乃至全镇教师上公开课、示范课，得到领导和老师的一致好评。连续3年代表镇参加县语文、数学教学比赛，去年代表蓝钟镇参加怀集县语文教学大赛，获得冷马片第一名、怀集县二等奖。禤老师课余还积极撰写教学论文，她写的《在操作中掌握知识和体验成功》在2003年荣获肇庆市教学论文一等奖。

当然，还有敬业奉献，教海扬帆的李红怀老师；还有默默耕耘，开拓创新的黄团发老师；还有不弃不舍，永远进取的彭雨清老师；还有志在高山，追求卓越的黄秀琼老师……这里是没有办法叙述完的，仅2005年教师节前夕，县委县政府表彰的优秀教师便有整整100人，优秀班主任30人，优秀标兵10人。这是一个多么庞大的模范群体啊！

在采访中，我非常荣幸地了解到了一位名叫李广的年轻教师，虽然30岁刚出头，可已有了10多年的教龄，有了到广西百色支教的特殊经历。至今已是荣誉满身了：

2001年9月，被中共怀集县委、县人民政府评为“2000至2001年度怀集县先进教育工作者”。

2004年6月，被广西壮族自治区百色市凌云县人民政府评为“优秀支教教师”。

2004年6月，被广西壮族自治区中共百色市委、市人民政府评为“百色市支教工作先进个人”。

2004年6月，被广西壮族自治区支教工作小组、广西壮族自治区教育厅评为“先进支教教师”。

2004年9月，被中共怀集县委、县人民政府评为“2003至2004年度怀集县优秀教师”。

2004年9月，被中共广东省委教育工委、广东省教育厅、广东省人事厅、广东省总工会、广东省教育资金会评为“广东省南粤优秀教师”。

2005年9月，被中共肇庆市委、肇庆市人民政府评为“2005年肇庆市师德标兵”。

2006年6月，被中共怀集县委授予“三有一好”优秀共产党员称号。

这些荣誉是他用爱心和汗水赢得的。在与他短暂的交谈中，有两件事是足以让人动情的。一件事是发生在支教中：

2003年春开学的第一天，他发现特困生邓氏莲没有上学，心急如焚。下班后，马上冒着严寒，沿着泥泞崎岖的山路，踏着积雪去家访。他走了6个多小时，不知摔了多少跤才来到邓氏莲家。当时，他的手脚冻僵了，衣服已经又脏又湿了。

当他得知邓氏莲家里唯一值钱的一头牛冻死了，家里再也没有办法缴纳每学期80元的书杂费供邓氏莲上学时，他二话没说就掏出200元给邓氏莲交书杂费，她的家人感动得热泪盈眶。邓氏莲在对他说“我一定会好好学的……”

另一件事是发生在现在的学校，他走上讲台不多久的日子：

他班上有名5岁半的孩子，其父母离异，起初是跟着奶奶生活。后来，一天他不满奶奶的管教，便跑了。他奶奶急了，四处寻找。当时的李广老师正在吃晚饭，得知，马上放下碗筷，心急如焚地找着、找着。谁也想不到他会躲在一个废旧仓库里。李广想到了，找着了他，劝他回去，那孩子说：“我怕黑，更怕奶奶打我。”他一头扎在李老师怀里哭了起来……从那天以后单身的李老师家中便多了一位“伴侣”，李老师每天把这孩子接到自己的家中，做饭给他吃，辅导他做作业……一直到他上二年级时被母亲接走了……

这些事情看起来很小，但这都是一位人民教师的情怀啊！的确是让我动情了，我深深地感受到怀集的人民教师那永驻的爱心啊！这多像南粤大地那红艳的紫荆啊！又多像厘竹那么的标竿挺秀啊！有这么优秀的园丁们，还愁那满园的鲜花不盛开吗？

在金丝燕的故乡，我知道燕岩既是金丝燕栖息之地，也是它们放飞的基点；而学校也正好如此，同学们在这里学习生活，也从这里开始放飞理想。大自然造就了燕岩，谁在打造学校？

教育资金短缺，这是目前非常普遍的一个现状。教师们是背着沉重的包袱走过来的。欣喜的是他们走过来了，他们没有被“包袱”所压倒，他们克服了很多的困难，终于解决了这“包袱”的困扰，比较轻松地走过来了。他们在筹集资金改善办学条件方面，的确是走出了自己的路子，而且这个路子是越走越宽阔。

“争取社会力量，关爱教育发展”，这是他们的主要做法。

朋友们告诉我，近几年香港教育促进基金会每年向怀集的无偿捐赠都在300万元开外，捐助的款项已超过2000万元。

怀集县的第一所希望小学是1995年建成的，即下帅希望小学。当时学校非常破旧了，孩子们是没有办法在那儿继续就读了。下帅乡第十一届人大会代表提出，希望能改建学校，让孩子们能有一个安逸舒适的学习环境。这事传到了香港，不久便筹到53万多港元，应该说对于一个贫困的山乡已是非常了不得的数字了，他们把这钱送到了下帅乡，下帅乡党委和政府接受了他们的捐赠，并把这款全部拨到了学校的建设之中，从此，第一所希望小学便诞生了。

中洲镇李岗村，是个4000多人的小村，在改建校舍时，真的是缺钱了。眼看着孩子无法进校读书了，这时村支部书记马上组织村民商议：是建还是不建？答案是肯定的：一定要建！这时的他马上掏出2万元钱来，对大家说：“我们捆着肚子也要把学校建成！我先捐2万！”在他的带动下，全体村民纷纷解囊了。当第二栋楼房建成时，他们的捐款已超过30万元。

坳仔镇仙该村改建学校时，也遇见了同样的难题。由于缺钱，教学楼建完一层便被迫停工了。好在香港的慈善人士得知这一消息后，马上送来了捐款20万元，这真是雪中送炭啊！后来他们又送来10万元，让这栋造福子孙后代的教学大楼傲然地屹立在南粤大地了。

在采访之中，他们还向我们讲述了这样一个事实：

香港方面的许多慈善机构本身并不富裕，他们为了资助怀集办学，想了许多的办法。有一次他们在怀集买了不少的话梅，起初人们并不明白；买这么多话梅干什么？后来才知晓，他们运回香港，然后再做成小包装，一袋一袋卖给人们，把卖话梅所得全部送来怀集，作为捐款全部用于办学之中……

在县教育局提供给我的《教育长卷》中，有《功辅教育、德荫芸窗》一节，其中有这样的叙述：

“在改造校舍建设的过程中，还得到广大群众、社会各界、海外侨胞、港澳台同胞资助。特别是‘香港银行教育促进会’的热心资助。该会创建于1991年5月，会长是凌桂珍，它汇集了一批好施乐助、默默耕耘，致力于促进国内落后地区的教育发展，慷慨援助有困难儿童复学的社会贤达、善长仁翁。他们为提升国人教育水准，不辞劳苦，深入我县乡村中小学校考察，1997年至2000年间，资助134.2万元人民币给我县10所小学修建教学楼、宿舍楼，建筑面积达9212平方。他们的善举，受到我县人民的赞誉，也推动了我县群众捐资办学的热潮。”

在该节中，还对那些资助者一一进行了肯定和表彰，这里我们也摘录一批，让我们永远记住他们的功德和名字吧，不仅怀集的人民要永远记住他们，我们同样有必要记住他们：

一九八四年至二〇〇〇年资助怀集县兴建学校情况表

引资单位名称	资助单位（或个人）情况			受资助学校情况		
引资单位或个人	资助单位（或个人）	资助年月	资助金额（万元）	受资助学校	建设项目及规模	资助后学校（教学楼）命名
	梁梓镇（一中退休教师）	1984	4	怀集一中	校门楼一座	
	怀城永光区刘嘉祐、刘嘉良	1985	6	怀集一中	陶然亭、聚雅亭各一座	
县外事侨务局	日本国驻广州总领事馆	1994	6.9922（美元）	桥头中学	都学楼四层十六室1440m²	中日友好教学楼
肇庆市民族宗教局	澳门友谊之旅慈善观光团	1995	2.1065（美元）	下帅中学	校门楼一座	
	深圳银野实业公司黄明英	1995	20	怀集一中	行政楼四层半20室1500m²	明英楼
省希望工程基金会	香港道教纯阳仙洞有限公司	1995	53（港币）	下帅中心小学	教学楼四层十六室1750m²	下帅希望小学
肇庆市教育局	香港智行教育促进会	19987	10	汶朗镇乐洞小学	教学楼三层12室960m²	谭厚德堂教学楼

续上表

引资单位名称	资助单位（或个人）情况			受资助学校情况		
引资单位或个人	资助单位（或个人）	资助年月	资助金额（万元）	受资助学校	建设项目及规模	资助后学校（教学楼）命名
肇庆市教育局	香港智行教育促进会	1997	15	甘洒镇钱村小学	教学楼二层半11室1048m²	
肇庆市教育局	香港智行教育促进会	1997	15	永固镇保良小学	都学楼三层12室1100m²	香港智行教育促进会第21教学楼
肇庆市教育局	香港智行教育促进会	1997	15.7	凤岗镇四村小学	教学楼三层15室1089m²	香港智行教育促进会第21教学楼
肇庆市教育局	香港智行教育促进会	1997	15	凤岗镇新乡小学	教学楼三层15室1000m²	文焕纪念教学楼
广西南宁市干休所邹女士	香港九龙劳工子弟学校	1997	15（港币）	诗洞镇钱兴小学	教学楼三层9室，综合楼二层6室共1015m²	钱兴纪念小学
团肇庆市委	香港福慧慈善基金会	1997	12	凤岗镇金坪小学	教学楼二层10室866m²	佛光第八小学
香港冯惠州（甘洒人）	香港、肇庆、云浮各邑同乡总会	1998	4.5（港币）0.1（人民币）	甘洒镇石梅小学	教学楼三层9室7250m²	
肇庆市教育局	香港智行教育促进会	1998	23	洽水镇鱼田小学	教学楼二层8室600m²，宿舍楼二层8间200m²	刘银爱纪念小学
团怀集县委	美中人民友好协会旧金山分会	1998	18	桥头镇丰大小学	教学楼二层8室700m²	美国友人希望小学
团怀集县委	陈廷骅基金会	1998	18	桥头镇丰大小学	教学楼二层8室700m²	美国友人希望小学

续上表

引资单位名称	资助单位（或个人）情况			受资助学校情况		
引资单位或个人	资助单位（或个人）	资助年月	资助金额（万元）	受资助学校	建设项目及规模	资助后学校（教学楼）命名
肇庆百花园房地产（谢沃辉）	香港康晖社	1999	16.875	桥头镇新兴小学	教学楼三层12室956m²	康晖国风教学楼
团省、县委	BP莫斯科	2000	28.1	汶朗镇华新小学	教学楼二层8室628m²	BP莫斯科希望小学
肇庆市委政协	香港蓬瀛仙馆	2000	32	甘洒镇罗爱小学	教学楼二层8室720m²，宿舍楼320m²	罗爱蓬瀛小学
怀集县教育局	香港特别行政区政府教育处“育苗”计划	2000	10.0028	岗坪镇兴义小学	教学楼三层12室1056m²	
怀集县教育局	香港特别行政区政府教育处“育苗”计划	2000	10	凤岗镇石湾小学	教学楼两幢两层8室、综合楼两层6室共1100m²	
肇庆市旅游委	香港仓库码头运输业职工会	2000	42	冷坑镇金山小学	教学楼三层12室1036m²	香港仓库码减法业职工会金山小学

表中所列，皆是2000年以前的事了。那么2000年以后呢？我想，一定会是人数更多，金额更多的。

在东方电力集团怀集分公司的总经理办公处，我便发现了两面锦旗，那都是与助学有关的，皆是2003年的事。一面锦旗是7月25日连青镇镇政府送的，上书：

支持教育功在千秋

一面是5月24日岗坪镇中学送的，上书：

我问总经理给这两个地方各资助了多少，他笑而未答。我知道他是不愿告诉我，他像许许多多做好事的人们一样，是不愿说出实情的。这或许就是中华的美德，又何况是在为中华的腾飞出力呢？

我想，他就是这众多的资助者之一啊！正是因为有了他们，才有了这怀集教育的发展，才有了这一座又一座美丽的校园，怀集的孩子才有了一个又一个舒适而又宜于学习的环境啊！他们才有可能带着梦想在这里学习和生活，也才有可能带着美丽的梦想在这里放飞，像金丝燕般去飞翔，并伴着美丽的丁香花儿放飞，飞向那美丽的蓝天，飞向更高更远的地方……

怀集的教育走过了今天，他们必然是有着更多的期待和憧憬。我读过他们的《教育发展“十一五”规划》。对后五年，他们展望着：

将围绕建设教育强县的奋斗目标，继续巩固教育成果，夯实教育基础，扩大教育规模，优化教育资源，促进管理教育、职业技术教育、成人教育协调发展，使教育资源配置不断优化，办学条件、师资水平、教育质量和教育整体水平全面提高，教育发展活力不断增强，教育强县建设初具雏形。

他们确立了自己的思路：以邓小平理论和“三个代表”重要思想为指导，树立和落实科学发展观，以“办让人民群众满意的教育”为出发点和立足点，用实现“两个迈向”和“标兵工程”的奋斗目标统揽全局，充分发挥教育的基础性、全局性、先导性作用。大力实施“科教兴县”战略，大力推进“双高普九”工程和发展高中阶段教育，大力发展优质教育，深化教育改革，全面贯彻党和国家的教育方针，全面推进依法治教和素质教育，全面提高教育质量和办学效益，实现我县教育跨越发展，为建设奋发活力、文明富强、和谐安宁怀集提供坚实的智力支持和人才保障。

他们明确了自己的目标：到2007年，农村地区适龄儿童少年都能按时入学，小学学龄儿童入学率达到100%，初中净入学率达到98%，残疾儿童入学率达到95%；职业教育加快发展，县职业技术学校创建成省级示范性学校。

到2010年，全县小学适龄儿童入学率和初中毛入学率保持100%，适龄残疾儿童少年入学率达到97%以上；初中毕业生升学率达85%以上，基本普及高中阶段教育，建成国家级示范性普通高中2所，基本完成中小学布局调整建设任务，教育综合水平达到市的要求。

而且，近几年他们将重点抓好以下几项工作：

继续营造崇教重文的社会氛围；把教育作为优先脱贫致富的途径；

落实“五项工程”：危房改造工程，生活设施新装备工程，新师兴教务长工程，解决大班额工程，学校布局调整工程；

建设一批规范化学校；

解决好教育扶贫，不让一个孩子因贫失学；重点建设好县一中新校，推动高中发展。

看得出，这是一个不尚空谈的班子，是干实事的一班人。从发展的今天，我看见了无限广阔的未来。那是鲜花盛开的未来。

金丝燕已经放飞了，是伴着丁香花儿放飞的，它们必定会带着更加美丽的梦想飞向那更高更远的地方。怀集的教育又何尝不会如此呢？它也必定带着无限的憧憬向着自己的目标奋进，把那一幕幕美好的畅想和憧憬变成一个个的现实。在金丝燕的故乡奏响金丝燕放飞的新乐章！那是更加动听的更加悦耳的放飞之曲！

朋友们，我们一起期待吧！

附：

怀集行吟（绝句九首）

丙戌初冬，有幸参加了“中国作家看怀集”文学采风活动，一路行来，多有感慨，故得绝句一组，以记述。

（一）

车行怀集放天晴，翠竹摇枝情几真。
日暖风轻花带笑，古榕含羞鸟依人。

（二）

东方电力多神韵，溪过眉田碧浪轻。
水绕山环坝柱起，明灯长耀满天星。

（三）

平生爱竹风姿秀，今有厘乡更俏人。
节外无枝骄粤北，标竿挺立铸精神。

（四）

长晓紫荆港市花，万千彩蝶舞枝丫。
友人难解画中语，幅里藏珍寄海涯。

（五）

金丝燕舞粤乡秀，洞里奇观几欲惊。
天地轮回谁造化，好诗难赋画中春。

（六）

农家半掩婆娑影，晋里陶公留画真。
识得桃源新面目，更听篁竹摇风声。

（七）

蓝钟远走试温泉，溪水叮咚三岳前。
细雨飘来倍觉暖，泳池逗浪笑声甜。

（八）

古有奇观今又见，花石突兀峰指天。
绿水丹山翠竹绕，游人驻足品辕轩。

（九）

依依暖意结行程，怀集风情犹在心。
更是莫湖悠悠水，碧波轻浪流真诚。

2006年11月30日

第二辑 峡山短章

相筑精神共楚台

——“屈姑有约2”札记

一

《屈姑有约 2》约在秭归的乐平里，这里是屈原的老家，自然也是屈姑的老家。

永强老弟电话约我，我想，我是得“赴约”的。然而，事情又总是让人左右为难。这些天，老伴的病情非常不理想。6 月中旬，北京方面又停诊了，说国产的药已没了疗效，让我们回来自己再想法治疗。从北京回来后，治疗又没有新的进展，她的背疼、肩疼，还伴有头疼，而且，腹腔也开始胀疼了，睡在床上翻身也难，要下床更难。这架势我是很难走出去的。真是去也不好，不去也不好。老伴对我说，你还是去吧，永强约你去，你还是应该准备去，我一个人在家，撑个一两天不会有事的。可我还是犹豫着。7 月 8 日就是“赴约”期了，7 日晚淋淋地下了一夜的暴雨，是否会改期呢，我暗忖着。8 日早晨，天突然放晴，老伴对我说，“你快收拾着走吧，我一时不会怎样的，我会安排我自己的。”她说得很诚挚，她也是希望我出去放松放松。我真的很感激，在她这么困难的时刻，还这样支持“屈姑有约”的活动，还这么支持我的“爱好”，这真是去哪儿找啊！

8 日，我便早早地离开了家门，留下她一人在家里。后来，我只好给女儿打了个电话，让她们抽时间去看看妈妈。到了乐平里后，我得知，女儿们把妈妈接过去了，在她们那儿住下了，这时我心中的一块石头才落地，安心地随着“屈姑有约”前行了……

二

我已有几个月没有参加这类的大型文学活动了。这次文学活动，永强老弟按往常一样，把活动安排得井井有条，他是付出了很多努力，想得十分周到，行程、采风、进餐、住宿……点点滴滴，他都亲力亲为，在乐平里，诸如在哪儿座谈为宜，进山的路，有哪段不好走，他都一一作了安排和说明，让大家生活得愉快，采风得理想。

这次，虽然有些“老”点的文友没来成，但走进“有约”行列的故交甘茂华先生、徐永才先生、周凌云主席、周碧麟主席等人依然把他们的睿智带到了乐平里，让大家有了更多的欢乐和享受，也受到了更多的熏陶和感染。从秭归来的“二谭”（谭家斌、谭国锋）在屈原的研究方面可以说是颇有造诣的，一位深沉，一位坦荡。他们不仅帮我们讲解着屈姑，他们还激情地为我们演绎着屈原和他的姐姐，让情景再现，使我们有了更多的感悟，说起屈原来，议起屈姑来，多了些直观和真切。我这次与家斌先生同住两日，听他谈了许多关于研究屈原的心得，很受启迪；国锋先生和乐平里“好人”表演的屈原兄妹情，那一幕，我相信大家是不会忘记的，也许，若干年后大家还会再提起这个话题。

在神农架的板壁岩，国锋先生还借我的姓氏和谢娟的姓氏，作了一副对联：

谢小妹品茶，起身即讨；
吴九爷饮酒，倒口便吞。

可见出他的几分风趣和幽默。自然，行程中也会多出些活跃。

在“屈姑有约 2”的行列中，还有些不算新的“新人”，也带给活动很多的愉悦。谢娟尽着她的半个东道主之谊，用她的热情和真诚给了大家许多的温暖，在木鱼的食宿绝对是谢娟的功劳，看着她的劳累，怎么也想象不出她是车祸后身体还没完全恢复的人。秭归的梅子，这母女俩是让大家多了份喜悦，女儿参加了高考，是在木鱼镇的那天得到录取消息的，你说，怎能不让我们为她们母女俩高兴哩？还有，子寒带来了远安那份飘逸和倩美；玲子带来了枝江的旷达和挚爱；云丫头带来了磨坪的朴实和厚重；贵环带来了支教的热情和大爱……大家都在用不同的阅历抒写着共同的精神，在为这即将消失的文化阐释着时代的生机，文化生命的真谛也许就在这样不断的发掘之中……

三

这次“屈姑有约 2”活动，是屈姑集团的动议。在大山之中，屈姑集团抓住“橙子”做文章，致力于产品开发和创新，创品牌，树形象，产品也行销美国、德国、法国、加拿大、中东、南非、俄罗斯、欧洲、东南亚、阿联酋等国家和地区，据说年销售额已过 10 亿元。这是多么的不简单！现在，他们又如此重视“屈姑”文化的研究和发掘，我想，这路子是对的，文化之于企业，正如土壤之于大树，根深叶才茂。

我知道有一个“屈姑集团”大概是 3 年前的事。2013 年 7 月我到内蒙古参加民族商品交易会和昭君文化论坛，宜昌去的企业几乎都是兴山的，唯有“屈姑”是秭归的。当时我就很诧异。不过，我还是拍摄了一组产品展销会上的照片，现在翻出来看，也还是有价值的。这大概是第一次认识“屈姑”吧。第二次，大约是 2014 年春节前夕，我意外地参加了一次宴请，在酒席上我相会了几位老总，其中有一位就是“屈姑”的李正仑董事长，记得当时，我送给了他们每人一本《洒爱大渡河》，那是我刚刚获得

“屈姑有约2”笔会作者合影

湖北省“五个一工程奖”的长篇报告文学，同时，还因为老总们都是秭归的，我还特地把我的《屈原吟章》诗词小册子每人送了一本，李总他们非常高兴地收下了。我翻了翻，手机中还存有李总的电话。不过，以后再也没有联系了。

没想到，我这次又走进了“屈姑有约”的行列。这次，屈姑集团安排一个年轻的团队随行，他们是各部门的主管，但他们又年轻得让人难以置信。而他们让我们更加认识了“屈姑”。

李晓鹏，看上去最多也就三十六七岁，却已是集团橘颂脐橙开发公司总经理，并兼着屈姑文化研究院院长的职务。一路上，说起屈姑集团的产品来，他如数家珍般，什么橙酒、橙醋、茶橙粒，那可是头头是道。在乐平里午餐时，上了一盘粽子，那也是用橙子为辅料制成的，名“感恩粽”，它引起了我极大的兴趣。不过，李总太忙，他一会儿便离开了，他有另一个任务等着去办。

胡兆兴，也就30岁左右，现已是总经理助理，一路上，车前车后，人前人后，真是够他忙的，他也是一位非常有心之人，在车上，我对他说起，早些年前，我参加过秭归的脐橙节，回来后写过一篇文章《三峡橙子红》，2007年被《人民日报》发出后，反响很好，在网上搜索，便会发现，2014—2015年度，绍兴、上虞、赤峰、南京等地初中语文试卷中还有这篇文章的阅读问答题。胡总一听来了兴趣，便马上掏出手机搜出了这篇文章，他很高兴，“这是有关橙文化的，我们一定会好好学习的。”看得出他那种虚心的态度。

胡源，这位集团的财务主管，一路给我直接照顾蛮多的，他也才20多岁，但他沉着、稳重，见我背着一台单反相机，很重，便一路为我背着包，跟着我，怕我累着，在车上，他也不来我这儿坐，让我一人坐，也怕挤着我；矿泉水，也是时不时提醒我，让我带上一瓶，真是照顾得很周到，让我很是感激，这样的年轻人的确是很让人佩服的，起码说中华民族的传统美德在他们身上体现出来了。我也没什么好谢他，我只得将随身带的唯一一本杂志《天然塔》送他做了个纪念。

另外几位年轻人，大概都才20多岁，身为集团办公室副主任的周俊，闷不作声地，埋头苦干地一个劲拍摄着各种资料，生怕漏掉了某个细节；外贸总监邹玉林那一口流利的英语以及研发中心主任何祥的那份沉稳、内敛和不张扬的性格以及处世的态度都给人留下了很深的印象。

当然，还得说说金玲玲，娇小的身材，不大的年龄，却身为设计部经理。李晓鹏总经理说到粽子的事让我有了很大兴趣，我很想弄清楚有关情况，可李总却走了，这样我就找了玲玲，我知道她也是搞设计的，应该有相关资料，我对她说到这事，她说她一定帮我落实。一路上，因为大家都很忙，我也便再没有与她说及此事，可当分手时，她却主动找到我，对我说："我把您的微信加上吧，回去后，您要什么资料，我好给您传。"这一举动是我怎么也没想到的，她太有心了……

人是需要一种精神的，社会更需要正能量，这次"屈姑"的随行团队，虽然年轻，但他们所表现出的正能量却是满满的，从他们身上我们更看到了企业的未来，看上了一种无比的美丽……

四

2016年7月，长江中下游，抑或在上游，都是暴雨红色预警，而"屈姑有约"约我们到了乐平里，到了神农架，却是晴空万里，天气异常的好，大家笑说是老天爷作美，也有朋友说是永强老弟火好，会选时间，头夜还是暴雨，次日便放晴了。我看这些因素都有，总之是天时、地利、人和。我们相约，心情都很舒畅。

在乐平里的屈原祠，我们见着了徐正端老人，他只身为屈原庙守护整整28年了，听他讲述了那些往事和过程，很让人感动，当大家反复问他为什么要来守护屈原时，他说："守护是守护一种精神。"也许这是真谛，守护本身是需要一种精神的，而守护着精神也会让人的心灵得以升华，让精神得以弘扬。让人感动之余，的确也多了些思索。我很虔诚地向屈原祠，向这位88岁的老人送上了我的礼品，两本专著《亲言且絮语》《吴绪久三峡咏稿》和《屈原吟章》的小册子。

采风乐平里时留影

向昌富先生也算得上是乐平里有影响的人物了，30多年来，他一直扎根在乐平里，采集和整理有关屈原

的历史文化，辅佐骚坛诗社的发展，是当然的有功之臣。当朋友们让他吟唱几句骚坛诗作时，他不假推辞，吟得有板有眼，博得了大家的一阵阵掌声。他还搜集了数百首当地民歌，他放声唱了几首。唱者无心，听者有意，而最有意的却是刘伟华教授。刘教授现在是中华茶名师，对茶文化的研究是她目前最专注的，她从这些民歌中听出了一些“茶味”，而且是有别于武陵的“茶味”，她跟向昌富先生提出她想要这批民歌，她要从中找出新的茶韵来，向先生很高兴地答应了。我相信，对于刘教授来说，这绝对不会是她此次“相约”的副产品，也许，这将是她的又一篇大文章，说不定还会是惊世力作。

乐平里的屈原祠

还有一位向先生，向晓飞，是来自秭归电视台的，说话时总是一脸笑意。我和他是第一次相识，而他说我们早有交集。他告诉我，他当时在乡下，他见报的第一篇文章是韩永强帮发的，而他见报的第三篇文章，就被我选进了《写意大三峡》那本散文集之中，说来那已是16年前的事了，当时我和永强老弟等人编辑了这本散文集，是想重点推介三峡，推出一批写作新人，而向晓飞先生的文章入选我早就忘了，我只模糊地记得秭归有一位作者从来没有谋面。这次相见，还真有点相见恨晚的感觉，他说就因为这两篇文章，他才被人们重视，有了新的职业和岗位。因而，他很感激，他希望我再送本书给他做个纪念，我应允了，手头尚有一本《亲言且絮语》，送给了他。

张天一老弟这次也是够忙的，他被推举为散文学会的副秘书长，我们当然为他高兴。几次电话通知，几次短信“相约”都是他的苦劳，一路上，他也是前后张罗着，真应了他的网名“耕夫”二字。徐永才主席说要为下一部“散文集”做点资助，很多具体的事又将落在天一的身上，永强和他在车上初步作了谋划，并对他作了交代，他都非常高兴地应诺下来。这又是一个大工程，相信他会完成得很漂亮。我和他是几十年交情了，且都有着共同的爱好，还有些相同的见解，而且都是同饮沮漳河水成长的。在神农山庄，当刘西根总经理需要一点墨迹时，我和他都同时应承了，而因此行程没带毛笔和印章，都表示回来后写好寄去。刘总是神农山庄的负责人，他对我们这次活动是有情的，自然我们得向刘总表达我们的谢意。这些天，相信天一已完成此“约”。我也初拟了一联想送给刘总：

西峡东流远
根深叶茂繁

但不知刘总满意否？

五

活动结束时，在返程的车上，应永强老弟之意，我即兴作了两首小诗：

（一）

暴雨骤晴天骤开，
阳光一路照山崖，
屈姑寻访得真谛，
相筑精神共楚台。

（二）

相筑精神共楚台，
屈姑有约融心脉。
群英开创新文路，
橙行天下济帆来。

这是我此次行程的感悟，也权为这次“相约”的小结吧。“相筑精神共楚台”，录在这里，也作为对这篇札记的小结了。

2016年7月20日于宜昌桃花半岭居

王者女性她名“红”

——湖北省“十佳维权能手”王红解读

女性，常是一个弱者的代名词，而她却让我觉得真的别有风采。很多时候她向我们展示的却是强者的形象。

——采访手记

王红，湖北省宜昌市西陵区街道办事处综合治理办公室副主任，是一位已年过半百的女性，有人说她是“三高”干部，所谓“三高”，即“嗓门高、热情高、气势高”，而采访她后，我却更感觉到，这“三高”正是一种活力的体现。她身上洋溢的那股“活力”，不是青春，胜似青春。莫说我，甚至让那些年轻人都得佩服，听了她的事迹后，你是不得不佩服的。她像春来的桃花那般艳红，而把芬芳散发于人间。然而，我更觉得她犹如一株劲拔而怒放的玫瑰，殷红，但带刺——这莫非是一种正义的象征，把芬芳洒向了大地，而把倔强奉予了春色？在梳理我的思路时，我突然感觉到，她，一位最基层的女干部，带给我们的是那么多的思考；“维权”，这二字似乎不应与她有太多的牵扯，然而，“维权”——还是为他人维权，却成了她“以生命相许”的追求，这是否是不可思议呢？静下心来，我蓦然有了一种解读，那是一首唱给她，唱给这位普通基层女干部，而又是省“十佳维权能手”的歌：王者女性她名“红”！

“王”者，是“一”和“工”的组合，这似乎告诉我们，她就是“一”位最基层的劳动者，“工”作者。不错，她出身贫寒，曾经就是一位地地道道的“大家妹”

大家知道，我们中国人使用的是方块字，即汉字，而每个汉字都有着它特定的含义。“王”者是什么，不论你怎么理解，而从王红身上，我读到更多的却是，这“王”是“一”和“工”的组合。直面其意义便为：“一”名普通“工”作者，也就是说是一位最基层的办事人。的确，她出身寒门。1962 年 5 月，这也是我们国家最困难的时期，三年的严重困难，夺去了很多人的生命，她却在这时来到了人间。他们四姊妹，上面有三个哥哥，她是一位难得的幺姑娘。按理说，她是父母掌中的“明珠”，是一位娇宝宝，然而命运却捉弄着她，在她 10 岁时，母亲因病少钱医治离开了他们，13 岁时，父亲又因病与他们永远告别了。而这时，她的哥哥们也没有能力好好抚养她。然而，这种环境正成就了她性格的养成，她没有悲伤，没有眼泪，而是成为名副其实的“大家妹”，什么苦，她都能吃；什么活，她都能干；什么亏，她都能够背负，东家要拣菜了，招呼一声，她便高兴地跑去了，帮忙人家把菜拣完；西家要点火生炉子，招呼一声，她也连忙跑去，帮人家把柴火准备好。即使人家不招呼她，她见人家有活干，需要人手帮忙，也会主动迎上去，乐呵呵地做个不停。她说，她是个孤儿，她是吃百家饭长大的，她更应该做百家事。街坊邻里的人见了她，都很喜欢她，不论是爷爷奶奶，还是叔叔阿姨，都称她为“大家妹”了。

这“大家妹”也真有点不简单，让人不可小看。

有一天，几个小伙伴在江边玩耍，她在河边洗菜。虽然是秋天了，天气凉了，可是一个小伙伴玩着玩着却不慎滑倒江里去了，在水里挣扎着。“呀！有人落水了！”旁边的几位小朋友一时没了主张，惊慌地哭喊着，乱跑着。而她却很冷静，像个小大人一样，不由分说地甩开菜篮子，和衣跳入了长江，扑腾扑腾地游过去，一把将那个小朋友推了上岸。后来，闻讯赶来的大人们见状，十分高兴地夸奖了她，那位小孩子的父母硬要给她去买件新衣服，的确，天也凉了，她的衣服也是湿透了，但她一点也没有兴奋感，“我才不要哩，我回去自己烤烤，就能穿了。”她觉得自己就是个“大家妹”，她能为大人们做点事似乎就是天理，没有理由额外地接受大人们的“恩惠”。不一会儿，她又与小伙伴一道去玩了……

她的游泳技术的确很好。现在，仍然是一位冬泳爱好者，还能游过长江。人们提起她从小就下水救人的事来，也总会称赞不绝。可人们夸赞最多的还是说她，一个最普通的女孩子，心里想得更多的总是那些平常人家的事情。她说，这不叫“同病相怜”，这只因为“大家帮助了我，我要帮助大家”。她长大后，因为是孤儿，没有下放去农村。不久，她有幸走进了“居委会”这个大家庭。当时的居委会是个什么面貌，大家是可以想象的，是最基层的基层了。虽然全是些婆婆妈妈的事情，但她就喜欢做这些琐事。做着做着，她又有了些新的想法，她要办街办企业，让大家都有事做。在20世纪八九十年代，你说，凭空办起一个厂子，谈何容易。然而她坚持要干，而且说干就干，于是到处找路子，筹资金、筹地皮、筹设备，忙得不亦乐乎，一下子竟办起了好几个厂来，什么塑料厂、皮革厂、制衣厂，都弄得红红火火的，用大家的话说是“我们的土街头是热开了锅呀”！她把那些聋哑人、伤残人、无业人员都弄到厂里来干活了，让大家都有了饭吃。有人说她，“你这是何苦呢，你费了这么大的劲，自己又得不了好处。”而她呢，却说得好，“我本来就是一个‘大家妹’，我是靠大家资助长大的，这些人都是我的兄弟姐妹，今天，我‘大家妹’长大了，就得要为他们做点什么的呀。”

这里我们自然可以看出，没有谁比她更普通了，没有谁的话比这更朴实的了。她“王”红，这是一名普通的工作者；“大家妹”就是为大家办事的妹子，从中，我们就不难想象，她为什么与“维权”有了如此的关系，为什么把为“农民工维权”当成了自己的光荣的责任了。

“王”者，自古就是强者，她，让我由衷地感受到，她总是拥有强者的风范，无论做什么事就要亲力亲为，力求把事做得更好，做得让你不得不心服口服

王红，这位王姓之女性，别看她是在最基层的岗位，别看她是那么的普通，而她总是拥有着“王”者的风范，不管做什么事，不管有多难的事，她总是要把事做得更好，亲力亲为，做得让你心服口服。

还是在孩提的时候，她就去打工，在建筑工地上，小小年龄，提灰浆，她跑得飞快；扛水泥，她跑得飞快。大人们说：“唱个歌吧。”“好。”她就唱起来；大人们说：“跳个舞吧。”“好。”她就跳起来。她总是把快乐带给大家。

上了学，她一直就是班干部，她总是把老师安排的事做得很到位，把同学们委托她的事做得很顺心。她看见不顺眼的事更是爱操心，“管闲事”也是有了名的。以至于几十年过去了，现在同学们相聚时，还总是提起，“你那时好厉害啊，比老师管我们还管得严。”但同学们对她给予大家的关心，那种友情也总是念念不忘的。前些年，有一位同学得了重病，不久于人世了，家里人问他还有什么要求。那同学说：“我想见王红一面。”人到这时要见王红的面，可见他对王红是怎样的信任了。原来是那同学的妻子还没有正式户口，也没有正式工作，担心自己离开人世后，妻子儿子的生活无法解决。他向王红提出了请求。王红没有推卸，她对他说：“你放心吧，我会把这些事办好的。”之后，王红真的就把这些事当成了自己的事。大家都知道进一个城市户口有多难的，而她就是这样五次三番地去跑路，去求人，去汇报情况，去阐述理由，当然是功夫不负有心人，她把这位同学妻子的事给办妥了，后来还帮她在土街头居委会下辖的一个收购站找了份工作，让她有了稳定的工作，也有了较稳定的收入。让他的那位同学在九泉之下能够瞑目了。现在，那同学的妻子把王红亲切地称为“姐姐”，可见两人之间的友情并非一般了。

后来，王红进了居委会，不久大家还委托她当了“主任”。当时的居委会，我已说过，不像现在那么气派的，基本上是个无权无钱的部门，要说有什么，那便只有管事的份儿，而这些她很乐意，她王红，天生就爱做事。

按说，当时的居委会开门就是“柴米油盐酱醋茶”，细细小小一篮子，够多够杂够琐碎的。可能有些人早就甩摊子走路了。而她还觉得事不够，1990年，她竟然提出了要办一个“文化站”的想法。在很多人眼里，这纯粹是自己给自己找麻烦了，而她认为这很重要。尽管还没有人试过，她说“要试”。居委会也没有经费，她说：“我自己想法。”她真的就弄了一块地方，把书籍、报纸、杂志弄了一摞一摞的，让那些老人小孩们有时间就来读读书，看看报，还组织了一个业余秧歌队，一个龙灯队，弄得好不热闹，甚至还走出了“以文养文”的新路子，可以说“开创了居委会工作的新局面”。于是当地的治安环境明显好了，人们的幸福指数提高了，安居乐业的信心增强了。这路子也得到了上级的肯定。1991年，她参加了全国文化站先进工作代表会，受到了党和国家领导人的接见。

当然，这也坚定了她要为普通老百姓办好事办实事的信念。用她自己的话说：“难啃的骨头偏要啃！”既为群众解难，也为政府分忧，能不去啃吗？

她怎样“啃”？

先说一件小事吧。有年搞经济普查，这是国家统一布置的。一次到一个私营门店去做经济数据登记，以前已去过几拨人了，这老板就是不配合。这次王红去，那人也依然不配合，还开口大骂：“滚，你给老子滚！别耽误了我的生意！”而王红听后，不但不生气，还笑着对那老板说：“呀！看来你骂人都不会骂，我告诉你吧，应该这样骂……”几句话，竟把那人说得笑了起来。后来，他就非常配合了，“你真会说话。”并很快把资料拿出来了。

再说一件难事吧。有一个案子，是医案，一个人死了10年，家属因不满法院判决，而拒绝安葬，整整弄了10年，光停尸费就是几十万元了，这事后来转到王红手上了，要说难，是实在难的，但王红天生就不怕“难”字。接手后，她跑市里，跑省里，跑那家属家，跑她亲戚家，反复咨询，反复做工作，反复争取政策，最后仅仅半年时间就把这事弄顺了。家属自然是满意的，还特地到居委会向她当面表示了感谢，口口声声称她“是一个为民解难的好干部”。

她们辖区内有一所中学，2013年3月底，一个学生突发脑病，救也没救过来，家长得知后，一下子火了，马上从猇亭来到宜昌，一来就是几十人，要与学校论理，要学校承担责任，并坐在她孩子的座位上不出去。王红她们得知后马上和民政部门的人一起去了学校。当把情况弄清楚后，便马上耐心地做家长的工作了。严格地讲，这事学校方面是没有什么责任的，但王红还是认为要从人文角度给予必要关怀。于是，她动员街道办事处给予了捐款，又动员学校方面进行了捐款，最后将这笔捐款封好，她亲自送到了那位家长手中，让家长感受到了来自社会的温暖，他很感激地领了情。4月1日，家长临走时，还拉着她的手说：“王大姐，您真是我们的恩人！您真不愧是调解高手啊！”学校方面也向王红她们表示了谢意。

也许，这就是王红，一个“王”者的风范，一个永远能把事情做好，做得你心服口服的工作者，一个最基层的人民公仆！

“红”是什么？是“丝”与“工”的组合。所谓“丝”者，那就是“植桑、种梓、育茧、抽丝”之人，那不就是“农民工”的代称吗？也许命里就注定了她要与“农民工”紧紧地联系着

王红，她原本不叫这个名字，原名王长凤。是上学时，她自己改了，改名为王红。可她怎么也没有想到，她这一改，竟然使她与“农民工”紧紧地联系在一起了。你看，所谓“红”，那原本就是“丝”与“工”的组合，而“丝”是什么？不就是“植桑—种梓—育茧—抽丝”之人吗？你说这不是“农民工”是什么？

西陵区是宜昌市的主要商业中心，自然，外来务工人员就多，而她，命运就选择了她要为这些农民工服务。这一来事情就多了，可以说“大事小事，接踵而至；难事烦事，事事相随。”这些农民工进城后，由于对法律的认识不足，人际关系的不和，文化素养的欠缺，所以，只要有“事”便不是简单的事，往往是让人头疼的事。而王红说，她不怕难，只要农民工找到她，需要她，她踏破门槛也要帮助他们把事办好。因而，不论是相识的还是不相识的，她都会以她那份正直、善良和热情博得大家的信任。

2007年元月的一天，王红刚刚走到办公室楼下，就被迎面走过来的一名妇女拉住，“你是那个为农民工解决困难的王大姐吧，今天，你一定要帮我做主，请你为我想想办法，我等着拿钱回去救命啊！”这名妇女一见到她，带着哭腔焦急地向王红恳求。王红知道，她一定是遇到什么难事了，来找她想办法的。于是她把这名妇女带到办公室，并安排她坐下，端上热茶：“不急，慢慢说。”

原来，这名妇女姓徐，是远安人，在王红单位附近投资5万元购买了一个门面，准备用来投资，可是天有不测风云，她的丈夫几天前在一次车祸中受伤，家里的钱都用完了，可还是不够。这样，她想到原来曾交了5万元来投资的，而这门面目前还没交付，便想要回这5万元钱为丈夫治病。“我丈夫是家里的顶梁柱，孩子不能没有爸爸，老人不能没有儿子，我不能没有丈夫，我实在是没有办法了，王姐，你这次一定要帮我这个忙。”听着听着，王红的眼圈都红了，可王红明白，当时双方是签订了合同的，按正常办理，她也不能要求开发商退出这5万元，到哪里都讲不通。可同样是女人，有家庭、有丈夫，看着徐女士那无助的表情，王红的心软了，她便来到门面房的开发商处，耐心地叙说，最终以情动人，帮徐女士要回了那5万元钱。

这是《楚天都市报》曾经宣传过的一则故事。

在采访中，我还为另外一些故事所感动：

2008年的一天，某工地因小产权问题发生了纠纷，有近200人堵路了。这可不是小事，惊动了地方的重要领导前去解决问题，她也随着去了。在现场，她发现有位妇女最激动，哭得在地上乱滚，寻死觅活的，不听任何人的劝阻，她一看，这女肯定有很多的“苦水”想吐出来，当时，很多人一看这架势，都不敢上前。而王红却站出来了，她一跃而前，冷不防地把那女的抱在怀里了。王红让她缓了缓劲，然后细心地劝说了，“我们都是女人，我们都有难处。但不论怎样，我们不能放弃生命，有话好好说，你对我说……”她的坦诚，她的无畏，让这位女人有了好感，并随她到了她的办公室。在办公室，两人促膝交谈，谈得很多很深，最后王红弄明白了事情的原委。之后，又去作了很多努力，帮她把事情办妥了。后来这女的也真服了，当着王红的面再一次落泪了。这泪中有欣喜更有感激。她自己的权益得到了维护，这一场风波也便平息了。

下面是又一则故事，是又一位女人。

那位女人的丈夫在宜昌市某家电卖场打工，为一品牌家电服务。可一天，不幸降临了，那男人撒手人寰了。这位妇人自然要找这卖场争取权益，可那家电品牌又不是本地的，想把权益争取到手的确很难。那女人带了花圈，邀了 20 多人一起来到卖场，一下子把卖场堵了 3 天 3 夜。后来这事也转到王红手里了。王红知晓后，便速急来到了卖场。她一了解，得知这位家属也不是没有道理的，一是人死了，家电方也不出面；二是人家在这儿打工，也没跟人家办保险，也没有交统筹；三是人道主义义务也没履行。她安慰了这位女人，并打电话去家电生产方，让他们从千里之外赶到宜昌。事情虽然是几经周折，但最终家电生产厂家在王红她们的调解下，还是妥善地与家属进行了沟通，最后达成了 10 万元的补偿协议。这位女人拿着钱时，很诚恳地向王红鞠了一躬……

还有一件事更是让我感动了，那是一位男子汉的维权要求：

2011 年 7 月 14 日下午 2 点多钟，在华祥物流商业中心施工现场，四川来宜昌打工人员陈维斌因拿不到工资，绝望之中爬上工地 30 米高楼准备跳楼。接到社区的通知后，王红火速赶到现场。为了方便与陈维斌交流，患有高血压和冠心病的她腿颤抖着爬上了楼顶。当时现场气氛十分紧张，为了防止出现万一的情况，王红劝说民警、社区网格员等人员下楼，楼顶上就只剩下她和陈维斌两个人。陈维斌 2011 年 4 月中旬起在华祥工地从事高空电焊工作，因施工方将工程层层转包，第三级承包方将其工资拖欠，陈维斌一直没有领到工资，无奈之下只好用跳楼的极端方式寻求解决办法。听他讲了经过后，王红轻声对他说：孩子，你今年才 20 多岁，人生的道路还很漫长。生命是很宝贵的，不能轻易放弃。接着掏出一沓钱递给他说，我这里有 5000 多块钱你先拿着，下来把工资算清了，还差多少，我们一定督促企业全部给你结清，陈维斌没有接钱，他说：“阿姨，我知道这是你私人的钱，我不能要。”“我的儿子差不多和你一般大，我们好好说说。”王红坐下来，和陈维斌谈父母抚养他的不易，谈为人、谈孝道，半个小时后，陈维斌激动的情绪渐渐平缓过来，他说，阿姨，我相信你说的话，和王红一起走下楼顶。在接下来的3天里，王红协调相关单位将陈维斌等4名农民工被拖欠的工资2.6万元全部发放到位。

陈维斌是满意了。我们也是更高兴了。我们十分欣喜地看到，一位普通的基层干部，在为农民工维权时的那股刚毅，那种坚韧。这刚毅、这坚韧又有多少人能与之相匹敌呢？

读到“红”，从那“工”于“丝”中，我还很容易就想到“丝”的平滑，柔顺和轻盈。在维权路上，王红除了向我们诉说着那“王”者的刚毅外。还向我们展示着那似水的柔情，那是智者的形象

“维权的路难走。”每当与人们谈到“维权”，人们都会不约而同地感叹。

在维权的路上，王红对我们说，除了要有“王”者的气概外，更重要的是还要多动动脑筋，想想办法，既然出手相助，就要把事情办好。由此，我又想到了那“红”，想到了那“丝”的质地，那是平滑，那是柔顺，那是似水柔情啊，那是一个智者形象。

知情人对我讲：

有一次，王红坐上一辆公汽去上班。途中，有一位农民挑着两个菜篮子要上车，可那司机突然制止了，让他“赶快下去”，那农民愣住了，但还是想退下去。王红这时却说话了。他对司机说：“师傅，你这就不对了。看人家是农民就不高兴人家上车，想一想，没有农民，我们吃什么，穿什么？车上的人稍微挤一挤，他把两个篮子叠起来，位子不就解决了？”她这一席话让司机脸红了，马上改了，“好，好，好，上来吧。”这时，全车的人都鼓起掌来……

2007年春节前，有一位省报记者来采访王红，写了这样一件事：

四川籍农民工胡军（化名），一直在绿萝路加工棉被，可近年来生意不好做，2006年11月，遭遇门面租金上调，单靠棉被加工已不能维持家里的生活，于是，胡军想把原有的门面改建成两个，除了继续经营棉被生意以外，另外一个用来开个小杂货店。这样，家里收入就可以多些了。可由于不懂相关政策，没有办相关手续，刚开始改建就面临着处罚，作为一个外来务工人员，本来家庭状况就不好，这下更是雪上加霜了，万般无奈之下，胡军想到自己加入了西陵区农民工工会，去找工会组织一定有办法。他找到了王红，说明了自己的想法和情况，王红找到城建等相关部门，为胡军补办了相关手续，2007 年 1 月，门面改建完成，胡军的小杂货店也正式营业了，事后，胡军多次找到王红，要请王红吃顿饭，都被王红婉言谢绝了。

3 月 7 日下午，记者正好遇到王红上门了解农民工的情况，一路匆匆忙忙，风风火火，路过胡军的杂货店，王红专程到他店内去看看，并详细地问了杂货店的经营状况，让胡军好好干，早点在宜昌买房把孩子都接来，胡军在一旁憨厚地点着头，但在他憨厚笑容的背后说得最多的还是对王红的感谢。

其实，有些事远不是这样简单，要比这复杂得多，总是那么考验着人的智商，考验着人的办事的水平。而王红却是用行动证实着。

也是一位四川来宜昌打工的，他姓乔，名林（也是用的化名），在一个建筑工地打工。一天，他从脚手架上掉了下来，腿骨摔得骨折了，工是不能再做下去了，还需要钱养伤，他的工友也为这事着急，四处去维权。最终事情还是弄到王红这儿来了，王红没有含糊，去找律师，去找工地老板，跑了好久，在这位伤腿者回到四川后，才终于把事落实下来，老板答应赔付 10 万元钱。事情是个好事，但是另外一个事情出现了。伤腿之人担心钱到不了自己的名下，可能有人想抽“水”，王红一想也觉得有问题。她马上与乔林联系，让他同意先把钱打到王红的账号上，再转给他，乔林很快同意了。这样一来，事情也便处理得很顺利。10 万元钱全部赔付到位了。乔林非常感激，他给王红打来电话，一是表示感激；二是要请王红到四川做客；三是表示若自己腿好了，以后还会来宜昌打工，因为宜昌有这么好的维权人，有这么好的务工环境。这事自然也是让人非常感动的。

2011 年春节前，也曾发生了一桩事。一家酒店装修，装修完了，打工的也要回家过年了。然而务工人员还有 8 万元工程款没到手。这些务工人员结伙去找这老板。这老板也很无奈啊，他的工钱是付清了的。只是包工头把钱挪用了，没有到那些农民工手上。而那包工头把钱又挪用了，手上也没钱。“山不转水转”，这事又转到王红这儿来了。好在她认识这位酒店老板，在她弄清情况后，马上与老板商量，说，“他们的工程质量是没有问题，你先把质保金拿出来，付他们 5 万元，我再去做包工头的工作，让他再付 3 万，这样让他们先好好回家过年吧。”这酒店老板见王红态度很是诚恳，而且她说的法子也是比较可行的，便爽快地答应了。当时他便派人去取了质保金，付给这些农民工 5 万元。后来，王红真的又帮他们落实了另外 3 万元。让这些农民工高高兴兴地回家过春节了……

这 20 多年里，王红就这样工作着。由于她和她的团队的努力，西街道办事处工作的“履历”上写下了许多个“第一”：2004 年 4 月，西陵区有史以来第一家以农民工为主体的工会委员会成立了，曾经的小商、小贩，在城市的最底层从事着最脏、最累、最危险的工作的农民工有了自己的家——工会；2005 年 7 月，全省第一家“农民工困难帮扶中心”成立了，“农民工有困难找工会”在这里成为现实；全市第一家“农民工夜校”开学了，农民工在这里接受教育培训，粗糙的手记着笔记，一笔一画缩小着和这个城市的距离；第一座“农民工公寓”落成了，许许多多的农民工不再住晴不遮阳阴不遮雨的工棚了……

这 20 多年里，王红绝大多数双休日都在加班，奔波在为农民工维权的路上，再苦再累，无怨无悔。粗略地算一算，王红累计为农民工办实事、好事已是 1000 多件，为农民维权 300 多起，追讨工资和伤残赔偿金 1000 多万元，处理突发矛盾事故 50 多起，化解信访积案 10 余起，有力地维护了职工权益，保障了辖区稳定；她工作、做人的信念是有为才有“味”，她用真情、用心血换来了农民工对她的信任和尊重，这些年，她先后被授予湖北省总工会全省工会维权工作十佳个人、全省优秀工会工作者、全省争先创优先进个人，两次被授予湖北省五一劳动奖章，2015 年还获得了全国五一劳动奖章。

说到“红”，其实我们最容易想到的还是“美好”，是一种愿景；而“王”呢，自然还可以解读为“干”和“一”的组合，难道不能理解为脚踏实地“干”，一心一意地“干”吗？是的，正如王红所说，为了农民工的权益，为了社会更加的美好、和谐，她就要这样一直干下去

这些年的操劳，虽然看上去王红仍显健壮，可年过 50 的她，身体一直并不是很好。她因病住过 4 次医院，还曾在武汉做过一次较大的手术。可一从武汉回来，她便投入为农民工维权的工作中去了。同事们都担心她身体吃不消，可看到她那样的工作热情，只能在工作中和她一起努力去干。

的确，她身体有些不好，血压一直高。有一次在处理一起医疗事故中，对方情绪一直不好，非常激动，王红劝说了好久，也没有效果，后来，那位女人竟然还站起来，要冲出去，要找人来“帮忙”，王红一看，感觉实在很不妙，也马上站起来，想要安慰她。可怎么也没有想到，这时王红她自己的血压突然升高了，一下子便昏倒在地上，差一点休克。同事们见状，立即拨打了 120，把她送到医院急救中心抢救……

这些年，这些事是时有发生的。

这些年，王红是一次又一次地让农民工感受到了“家”的温暖，可对自己的小家，那是亏欠太多。王红觉得愧疚。她说，她没有好好照顾丈夫和儿子，没有尽到一个妻子和母亲的责任。可丈夫和儿子都很支持她的工作，从来没有怨言。每当夜幕降临，她拖着疲倦的身体回到家，丈夫早已准备好饭菜静等着她回来。为了弥补这份亏欠，2015 年春节 7 天休息，王红好好地为家人做了几顿饭，儿子笑称，妈妈做的饭最好吃，要想吃到可真不容易。而提到儿子，王红倒是一脸自豪，因为工作忙，这么多年没怎么照顾儿子，可儿子却很让她放心，儿子大学毕业后在北京从事软件开发工作，性格上和她一样豪爽率直，有时遇到工作上的难事，王红打电话给儿子说说，儿子还帮她出出点子，想想办法，儿子就是她最好的朋友。现在，儿子又到了国外，在那里深造发展，对她来说，似乎又多了些慰藉。

这些年，各级政府肯定她的突出成绩，也都给予了她很多荣誉，而这些荣誉对于她来说，并不是一种炫耀的资本，却是一份更大的责任，荣誉越多，她总觉得这种责任更大了。

她的同事给我讲了这样一件事：

那是 2012 年春节前的时候，有 30 多位农民工与一花园房产的老板发生了纠纷，大家的情绪非常不好，把东山大道给堵了，东山派出所出面来解决问题，竟没有效果，那些农民工都不肯散去。这时王红去了，弄清楚基本事由后，她真诚地对那些农民工朋友说：“请你们相信我，我是湖北省十佳维权能手，有什么问题，大家坐下来，我们一起好好聊聊，看看我能不能帮你们想想办法？”大家起初还不相信她，后来，王红干脆把“湖北省十佳维权能手”的证书拿出来，让大家看，“这不会假的，请大家一定相信我。”直到这时，大家才将信将疑地坐下来。后来，王红才把农民工朋友约到那花园楼盘的一个会议室，平心静气地进行交流，通过反复沟通，达成了一致意见。一直到深夜，房产公司方面组织力量进行了突击核算，并将 20 多万元的工钱如数地送到了农民工朋友的手上。事情总算妥善解决了，清晨，迎着初升的太阳，王红也长长地松了一口气；大伙儿也高兴地带着钱回家团聚过新年了。

也由于有了荣誉，她维权的知名度是越来越高，又加之地方电视台还专门为她办了个“维权”栏目，所以，慕名来找她的人是更多了。不论是省内的，还是省外的，大家都非常信任她。可以说，她似乎有点忙得不可开交了。

我数次采访她，都碰见了与“维权”相关的事发生。以至我们的访谈不得不暂时停下来。

一次，是一位福建籍的农民工，从江西打来电话。他说在江西务工时，一笔工钱被拖欠，跑了几年没拿上手，在读手机报时，知道了王红帮助农民工维权的事迹，抱着试一试的想法，从江西打电话来向她求助的。王红当时一听，也很感动，她十分感激这位农民工对她的信任。并且告诉他这事应该怎么办，路应该怎样走。她说了三点：

一、按照你现在的情况，是在江西务工时发生的纠纷，应该向江西方面申诉，寻求江西省各级工会组织的支持；

二、如果江西方面一时答复不了，那么你就返回原籍福建去，通过福建省工会与江西省工会沟通协调，争取能解决问题；

三、如果上述方法都还解决不了问题，请把情况先发给她，她再看看情况，了解清楚，然后再去湖北省工会，找找负责维权的同志，由他们再与江西省联系，争取调查解决……

她这几条意见，说得那农民工非常满意。他连连说：“太感谢您了！我找了好些地方，几乎没有一个地方的答复能让我明白的，您给我指明了路，我先去试试看……”

又一次，是在本地务工的一个女务工人员，她因工伤想寻求医疗救助。她找到了王红，也不管我们是否有事，硬拉着王红说起来，使我们的采访不得不停下来。她向王红诉说着她的情况，而且情绪也比较激动。我看王红，她却很冷静，她细细地听那女人把话说完，然后细心地给她作了相关说明。从工伤救治的政策到工伤救治的现实，从工伤救治的焦点到工伤认定的程序，一一给她做了讲解，让她做到了心中有底，然后王红又表了态，在这两天内一定帮她把医药费的情况弄清楚，找工地老板帮她落实好。当时，这位女务工人员非常满意，说实话，王红的那种细心，让我都受感动了。那女人说：“我相信你，王姐，有你这些话，我就放心了。我先去治伤了。”

那位女务工人员走了，可是又有一位敲门了……

也许，这就是王红。尽管她身体不好，尽管她年过半百，尽管她已有些憔悴，但她对我说，她这一辈子就与“维权”结缘了，为了社会的美好，为了社区的和谐，她要一直把这事做下去。也就是说，她要把这美好的愿望，作为她一生的追求，要脚踏实地干一辈子！说到这里，我蓦然想到，这岂不是对她姓名的最好诠释！何谓“王”者，那即是“一”名普通“工”作者，而且是一名“脚踏实地”的“干”事人！是为谁而工作，是为了我们处于弱势的农民工，为了我们社会的那美好愿景！这就是“王红”！

王者女性她名“红”！

是啊，她用近乎完美的行动在解读着——王红：美好的愿望，平生的追求！

2015年5月8日修改于宜昌

写在峡山丛岭的税歌

十年来，夷陵地税人用他们培育的“地税精神”，用他们的聪慧，在这峡山丛岭之中谱写出一曲又一曲动听的税歌，这优美的旋律回荡在西陵峡畔，回荡在人们的心头……

看看这一个个奖牌吧：

1996 年荣获县级文明系统；

1997 年地税收入过亿元，成为全省首家过亿的县级单位；

1996—1999 年荣获省级文明单位。1999—2000 年、2001—2002 年两次获全省“最佳文明单位”；

2001 年，被人事部、国家税务总局授予“全国税务系统先进集体”荣誉称号……

看看这一组组数据吧：

10 年来，夷陵区地税局（原宜昌县地税局，下同）累计组织税收收入 13.4 亿元，地税收入占财政收入的比重由 21% 提高到 35%；人均税费征收数由 35 万元提高到 206 万元；百元税费成本由 11 元下降到 5 元；创造了全省县级税费总规模最大，人均税费征收额最高，百元税费成本最低的纪录。

1994 年税费总额 4164 万元；

1997 年税费总额 10023 万元；

2003 年税费总额 25000 万元……

面对着这一个个荣誉，面对着这一项项记录，你有何想法？每一个荣誉，就是一段故事，每一项记录，就镌刻着一段历史。这其中，凝聚着夷陵地税人的心血；流淌着夷陵地税人那坚毅拼搏的情怀，是他们人格的化身，是他们奉献的写照。是他们放声峡山丛岭的曲曲税歌！

谈罢，我诚然心有所动！

1994 年 7 月 1 日。这是夷陵区地税人永远无法忘记的日子。这一天，夷陵地税诞生了。然而，从它诞生之日起便先天不足，没有办公用房，没有设备，没有经费。可这些并没有难住他们。借了间房子便正式办公了。保险柜，铁铸的，四五千斤重，大伙儿一声吼便搬到工作间；征收大厅是租的，20 平方米袖珍型，中间还有一道隔门，大伙儿想得好，搬来一张乒乓桌，一方在门左，一方在门右，工作之余还能隔着门娱乐娱乐，他们那种欢乐劲，把困难全不放在眼里；晚上大伙儿还约着去守税，守到凌晨 3 点，洗个手，在地摊上一坐，点几个小菜，吃得特别开心。用原副局长简道富的话说，那个环境正好培育我们夷陵地税的“精神”，一种永远乐观，从不畏难的精神。

我们来看看两则故事吧：

卢春林当时所在的太平溪所只有 5 人，两位老的，两位小的；老的行走也不方便，小的是刚从学校来的女孩，账都不会做，是抱着书学的。征税的担子自然是由他承担，没有交通工具，自己买辆小 80 摩托，而那些山路，坡又陡，车子冲上去又滑下来，滑下来又往上冲，一天得跑几十公里。有一天，下雨了，路滑，泥深，他冲呀冲，差一点掉下悬崖……弄得浑身是泥，双手满是血伤，他扶正摩托，继续着他的工作，用他的话说：“征税是不可含糊的”。这一年给他的任务是 30 万元，他超出 8 万元。旁人为他高兴，他却笑不起来。

其实，我的心也同他一样沉重，为了税收，他们该是承受着怎样的艰辛啊！

宋方红，1996 年还是位年方 35 岁的小伙子。他同常人一样，有的是精力；然而，他却多了人们少有的耐心。这一点你是不得不佩服的。那一年，分乡棠垭的一位个体经营者已有 4 个月没缴税了，合计应纳 1600 元。他跑了一趟又一趟，几十里路去了又回，回了又去，总也不凑巧，竟一回也会不着人。那一天，他得知一个较为准确的信息，便连夜赶到离棠垭不远的插旗村住下，第二天清晨便出现在他家门口。正好把他堵住。“想说说税款的事”。“早上，要图个吉利。有钱也不给！”宋方红没有退却，反复和他说起理来，后来终于说服了他的妻子，“我去取钱吧，马上补交。”钱也交了，他们还成了朋友。之后，宋方红每月也履行他的诺言，到期先为他代缴，然后，他们如约补上。就是这样，宋方红这一年的任务完成得很漂亮，分给他的任务是9万元，他完成12万元。试想想，在人们纳税意识还不强的时候，征税人没有诚意能有如此成效吗？

再来听一则故事吧。时间依然是1994年。是冬季，一个下着雪的周六，凌晨，张力君女士与陈红菊女士相约来到了一个工棚前。那几年，在宜昌县搞工程的人不少，一些人常是做完工就跑，打电话也不接。这个工程的老板也是一样，从不理睬，二位女士也烦了，一定要他们把税款补上！她们暗下决心。这样，凌晨便堵在他们的门口。老板想赖，但没法赖过她们的热情。寒风之中，她们苦口婆心地讲政策；飞雪里，她俩真情实意地说法律，最后终于说动了他们“我们办吧”。即使不情愿，还是把转账支票开了——26万元，二位女士马上把钱从银行划转过来……

我问她们：“冷吗？”她们笑了笑……

这笑声很甜，甜得就如同一支歌，这歌是用她们的情写就的。

1997年12月26日，对于夷陵地税来讲，这更是一个值得纪念的日子。是值得他们骄傲的日子。如果说1994年7月1日是襁褓婴儿的诞生，这天应该是他成人的洗礼。

省政府办公厅的贺电飞到了夷陵，省财政厅的贺电飞到了夷陵，省地税局的贺电飞到了夷陵……夷陵地税变成了喜悦的海洋，一个盛大的庆祝活动在这里举行，随着电脑上开出100万元税单，新的纪录诞生了：夷陵地税局年税费收入正式突破1亿元，成为全省第一个县级地税过亿元的单位！看着这一切，时任县地税局局长的邹宜平落下了热泪。

为了这一天的到来，他该是付出了多少艰辛！

干部队伍薄弱，干部素质较低。这是当时最大的困难。为了翻越这两座大山，他们该是吃了多少苦啊！

“强化培训，始终如一”；

“内抓监察，外抓稽查”。

现在回想起来，邹宜平局长认为这是非常到位的手段，职工中学业务成风，钻研技术成风；干部中不称职的给予坚决处罚；一下子全局上下拧成了一股绳，为了这个美好日子的到来。

1997年年初，宜昌县委、县政府主要领导便正式提出：我们国家的头等大事是看香港回归；我们宜昌县的头等大事便是地税过亿！

“地税过亿，这并不仅仅是达成目标，更是我们艰苦工作的体现。”邹局长感慨万千，“好在领导非常支持我们，并帮我们分析税种，开辟税源……”

凯歌终于唱响，目标终于实现。这一天终于到来！宜昌县地税过亿，一下子轰动了全省、全国。也成了人们议论的中心。业务出身的省地税局局长亲身在宜昌县作了实地查验，心悦诚服，连那些小税种在全省都处于征管领先的地位，这是假不了的。当即写下一篇文章《宜昌县地税收入过亿元给我的启示》，在文章中，他情绪激扬不已，高度赞扬道："从宜昌县归来，我百感交集，心情无法平静。从宜昌县地税工作的骄人业绩中，从朝气蓬勃的地税干部身上，从各级党委政府对地税工作的期望中，我得到了至深的启示。"

这里必须再看一看一组数字：

从 1994 年开始，地税收入由 4000 多万元逐年上升为 6000 多万元，8000 多万元，1 亿元，每年以 2000 多万元的绝对额增长。1997 年较 1994 年净增长的 6000 多万元中，来自农村的税收由 1046 万元增加到 5227 万元，来自个体工商户的税收由 434 万元增加到 2092 万元，净增长 1500 万元……

这是一个怎样的速度？——地方税收以 34% 的年递增幅度逐年猛进？

这是一个怎样的概念？——在 3500 平方公里的范围内，134 名干部职工，迎难而上，人均年征收 75 万元，"超过了全省一部分中等城市"！

透过那一张张、一本本征收额只有几十元，甚至几元的税票，"看到的是地税干部的艰辛，看到的是地税干部职工所作出的奉献！"

宜昌县的地税工作已经走在了全省的前列，他们卓有成效的业绩是不可抹杀的！

"有为才有位！"

在旁人眼中，征税和"危险"常常是不搭界的，可我们细细和他们交谈后，才知道，"危险"时不时地冒出来，而且往往是雷声大雨也大。

那是地税局组建后不久的一个冬季，依然是溯风凛冽，夜色冰冷。在某巷做餐饮业的一个体老板大要威风。专管员要他纳税，说了几个小时也不缴。当他再度劝说时，那老板回头便踢了他一脚，随后操起两把菜刀，威胁道："谁敢来，我就宰了谁……"副局长简道富和公安干警一同赶来了，那老板并不买账，"砰！砰！"地把玻璃砸得粉碎，哗哗地溅落一地，两把菜刀，还在乱砍……可以说，这是一起非常典型的抗税行为。简局长一看不对劲，马上冲上去拦腰抱住了他。公安干警也冲了上去，夺下刀，并把他铐在栏杆上……这场"戏"才平息下来。虽然经过说服教育，他补交了税款。但那一晚，简局长却好久没能入睡……

地税局从组建时候就有个体税征管股。而这个股的股长是很难选定的。从武警转业的余汉三同志任股长，他有优势。但他上任不久，就接连遭到“袭击”。

当时，只怪人们的纳税意识太淡薄。个体经营者与税收专管员之间如躲迷藏一般。余汉三不得不来了个“突然出击法”，摸清了一些人的规律，突然出现在他们面前，“缴税！”这样一来，税是收上来了，可麻烦也来了。

一天，余汉三的办公室突然出现了几个汉子，高大的块头，一脸的凶气；一进门就把桌子捶得乱响。余汉三并没有在意他们，有礼有节地把他们打发走了。可从那天起，他的手机，他家的电话就铃声不断：

“你小心一点！小心你的脑袋！小心……”终于有一天，出事了。在他去鄢家河收税时，一屠户操起扁担就向他劈头砸来……好在他身板骨还硬，手脚还灵，双手一挡，把那人挡了个趔趄，事态才没有再发展下去。

但是没过几天，又一个约他单挑的电话打来，显然是没有好意的……

在夷陵地税，翻阅众多的资料时，有一则标题让我发生了极浓的兴趣：《把生命系在车轮上的人》。我了解到这不仅仅是一个“人”，而是一个集体。

当时，夷陵区的大小营运车辆有2000台，过去的税收不上来，只200多万元。1997年4月9日成立了交通运输税收征稽联合办公室，并以计算机中心为主开发出DSJY系统，车子交没交税一点击就清楚明了，很是方便，税收额一下子就上升了，突破1000万元大关：可还是有些车主不自觉，冲卡逃税时有发生。负责征收的陈志雄就曾遭遇到“凶险”。

一天，有一辆面的行驶在太平溪镇的山路上。他从电脑中得知，该车欠税1.2万元，马上拦截这车，可车硬冲过去，他情急之下跳上车，死死抓住车门，那车主拼命地把车开上土公路后又拼命地左摇右晃，想把征收员摔下去……简直就是一场生死搏斗。那车整整跑出3公里还不肯就范。后来交警的车赶到，逼停了这辆车……车被扣了，款也罚了，税也补了，而我们的执法员还是受伤了……

读到这儿，我真不忍心再读下去。我被他们的行为所感动。我心敬然。

说到这里，我们也应该认识一下宋世荣同志了。崇山峻岭中，有多少人是置自己的病困于不顾地奉献的啊！宋世荣便是其中一员。

夷陵地税所辖的范围很大，税务干部遍布在大山之中，他们长年与大山为伴，有着与大山一样的情怀。可以说，宋世荣是他们其中的一员，也是他们的典型代表。《中国税务报》曾在明显的位置刊登过他的事迹。他的老父亲70多岁偏瘫在床，他的妻子因肺癌不幸离开人世，而他自己呢，肝硬化导致静脉3次破裂，不知有多少次昏倒在征税的途中，连医生也记不清楚对他实施过多少次抢救。但是有一件事都让人们永远记得：那是一年的寒冬腊月的清早，雪花飞舞，北风呼啸，宋世荣走到大凉山脚下准备翻越一个称为“凶险罐”的地方去收税。可发现那山势险峻，根本无法翻过，只好走近路，穿越一条山洞过去，可那洞中长年淌水，当地称为“冰河”，无人敢走，但他走了，赤着脚蹚了过去，200来米长，足足走了半个小时，走到纳税人家时，双腿麻木，失去了知觉，人一下子便瘫倒在地了……我听说了这事，诚然为他所折服。30多年来，他就这样奔波在大山之中；30多年来，他就这样为国家，为地方聚着财；30多年来，他就这样默默地燃烧着生命的烛焰……有人说，他不善言辞，但他的行为语言却是最好的说明，他拥有大山，他应该受到尊敬，我怎能不为他举杯呢？像宋世荣这样的干部在夷陵地税局有很多很多，类似于宋世荣这样的事迹却也数不胜数。女税务干部孙国翠便是以这样的情怀获得“湖北省优秀公务员”的荣誉称号；卢玉梅也是以同样的情怀被授予“全省三八红旗手”的光荣。他们是夷陵地税的光荣，夷陵地税的骄傲！是大山的背景，是夷陵地税的脊梁！

的确，夷陵地税的脊梁是靠人撑着。那些乐于奉献的人。

然而，也是靠科技撑着。夷陵地税率先在科技征管上抖开了大旗。

征纳双方总是一对矛盾。在科技不发达的时候总不便解决。看看这二则小故事吧：

土城乡一位个体女老板，为交纳12元的税款，从土城坐车到桥边，车费得22元，还得在桥边吃上一餐午饭，紧打紧算几十元就丢掉了，还得贴上半天时间，不缴又不行，不然得罚款。说到这事这女老板便怨气直冒。

樟村坪镇有一家公司是开矿的，开户行原在城关小溪塔镇，而税又得在樟村坪镇交。几十公里山路，一大笔税款，往返中，除了一笔不小的车费外，安全也是极让人担忧的。这个公司的人一提到这事，也总是直摇头。

其实，这些早为夷陵地税人所关注。一天，武汉某大学毕业的小伙子刘华刚找到邹局长，请命说：“我们开发一套软件吧，解决征收难，纳税难的问题吧！”

“全省都没有这样的软件？我们能行吗？”

“我想是可行的。一定能开发出来！”小刘很自信。邹局长也很爽快：

“开发出来后，给你5000元奖励！”

在1998年，这5000元是多大一个数字啊！小刘并不是为了奖金，但他很快就把这套软件给开发成功了。这就是后来提到的“零户统管、国库经收、税款直达”的征管模式，这一成果获得市科技成果一等奖，财政部在宜昌召开论证会，在全国推广开来。

其实，当初“软件”是开发出来了，可使用起来还是费了一番周折的。想想看，财务人员的计算机应用素质不够，计算机联网的条件也不够啊！好在夷陵地税人并不把这些困难放在眼里：“没有条件一定要创造条件！”

那年春节刚过，全区所有财务人员全部集中，所有的报表全部带上——一个特殊的培训班开始了。大家一边学习计算机软件知识，一边实际进行输入操作。正月十五，大家都在家忙着吃元宵，可培训班里还是忙作一团。邹、简二位局长也是看在眼里，被他们的精神感动，晚上，他们也破例举办了一个酒会，好好地和他们干了一杯……

而就在这干杯中，他们看到了新希望，看到了美好的未来，看到了科技强税的宏伟蓝图。

随后的几年，他们压缩其他开支，投入300多万元资金，开通20余条专线，装配30多台网络设备，150多台计算机建成覆盖全系统及所有代征点的网络。

随后的几年，他们也算了一笔账，每年为纳税人节省开支30多万元。可以这样说，现在的纳税人是足不出户，一卡在手，只要轻轻一刷，税款便进了国库。真是要多方便有多方便。别说那开餐馆的女老板笑了，乐了；那远在大山之中的开矿者，更是乐不可支的：“我们在享受纳税哩！”

夷陵地税十年中，经历过四任局长，每任局长都有着他自己的建树。熊洪传是从平原之地来到这峡山丛岭的。他续写了夷陵地税的辉煌。1997年地税收过亿后，指标是连续飙升，凝聚着他的心血。

熊洪传，40多岁，别看他个头不高，可尤其精明；他见人总是一脸的笑，这笑给人很多的信心。一天，一个建筑公司要来承接他们的一个项目，开出工程总造价20多万元，熊洪传就在那笑意中和他们周旋了两个回合，最后把造价降到14万元。那位老总还不得不说：“14万元也干了，就算是送个人情吧。”可以看出，那老总当时的心情，也似乎受到熊洪传局长的感染。

熊洪传就是这样一个人，敢于和任何人较劲。为了一方富裕，去较劲。

大型集团来宜昌落户的不少。均瑶、汇源、维维、娃哈哈、鲁能……

一家接一家的，人家来，在商言商，还得讲效益。但是完全让掉税收也是不可能的。熊洪传局长在把握“有理有节”的原则方面做得让人称道。

夷陵之地，原建了一个大的市场。这个市场建起后，经营一度相当不好，税是无法收上来的。熊局长认为“开源”才是唯一办法，因而马上带人出去招商。他们不辞辛苦，一行人跑到湖南邵东市，与这个全国颇有影响的小农机具批发市场取得联系！请他们到三峡来经营。由于他们的诚意，终于打动了邵东人，邵东人非常乐意地带资金来到宜昌，来经营长江市场。同时，根据当时的情况，在不损害国家税收的前提下，给予一些相关优惠政策。很快几十家商户被吸引过来，长江市场一下子便活了，而且慢慢地火起来。

倘若你要问夷陵地税人，你们的职责是什么？他们一定会这样回答你：不仅是征税，而且要帮助经济发展，还要济困扶贫！这几年，他们不仅从支持地方经济为己任，也把济困扶贫作为天职。

2004 年 2 月 13 日，三峡坝区三斗坪新生村的移民兄弟们在村主任的带领下，将一面上书“地税情深再献爱，移民意浓倍成亲”的大红锦旗，送到了局里。这几年，移民兄弟们为了国家，舍弃了小家。他们的这种大义之举可钦佩，但是他们的确也有许多困难，地税的领导们得知后，挤出 11 万多元为他们修建 11 个商业门面，对 2 条主街道进行了绿化，使他们有了更好的生存环境，有了更好的谋生手段。地税人的义举同样也得到移民兄弟的赞许。他们感激地税！这不仅仅是一面锦旗，而是真情熔铸的桥梁！

这仅仅是济困扶贫中的一朵小小的浪花。

王仁林，这是众多接受帮助的下岗职工的一位代表。1999 年下岗后的他来到夷陵地税。“想自己创业，希望地税能给予支持。”他的想法很快得到了局长答复。“想好点子，我们帮你筹资。”于是，2000 年 7 月“宜昌市福兴包装公司”便正式挂牌。至 2003 年，年销售已达 90 多万元，实现利税 10 多万元，还安置了 16 名下岗人员，生意越做越火……

算算看，现在他们已帮助 89 名下岗工人找到了再就业的门路，一大批人在他们的支持下跨上了致富的征途。

人们感谢他们。人们忘不了他们。

再看看耸立在茅湖岭上的一块石碑吧，上书“幸福井”三个大字。这是对他们济困厚德的又一种赞誉。

茅湖岭村位于远安县、保康县和夷陵区交界的丛山之中，这里祖祖辈辈缺水，种田要看老天爷的脸色，饮水要靠老天爷恩赐，穷得连鸟都不愿往这里飞。然而，夷陵地税的干部职工却来到了这里，他们翻山越岭，访苦问贫，把党的温暖带到了穷窝窝。

“必须解决他们的饮水问题！”局党组在一番察看后，果断地作出了这样的决定。说干就干，提出5万元资金，一口气为他们修建188口天河水窖。这一下，水的问题全解决了，浇灌有了水，饮用有了水……看着那一口口清泉，不论男女老少，由衷地感激！

后来，村民一合计，在岭上竖起了一块高高的丰碑！

这是历史的见证！

这样的好事，他们究竟做了多少，我们很难说清楚。但是，我们明白，在这峡山的丛岭，处处都有他们的血汗，处处都有他们谱写的征税人之歌！大家不妨去走一走，去听听那永远嘹亮的高歌……

现在好了，夷陵地税已走过了艰苦，已走过了逶迤，他们正走向辉煌。记得10年前，他们租来的办税大厅不足20平方米，交税的人几乎要把屋子挤破。现在的办税大厅扩10倍还不止。然而，这风光的大厅又要淡出历史了。计财股长卢玉梅告诉我们，他们刚刚考察回来，工商银行、农业银行、建设银行、中国银行、交通银行、商业银行以及信用社的同志们在一起准备联手开发一套新的软件系统，到那时，纳税人再也用不着到纳税大厅交税，只要纳税人想交税，不论何时、何地、何家银行都可以办理，那将是何等的方便啊！

“现在，开发的进度很快。”卢股长充满自信地对我们说，“过不了多久，这套系统即将投入运行……”从她那笑意中，我们看见夷陵地税更加美好的未来。我们和她们一样憧憬着这一天，憧憬着更加美好的未来！

在这10年之中，夷陵地税人用他们培育的“地税精神”，用他们的聪慧，在这峡山的丛岭之中谱写出一曲又一曲动听的税歌，这优美的旋律永远回荡在西陵峡畔，也永远回荡在人们的心头。

我们有充分的理由相信：未来，他们谱写的税歌，必定更加豪迈、更加壮阔！

让我们再去聆听吧！聆听那永远跳跃的音符！

传奇故事：放飞“长机”的鹰！

叶又生，男，中国共产党党员，高级工程师。1991年毕业于湖北工业大学化学与环境工程学院高分子材料与工程专业。现任宜昌长机科技有限责任公司董事长兼总经理。

宜昌长机科技有限责任公司的前身是长江机床厂，长江机床厂组建于1968年，是专门生产插齿机的三线企业，在计划经济年代，曾经有过辉煌。可是当市场经济大潮席卷而来时，它和无数的国有企业一样终于走向没落和破败。

一组数字记录着：以制造插齿机、铣齿机床等系列产品为主导，资产总额近1亿元的机械制造企业，从1996年到2002年10月，企业累计亏损4800多万元，生产处于停产和半停产状态，不少设备闲置，职工只能拿70%基本工资，平均竟然不足300元；在短短几年时间，80%技术和管理骨干调走；产品市场占有率下降到2%；1000多人的企业，财务账面资金不足3万元……

然而两三年时间，奇迹却发生了。在没有借贷一分钱的情况下，企业的改造升级已投入近1000万元；企业产品市场占有率已上升到40%。企业从2002年开始连续三年产值、销售额实现翻番。2004年公司生产经营再创历史新高，实现了扭亏为盈，摆脱了长期亏损的尴尬局面，在岗职工月人均收入达1300元，并被授予“省高新技术企业”和“宜昌市重点培育高新技术企业”“湖北省安全生产工作先进单位”等荣誉称号。一个现代化的生态工厂已呈现在世人面前。

谱写这一振兴企业传奇的人就是叶又生，现任“长机科技”的董事长兼总经理。是他的到来，改变了“长机”的命运，为“鹰”注入了活力，激发了这“鹰”的能量，于是，这鹰就伸展开它那奋飞的双翼。

叶又生出生在鄂东蕲春县的一个乡村。母亲是地道的农民。他母亲常对他说，不该你得到的决不能强求，但该你付出的一定不惜身体。他父亲是位受人尊敬的乡村教师，教过无数的学生，家境虽然贫寒，但却资助过不少学生，那些学生毕业了，既带走了他传授的知识，还带走了他借出的学费、书本费……而叶又生带走的是他父母亲做人的信念和做事的坚毅与执着。

1991年他从湖北工业大学本科毕业后，被分配到红旗电缆厂，几年的磨砺，使他迅速成长为一名出色的技术和管理干部。一系列的荣誉是他坚实足迹的生动写照：

1995年12月，机械工业部授予技术创新成果三等奖；

1998年聘为煤炭工业部煤矿标准化委员会防静电及阻燃材料分会委员；

1999年宜昌市组织部宣传部等单位授予第四届十大杰出青年称号；

2000年授予湖北省青年岗位能手称号；

2002年破格晋升为高级工程师；

2002年、2003年市经贸委授予优秀共产党员称号；

2004年宜昌市十大优秀企业家；

2005年宜昌市劳动模范……

这一个个荣誉，既是在谱写着一曲工人的奋斗之歌，更是在述说着一个沉甸甸的人生故事。

红旗电缆厂二分厂，当时是生产条件最差的，厂房最破，厂区最乱，生产原料又有剧毒，没有一个人能安心在那儿工作，稍有关系的人都调走了。他却一直坚持在二分厂默默无闻地奉献着。他首先用环保型的KY—405防老剂取代了有致癌性的防老剂D，进而调整了工艺生产线，一下子使环境得到了改善，人们也很快认识到叶又生的价值。从这时开始，他得到了越来越多的关注。很快进入红缆集团的决策层。

当“长机”跌入低谷，跌近破产边缘时，有人马上想到了他，“让叶又生试试吧！”2002年10月叶又生便带着一个梦想来到了“长机”，他要放飞自己心中的这只“鹰”！

他原来所在的企业是一家正在旺头的大型集团，待遇不错。而眼下的路却是荆棘丛生，利或弊，得与失，他没有去做过多的考虑。当他毅然来到“长机”时，面对“一潭死水”的“长机”，他知道自己已没有退路了，他唯一能做的就是“拼搏”了！

“一是企业贯标；二是形象论证。”叶又生总经理决定从这两点突破。

可是全厂上下却一片哗然。不少人提出了异议。“企业目前困难重重，头疼不治头，这算哪门子经？”而他却坚持认为，头疼治头那是庸医的做法，要彻底挽救企业只有治标又治本，标本兼治才能焕发企业的活力，“再困难这事也得做！”

这两件事的确是“软”手术，但它却起到了“硬”效果。

在市场上，“长机”的产品原来无所谓标准，曾经受到行家的轻视，现在却得到了广大客户的关注；在企业内原来无标准可行，工作及生产的随意性太大，以至窝工、废料的事时有发生，工作效率低，生产成本高。

过去的“长机”不大，行政人员却不少，有 200 多人，做事的人却寥寥无几，到处磨洋工去了。现在楼上办事的人员虽然也不多，却都比以前认真了，因为大家都明白了各自的岗位各自的职能。

叶又生的感慨最深。这两件事是任何一个企业在发展的进程中必须做的。不做这几件事，企业是盲目的；做好这些事，企业的发展就有了方向；每个人的职责和企业总体目标联系在一起，就会有强大的动力和自觉性，我们的产品就不会被市场左右，而会去引导市场；我们的企业就不会被市场随意扭曲，就会迎着市场的大潮永远向前。而重要的是，从此，我们的观念将会发生一个根本的转变。不会坐等机遇，而会主动去抓住机遇。

实践证明了，这个决断是正确的。

从此，放飞“长机”之“鹰”，就有了必备条件，有了可能。

在“长机”，人们关于叶总的赞美之词很多。我也切身地感受到，叶又生其貌不扬，干起事来却叫人不得不佩服。

“长机”建厂历史久，由于是计划经济的产物，厂区分散，管理成本高，仅派出所、保卫部、消防队就有数十个，历史包袱沉重；用人们常说的：企业不大，架子很大。在迈向市场经济进程中，一时又病急乱投医。

“长机”本来就不大，不富，哪能经得起这样折腾！再富有，也会被折腾垮！叶总深深地感到了这事的危害性。他下定决心整治。

说来似乎是些笑话：近十人的企业，原来只有 4 个半销售员。两个销售处长却在外办起了修配厂。他们的心思在哪里？明白人一看就知道。叶又生果断地命令：“撤。”企业还有个液化气站。说是租赁经营，原来合同规定每年上缴 6 万元，安排 4 个工人。结果是 4 名工人的工资及钢瓶检验费、设备维护费等都从上缴费中扣出，算下来一年上缴还不足 2 万元。

“这绝对不行！”叶总到任后立马与他们进行交涉，变成每月上缴 1 万元，并负责支付员工的工资，承担所发生的一切费用，承租方答应下来；企业还有家具一分厂、二分厂……好了，够了吧。这一个又一个的分厂，让初来乍到的叶又生看得心里万分着急，他眼里容不得沙子。不管这是什么形式，只要你是打着改革的幌子，挂着“长机”的牌子，谋着自己的心计，都得改！统统要改！企业要腾飞，决不能带着这些包袱。

有人说情，有人要较劲，都没能扳得动他。生性倔强的叶又生干得非常果断干脆。

职工们一致惊呼：这个“硬”手术做得漂亮！

采访中，办公室的同志告诉我，原来是液化气站，现如今装饰一新的办公楼前是齐人深的杂草。铲除那些杂草、治理厂区环境是靠着大家的热情，利用下班后的时间义务去做的。叶又生在这样的劳动中从来都是身先士卒，这个从乡下走出来的年轻人，从基层做起来的总经理同样有着朴实的爱，他不像一些所谓的现代企业管理者，只做“大事”，不做“小事”，他说，要职工做到的自己首先更应该带头做到。

员工们惊奇地发现了他，感受到了他，并进而接纳了他。

忙到繁星闪烁的夜晚，当皓月当空，他也和广大员工一样感受到了月亮的清澈，厂区的洁净，感受到了天空的高远和深邃。

同样，他和他的“长机”的未来一如黎明前蛰伏的雄鹰欲振翅高飞……

2002 年，“长机”的销售已完全瘫痪。现在，走进那宽广华丽的销售大厅，就会由衷地感受到浓浓的营销气氛。一位客户进门，便大声惊叹：“哦！今非昔比啊！”

叶又生有一个观点，他说，企业无所谓好坏，行业也无所谓好坏，就是看你怎样去经营它。

在三峡水电之都，徜徉在繁华的市区，你会看到有几块巨大的广告牌：亚洲第一台大型插齿机的生产企业所在地，中国最大型插齿机生产基地。

这是“长机”人在向人们昭示着他们的进步。

可是，人们也很难明白，叶又生到“长机”以后，为了整顿和重建营销队伍所饱尝的那份艰辛；人们也很难明白重新启动的销售市场，那每一份合同的来之不易。

要说把品牌做起来，并不是一件容易的事。而叶总却自信得很。用他的话说，只要真心干事，就没有办不好的事。创新，开拓就不是一句空话，就会变成现实。

技术缺乏，他们走出了一条校企联合的路子。他们与华中科技大学联合，开发出一种新型的 XK713 型数控铣床，可以成为又一主打产品，市场前景极好。近年来，公司以请进来、走出去的方式先后与华中科技大学、武汉大学、湖北工业大学、三峡大学等高校密切合作，大大提高了公司的产品研发、创新能力。

振兴企业，人才是根本。原来离厂的一批老技术人员在叶又生的感召下又纷纷回到企业，并被委以重任。湖南大学毕业的吴菊麟先生，是高级工程师，已离开企业多年，现在被聘为企业顾问。

66 岁的师希纯，也是高级工程师，长期在外“打工”，现被请回来，成了企业研究所主攻机械加工工艺的中坚骨干。高级工程师马森奎也从三峡开发总公司请了回来，在卡具刀具上把关。电气工程师沈时发退休后也被企业留任……

现任研究所所长的张毓丰，高级工程师，副总工程师，机械加工工艺的主管专家，几年前就被华中数控工程研究所借调去，这次叶总亲自把他请了回来，并委以全权……

资金缺乏，他们更有办法。到现在为止，他们没有向银行贷款一分钱，却添置了五六百万元的设备……

是啊，他们的确不简单。他们的产品获得了国家科技进步三等奖等重要奖项。宜昌熟识的校友说，他在创造着奇迹！

（该文原载《三峡文学》2006 年特刊，后《湖北工业大学报》转载，转载时有新变动。）

职教，我为你歌唱

他们都在纵情歌唱
他们齐声歌唱着自己的事业

——题记

坐落在龙溪山岭的湖北三峡职业技术学院，是近几年兴起的一所高等职业教育学院，虽然建院历史还不长，但他们有着近60年的办学经验，他们遵循着“与时俱进、求是为本，授人以渔、能力为本，发展为要、以人为本”的办学理念，按照“人才强院，质量立院，特色兴院，依法治院”的治院方略，成功地把握时代脉搏，已博得世人瞩目。

走进这所学院，你不仅会为那“依山造势，错落叠加”的建筑所吸引，你也会为那“绿树红花，绿茵红纱”的环境所流连，当你感受了老师们那默默奉献的情怀，你更会为他们的蜡烛精神所感动。他们共同为时代唱响着一首“职教”交响曲，而他们每个人便是那交响曲中的一个闪动的音符。

二位教授　一种情结

湖北三峡职业技术学院共有正副教授233人，这里有两位是我们必须提及的，一位是教授刘湘林，这位出生湖南的林业专家，从1982年起便从事职教工作，这些年来，已取得了非常不错的成绩。先后从事《森林生态学》《经济林栽培》《数理统计》《园林树林学》《食品加工》《测量学》《植物组织培养》等多门课程的教学工作。自调进三峡学院以来，主持或主要承担完成科研项目8项，其中获省科技进步二等奖2项、省科技进步三等奖 1 项、省星火计划四等奖 2 项、市科技进步三等奖 1 项、省重大科技成果登记 1 项、秭归县科技进步一等奖 1 项；公开发表科技论文 16 篇，另有 4 篇已接到录稿通知。早在 1989 年就组织完成“蛹虫草人工培育技术研究”项目，获省林业厅科技进步二等奖。在核桃、板栗、木瓜、美国山核桃等栽培技术方面有较深的研究，正在主持的科技项目有“提高核桃嫁接成活率关键技术研究”“宜昌引种美国山核桃的研究”“核桃无融合生殖利用的研究”等 3 项，将有核桃嫁接、板栗低产园改造 2 项课题进行科技成果鉴定。引种的美国山核桃已试花试果，填补了湖北省的空白。

他对职教的情结，早已深深打动了另一位教授，那便是他的妻子付艳华教授。付教授 1982 年大学毕业后分配到吉林市农科院工作，主持和参加国家、省市科研课题 12 项，获省市科技进步奖和推广奖 15 项，1996 年被吉林市人民政府批准为“有突出贡献的中青年专家”，1997 年被批准为享受“国务院政府特殊津贴”的专家，1999 年被评为“吉林省跨世纪学术技术带头人”。但她更看中宜昌职教的前景和三峡区域农业研究的丰富资源，毅然放弃了吉林众多的优惠条件，从吉林来到了湖北三峡职业技术学院，走上了讲台，她要把她的知识毫不保留地传授给学生。2000 年年初，付艳华同志作为人才引进调入三峡职业技术学院，到学院后一直以崭新的精神风貌出现在讲台上，并十分注重以理论联系实践的教学方法教书育人。这些年来，她主要承担《遗传学》《细胞工程学》《现代生物技术》等课程的教学任务，教学效果显著，为高等职业教育的发展做出了新贡献。为了推动当地社会经济的发展和农业种植结构的调整，一直坚持教学、科研、生产相结合，从 2000 年开始便进行黄姜、百合栽培等方面的研究工作，并从 2001 年开始主持宜昌市科技局课题“黄姜优质品种筛选和配套栽培技术研究”；2002 年主持国家对口支援三峡库区的科技攻关项目“盾叶薯蓣标准化生产技术研究与产业示范”的研究工作；在研究过程中始终坚持面向生产的原则，并同开平黄姜开发公司建立了长期的合作关系，通过双方真诚的合作，在理论研究和生产应用上都取得了可喜的成绩，为企业获直接经济效益 50 多万元，创社会效益上千万元。并多次应邀到夷陵区、秭归、长阳、宜都等县市区授课，做技术指导，通过科技服务架起了学校和生产一线的桥梁。被宜昌市妇联聘为“宜昌市巾帼科技志愿服务队”队长。

这一对夫妻在教学和科研上互相支持，相互配合，取得了新的进展，他们共同实践“黄姜大棚有性繁殖规模化育苗技术的研究”获得圆满成功，得到了肯定，《作物杂志》刊发了他们的论文，同时他们各自承担的课题

学院部分老师在百里荒留影

也相继评审验收，并获得了一系列的奖项：

主持“黄姜大棚有性繁殖规模化育苗技术的研究”，2004年获宜昌市科技进步三等奖。

主持“大豆新品种九农22号选育”获吉林市2002年度科技进步一等奖。

主持“大豆新品种九农23号选育”获吉林市2003年度科技进步二等奖。

主持“大豆新品种九农26号选育”获吉林市2004年度科技进步二等奖。

同时，主持“鄂天麻一号”品种选育获得2003年湖北省科技进步二等奖。

主持黄姜大棚有性规模化育苗技术研究获得2004年宜昌市科技进步三等奖。

主持黄姜大棚有性规模化育苗技术研究获得2003年湖北省重大科技成果奖。

主持核桃嫁接及产业化研究获得2004年秭归县科技进步一等奖。

一分耕耘，一分收获。各种荣誉也接踵而来：2003年付教授还被宜昌市政府评为“市管优秀专家”；2003年3月被市教育局、市劳动局等单位联合授予“宜昌市职业教育先进个人”；2004年被市妇联授予“优秀女职工”称号，2003年被学院聘为首届学科带头人。2004年被选为“宜昌市第三次党代会”代表。

他们培养的学生也遍及全国各地，在那山山岭岭上成长着。

二位团干　一腔热忱

学院现在在校学生共约1.4万人，但是从事团委工作的只有两位老师，一位是书记曾智，一是副书记罗亚，然而这两位年轻的团的工作者，却以一腔饱满热忱，把团的工作做得有声有色，红红火火的。

团的工作很多，然而，不论是文化艺术节，思想政治教育，就业创业教育，心理素质训练，还是实践技能训练，或是青年志愿者活动，以及各类学生社团活动，只要是他们想干的，想抓的，都干得相当出色，抓得上下满意而且经常是抓出了特色，是创建性的发展，创新性展示。

团委有一个精品活动品牌“非常星期五”，这是适应双休的需要而推出的，年轻人想欢聚在一起，放松心情，放飞激情，于是这个活动便产生了。过去是全院集中搞，虽然推出了一场又一场特别有意义的活动，但毕竟条件有限，人力有限，一次活动下来也只能有1000多名同学参与。现在他们想办法拓展了，像拓展素质训练一样拓展到各系部，让大家舞起来，跳起来。机电系搞了一次游艺晚会就有上千人参加，经贸系搞了一次大型文艺演出，也有1000多名师生参加，管理工程系搞了一个时装秀，也是1000多人参与，信息系还专门办了个“女生节”，让星期五更加“非常”。一共搞了9个活动，有近万人次参加，使同学们的周末过得更加充实而愉快。

心理健康教育是团委要抓的主要工作之一，只有两个人怎么抓法？过去他们把重点放在咨询上，搞讲座，设心理咨询室，建心理咨询热线。做是做了，但不少同学认为范围面窄了，积极性不高，效果也不明显，后来他们大胆进行创意。

于是，一个以“磨炼意志，陶冶情操，完善人格，熔炼团队”的心理素质训练游艺活动在足球场上展开了。一个个有趣而有益的活动进行着，“我们共有一个家”“热身体格”“设计队旗”“无轨电车”“信任倒”“阿细跳舞”“盲目成形”“大脚印”“瞎子背瘸子”“答非所问”……你一听这名字，你一定会想到其中的乐趣，同学们便是在这乐趣中感受到心理的愉悦，感受到成长的自豪，4月的天是春意盎然的天，但同学们心中更是有一个春情在萌动，同学们说得真好——“这种训练，帮助我们克服了心理惰性，磨炼了战胜困难的毅力，启发了想象力和创造力，改善了人际关系，增强了我们的团队意识。”

不久，又一个十分有意义的活动在点军的莽山丛林中展开了，那便是野外生存训练。100多名同学来到了大山中，没有吃的，必须自己去获取，没有喝的，必须自己去寻找，没有路走，必须自己去开辟。有一位叫罗秀娟的女同学首先站了出来，她要带大家去与“生存”斗争，在丛林中，她不知摔过多少次跤，衣服也不知破过多少洞，她毫不在意，而同学们都为她顽强的意志品格所折服了，夜幕落下来时，她终于和同学们一起完成了这“特殊的任务”。

2005年，为了纪念抗日战争胜利60周年，从而加强对青年学生的先进性教育，学院响应省高工委的号召，7月20日在曾智的带领下，15名优秀青年志愿者奔赴长阳县资坵镇开展了为期一周的“追寻先烈足迹，奉献火红青春”的老区徙步行和义务支教活动。他们的到来得到长阳县资坵各级领导和有关部门的热情接待，他们听取了老英模的先进事迹，瞻仰了七十七烈士纪念碑，重温了入团誓词，与劳动模范进行了亲密接触，并兵分六路进行了大量的社会调查，还与小学生们开展面对面的教育和手把手的辅导，收获是大的。然而，当他们“一帮一”，走进农户，有些农户却不愿接纳他们。这时曾智便亲自把同学们引进农户，和农户促膝交谈。让农户理解他们的用心，有位学生青年志愿者经过三次访谈，才得到农户的接纳，后来关系反而处得很好了，对他的小孩辅导相当耐心，让这农户感激不尽，离开时，那农户还落泪了。有位学生从资坵回校，总是念念不忘那家农户小孩的学习情况，曾十多次自费再次步行100多里进山，给那小孩送去图书、笔、作业本，并省下自己的生活费，为那小孩买衣服等，他们成了很好的异姓兄弟。三峡学院的支教事迹，各个媒体相继作了报道，省高工委给予了肯定，被评为全省“三下乡”优秀团队。

今年团委又组织了规模浩大的“十佳杰出青年”的比评选活动。青年教师卢君是十佳杰出青年代表之一。用他自己的话说：“我作为基层团委，我不仅要配合学院团委工作，要出色地完成本职工作，还要让我的学生中出现更多的优秀分子。”他的确也践行着自己的诺言。他所在系学生尹世明被评为全市优秀青年志愿者，彭程被评为全市学雷锋积极分子，白洁同样成为学院杰出青年的代表。

这些年轻人该是多么可爱啊！他们在用自己的一腔热忱歌唱着！一个全市的红旗团委十大标兵之一，一个全省的五四红旗团委！

一份责任　十份关爱

2006年6月11日下午，宜昌市第二届体育运动大会开幕了，湖北三峡职业技术学院除了5000名学生参加了背景台的布置外，还有1000名学生表演了大型团体广播体操。这1000名学生在总指挥的指挥下表演得相当精彩，动作整齐划一，节奏明快，刚柔相济，博得现场观众的阵阵掌声。这个指挥便叫付涛，一位身材略显娇小的女教师，这年36岁。

从4月下旬，这个担子便落在了付涛的身上，这既是宜昌市二运会风采的展示，也是湖北三峡职业技术学院形象的展示，是容不得有半点的马虎的事情。从那一天起，她每天早上6点起床，赶往学院，从6点半起便调动起“千军之师”来。两个多月下来，风雨无阻，她说她掉了6斤肉，这是谁也不用怀疑的。一天下午，彩排了，全院这1000名学生集合在田径场上，整整齐齐排列着，主席台上坐着检阅的领导。突然，她出现了，哪知台下众人竟然炸开锅般地笑了起来，掌声响了起来，她愣住了。后来，她才明白，原来，每天早上指挥同学们做操，她都是穿的运动服，一副运动骄子的打扮，而这天，她换妆了，换上了一套裙子，学生不习惯了，她在学生心中固有的形象变了，变得更加靓丽了。她也笑了。她感谢同学们的笑声，也感谢同学们的掌声，她要把这次的表演指挥得更好。她更加投入了。

付涛是做学生工作的，不论何事，她总是以很强的责任感去落实。她组织的“五月的花海”活动，参加的“女生节”活动，参加的“放飞的青春”的晚会活动中，总是能取得很好的成绩，总是有精彩节目出现。而且学生有什么事情，她总是非常热心地去处理，帮他们解困扶危。一天有位女同学给她写了封信，述说了自己家里的情况，她家庭条件不好，但又想完成学业，处于矛盾之中。她得知后，马上组织老师和同学们帮助她，向她伸出了援助之手，捐了钱，还帮助她在超市谋了一份兼职。这样，这个学生的困难解决了，且表现是越来越好，并被大家推举为班长。她的家长也非常感激，专程到学院来向付老师和她的同学们表示谢意。

2005年春天，2004级会电三班的几位同学发出了一个倡议：要建立爱心基地。这个倡议，立刻得到了付老师的支持，她马上与这些同学们策划起来。于4月，在那阳光明媚的日子，她们首先来到了伍家区天乐老人活动中心，一行60多人，分组进入了老年公寓，帮助老人做卫生，收拾宿舍，为老人剪指甲，梳头发，洗衣服，拖地板，还给老人们表演了精彩的文艺节目，老人们都感动得掉泪了，临走时，老人们一个个拉着老师、同学们的手，恋恋不舍，真不想让这些孩子们离去啊！他们齐声夸赞：三峡学院的学生真是些有爱心的孩子啊！

在付老师的指导下，他们已建立起了6个爱心基地。分布在点军、伍家、西陵等区，而且形成了一种风气，每逢节假日都要到这些地方去为老人们做点什么，把爱心献给这些老人。现在04级的学生要毕业了，接力棒便传到了2005级的学生手上……

三峡日报、三峡晚报、三峡商报、楚天都市报、中国彩图片网等媒体都对这一爱心活动作了报道，赞扬了这一难能可贵的做法。

说到关爱，是不得不提到被人尊为“大姐大”的郭玉梅老师。学院共有200多个班级，有一大批老师活跃在班主任的行列，郭玉梅老师便是其中的一位。这位在北方长大的女性，既有着北方人的那种率直，其心细也不亚于南方的那些女性，她有着大山一样的情怀，也有着大山一样的博爱。她说，当班主任需要的是“热心、爱心、恒心”，她就是要用心去做。她没有豪言壮语，却把工作做得那么细致入微。一天晚上，她突然接到了一个电话，那是一位巴东籍的女学生打来的，但对方却迟迟没有开口说话，后来，老半天才吞吞吐吐地对老师说：“我……病了。”郭老师一听这口气，第一反应便是，这时这位学生需要的就是“母爱”。她马上煮了稀饭，煎了荷包蛋，带了些榨菜，送到学生的寝室去。这学生的确需要母爱。她的父母离异很早，是在没有母爱的环境中长大的。她一见郭老师送来吃的，一下子便扑进了郭老师的怀里，抱着她放声痛哭……

用郭老师自己的话说，“带班无巧，细节做好。”她简直就是一门心思地扑在班主任这个事业上。在细节上，是很少有人像她一样去思考和关注的。班上有位同学有病，一天早操时突然倒在操场上了，她马上让附近的同学把她围住了，郭老师怕知道的人多了伤了这位学生的自尊，然后迅速把她送到医务室进行治疗，并且不让同学们议论这个事情，要为她保密。这个同学非常感激，不仅平时注意治疗，而且也注意加强锻炼，后来还在全院田径运动会上获得投掷项目的好成绩。她班上有位男孩，平时自卑心理很重，总觉得家里穷，在众人面前抬不起头来，她便琢磨着怎样去帮助他。一天，她把这男孩叫到自己的办公室里，拿出一条崭新的领带给他佩戴上，一时，这男孩竟高兴得跳了起来，觉得自己好像是个真正的男子汉了。从那天起他在班上便变得活跃起来，各个方面都起到了带头作用，不久便被同学们推举为班干部了。

平时，郭玉梅老师用钱十分节约，一次她女儿为她买了一件大约200元的衣服，她还把女儿批评了一通，但对班上的学生从来不吝啬。2005年，她班上有40名学生要参加全院的健美操表演，她自己掏钱给每人买了一盒盒饭，还买了一瓶水；一次学院组织“欢乐中国年”的文艺演出，她班上有53人要参加节目，彩排时，她看了看学生们的服装，总觉得差了点什么，于是她便掏钱给每人买了一双裤袜。在班上，她为鼓励她的学生认真完成学业，竟掏钱买了20多床蚊帐，总分前五名的，单科前五名的每人奖励一床……这些账真不知怎样算才好，同学们都说，我们只有以后好好工作，认真创业来报答您了！

每逢过年过节，郭玉梅老师都会收到很多鲜花和贺卡。她收到的贺卡已有好几抽屉了。一位临近毕业的学生在信中写道：

“一直以来，我都在为自己庆幸，遇上您这样一位可亲可敬的好老师。临近毕业，我心里很不是滋味。真的舍不得离开您。您的谆谆教诲我已牢记心头，以后的日子里，我还会登门求教。因为您永远都是我的老师。

这串风铃，是我花了好几年时间亲手为您折的，希望您喜欢！

19个小灯笼，是我对19岁日子的美好回忆；

190颗星星，意味着我们师生情谊天长地久……”

是啊！有这样的好班主任、好老师，谁不感到幸运呢？

三尺讲台　千斤重担

不论你是哪一层次的教师，只要你走上三尺讲台，便会深感重担在肩。三峡学院的教师们，当他们走上讲台时，总会深深感到那份“教书育人”的责任，感到那份时代的重托。因而，怎样把知识传授给同学们，让同学们同样感受到“知识改变命运，技能成就未来”的使命，便成了大家始终要做好的大事。授人以鱼，不如授人以渔。

黄忠玉，机电工程系的一位副教授。这几年，由于我国政策的调整，装配工业大幅上升，因而学机械的人数直线攀升。某一年的新生便多达2000人，这给每一位老师都带来极大的压力，而且，随着社会的进步，现在的“机械”已不是传统的机械了，已逐步在向机械—机电—数控发展。这样一来，教学也就必须与时俱进，跟上社会的需要。黄老师1982年便毕业于华中理工大学机械系，教机械自不必说，轻车熟路，但是她也必须跟上发展的步伐，所以她一再转向，先教机械，再教机电，现在又改教数控了。尽管这个转向很痛苦，要付出很大的心血，但是她无怨无悔，由于她有着较扎实的功底，加之她不断地钻研现代技术，因而知识面更宽，很多边缘学科的东西她也比较了解，上课讲得清楚明白，课后辅导也是得心应手，很多同学的不明白之处，她便可一点即解。有位同学编制了个程序，出现了错误，起初他怎么也找不出原因，很焦急，后来经黄老师一指点，他随即恍然大悟，马上找出了病根，及时改正过来，保证了这一程序的成功。她当时高兴极了。

黄老师非常注重让她的学生在实践中真正掌握“渔”之方法。在教学过程中，她总是想方设法，把理论教学与实验实训很好地结合起来，并且，努力在理论教学到机床操作再到仿真加工多个环节中，“严”字当头，“细”字在心，从不马虎。有时仿真加工软件的教学过程中，学生编程的过程不到位，尽管最后成形的形状是对的，但却少了前面粗加工的过程，这些在电脑上的操作是无所谓的，但在实践加工中是不允许的，她发现了这个问题，马上让同学们返工重来，以让大家养成良好的“责任”意识，为以后的加工负责。

由于她的严格要求，同学们对学习越来越有兴趣，都非常积极地投入到技能表演大赛，创新设计大赛中去。有一批同学，每天7—8节课便是在实验室度过的。元旦及节假日都没休息过。他们设计的交通信号灯控制装置，抢答器附带计时装置，搅拌机的控制装置，电梯的控制装置等一批成果相继获得成功，并得到社会认可。有一位同学设计的PLC装置被一商家看好。这位同学还没毕业，便被那公司录用了。

在三尺讲台上，孔繁华老师同样是敢于肩扛千斤重担的。他是信息工程系的学科带头人。他承担主编与参编的教材已有五六部，并承担了不少软件开发的项目。2005年，全市“三教”工作验收投票系统便是他开发的。这个系统开发成功后，近2万条数据可以在几分钟的时间便成功统计出来，准确率可达100%。这个系统开发成功后，以前需40个录入员一个月完成的工作量在5分钟内便可出结果，并可以保证统计验收的公平公正公开，得到了市委、市政府的高度评价，其社会效益是无法估量的。用他自己的话说，选择了教育，便是选择了终身学习。他原本是学数学的，但是他却恋上了“计算机”这门行当。而计算机的发展又是日新月异的，所以他总是不倦怠地去努力学习，去攻克一个又一个难关。就说 vc++.net 这个软件吧，这是最新的计算机语言，如果不让学生掌握老师是不甘心的。而要让学生掌握，其难度是非常大的，没有参考资料，没有辅助材料，连网上也查不出来。于是他便彻夜钻研了一个多月时间，他如攻克科研难题一样，学习起了这门新的“语言”，他觉得自己绝不能敷衍学生，不能让学生一知半解。终于他把这种语言攻克下来了，把最新的知识传授给了学生，学生都非常开心，孔老师还与同学们一道把这些新的且实用的知识用到了科研拓展项目中去。他和同学们一道进行着相关项目的研究。起重机上过去是有许多地方控制不到位的，经常出现安全事故，他和他的学生们一道，下定决心为改变这种状况去努力，要把那些原来无法控制的点纳入控制范围，从根本上解决安全问题，目前这一课题已得到了上级部门的认可，并已纳入 2006 年科技攻关项目。现在，他还担当起“全国大学生机电创新大赛”三峡学院的总指挥，带领几十名学生搞起创新大赛来，其项目简洁、实用，具有良好的社会效益。6 月下旬即将参加全省的大学生创新设计决赛，并极有可能向全国决赛冲击。他和学生们都充满着极强的信心。同学们一致表示：“选择三峡学院，我们选对了；跟着孔老师学，我们选对了。”

是的，有孔老师这样极具责任心的人，怎么不是学生的幸运呢？

为了让同学们学到真实的本领，蔡双双老师付出的心血也是相当大的。她是学畜牧兽医专业的，这个专业现在的实用性很强，是直接为农民服务的，为建设社会主义新农村服务的。有一年，江南有位养鸡专业户，养的 5000 多只鸡，不幸得了一种怪病，他到北京去请专家，而北京的那位专家与蔡老师是同班同学，这样便推荐蔡老师去诊治。蔡老师去后，经过认真诊断，把病情确诊下来，便指导这一农户用药，使疫情很快得到了控制。从这件事中，蔡老师更加懂得了实践的重要。这样她便经常主动地下乡去，去鸡场、猪场了解疫情，以便掌握第一手资料，从而把自己积累的经验告诉同学们。同时，也经常利用相应的教学课时，组织同学们到正大饲料、昌伟畜牧公司等单位去实习，在实践中手把手地教学生观察疫情，了解病源，然后进行诊治。同学们在实践中，才能得到了很快提高，不少学生成了很优秀的饲料推销员，有的干脆回去办了养鸡场、养猪厂。已走上创业之路的同学们在实践中，也总爱打电话回来咨询，不论是谁，蔡老师总是毫无保留地协助他们会诊，使他们的事业更加顺利。有一位兴山的同学去经营一个养猪场。起初，猪发高烧，而又不能吃东西。会是什么病呢？那位学生一时拿不准，蔡老师便耐心地告诉他，先去弄准猪的体温是多少？发病之前用过什么饲料？然后观察尿色，看看粪便情况，做好记录，弄清楚了再用药。学生告诉她，诊断的是“附红细胞体”病，而使用抗菌药物效果不好。蔡老师便大胆建议他改用“贝尼尔”（血虫菌），配上磺胺类药物。那学生照蔡老师的话做了，结果，效果非常不错。没几天，猪的疫情便得到了控制，养猪场又恢复了原来的生机。那学生高兴得马上把这一喜讯告诉了蔡老师，并向蔡双双老师表达了最真诚的谢意。蔡老师听后也是感到由衷的欣慰。

学生有了才干，哪位老师能不高兴呢？

一个团队　两名学生

近些年，各级各类赛事较多，在省市一级，大凡有重要赛事，都会有三峡学院的风姿。在宜昌市举办的第二届国际龙舟拉力赛和首届龙舟锦标赛上，胡振灿、吴泽勇老师带领的三峡学院龙舟队，虽然是第一次组队参赛，但他们一举夺得女子组第二名、男子组第四名、混合组第五名的骄人成绩，引起了人们的关注。在2005年年底举办的湖北省大学生田径运动会上，他们也一举夺得了男子团体第五名的好成绩，并相继夺得4×100米、4×400米的男子银牌，把矫健的身影留在了大运赛场。今年第十届全省大学生运动会拉开战幕，金凤延老师带队的男乒又摘得团体总分第二名的成绩凯旋。

这是体育赛事。其他各类各项的赛事也相继举办。

改革开放的大形势，也唤起了学生的英语学习热潮。同学们英语学习的积极性很高。这下可忙坏了英语教研室这个团队，在副教授蔡世文主任的带领下，几十位英语老师全部投入英语学习的教学与辅导中去，她们办起了三级英语辅导班，四级英语辅导班。全院英语广播讲评，还专门编写了一本《三峡旅游英语》的地方教材，受到了同学们的欢迎。2005年，全省英语口语演讲大赛揭幕，为了组织同学们参加好这一赛事，英语教研室所有老师做了分配和安排，分成6个小组对全院学生进行了专题辅导，并筹办了全院英语演讲赛，极大地调动了同学们英语学习的热情。并有15名同学被评为优秀选手。2005 年 4 月，全省英语演讲大赛半决赛举行，三峡学院有两名选手获得了决赛资格。全省数十所高职高专院校，进入决赛的只有 30 名选手，而三峡学院便占据了两个席位，这让其他院校大加赞赏。11 月决赛将举行。为了这两名选手有好的成绩，英语教研室再次做了安排，平时有专人辅导，暑假分头教学，李玉珍、王群益、季雯、周荆洪、柳丽、陈佳、顾卫国等老师都义不容辞地承担了辅导的义务，她们帮着设计问答、设计演讲类别、设计解答要求。王群益等老师还把这两位学生接到自己的家中手把手地教学。季雯还利用雅思口语训练班开班的便利，让她们俩参与口语训练，以提高交流和沟通的能力。9 月开学后，蔡主任又为她们选定了若干演讲素材，让她们走进课堂，先面向同学们做演讲训练，这样既锻炼了她们的能力，还有效地提高了其他同学学习英语的兴趣。至此，功夫不负有心人，深秋的江城，是丰收的季节，这两名选手终于有了好的回报，她们的成绩得到了广大评委的一致认可，为学院捧回了沉甸甸的奖牌。更让人感到高兴的是，其中有一位是即将毕业的学生。回校后，便被一豪华三峡游轮聘用了，成了一名外籍友人接待员。上班后，她马上给她的老师们来了电话，感谢老师们为她的成长付出的辛勤努力！看见自己的学生有了好的成绩，有了好的就业去向，哪位老师能不高兴呢！

在湖北三峡职业技术学院，还有一个非常特别的班级，即黄牛岩环坝旅游班，这是学院与黄牛岩集团联合开办的一个班，它的开办是一种教学模式的创新。这个班的学生的培养目标非常明确，是专门为黄牛岩集团培养的旅游管理人才，就读地点就在三峡人家景区，是边工作边学习的模式，学生不交学费，用每月的工资收入支付。这个班是受到了大家的欢迎的。但是这个班的教学却有很大的困难，为了解决这一矛盾，老师们付出了很多的心血。胡家忠老师的心便倾注在这个班上。为了上一堂课，往返得花 4 个多小时，有一次去上课，误了船，他在江边等了一个多小时，后仍不见船来，他不得不和其他老师合租了一条渔船赶过去。在那儿上课，其条件远不比在学院里。2005 年春季，景区停电三个周搞检修，这一下生活没了保障。每天只在外面吃快餐面，晚上只能点着蜡烛上课。后来感觉实在不行，便与景区商议，用柴油发电机送电，保证了上课的需要。带这样的班级的确有很多困难，既要与景区打交道，又要与学生打交道，方方面面的工作都得做好。他们教“客房服务”课，曾与景区所使用的服务标准培训内容发生了矛盾，老师们便专门去了解了他们的服务标准及流程，后来发现他们用的是三星级宾馆标准及流程，执行的是普通中式铺床，这其间有些不一致的地方，这时老师们便与景区的管理者们商议，将操作程序进行了优化，把教学与实践统一起来，这样一来，学生对这门课程也有了更大兴趣，在实践中也用得更到位了。同学们都说，不仅学了知识，更重要的还是学了解决问题的思路与能力。在这个团队里，有两位同学是必须提及的，一位是男生余某，由于形象问题，景区起初不想收留他，但学院不同意，便极力做了工作，留下了他，这个男孩儿非常感激，做事非常吃苦、认真，体力活总是抢着干，其他的活也是主动地干，现在已得到了景区的高度信任，既成了一名好学生，也成了一名好员工。另一位是女生王敏，来到这个班后，服务技能提高很快，不论在哪个岗位上她都非常用心地去学，不到一年便转为正式员工，还被提升为餐饮部领班。2005 年秋季，全市旅游职业技能大赛，王敏还获得了个人二等奖，2005 年还被评为灯影峡宾馆优秀服务员，并被评为全景区十大优秀工作者之一，随优秀团队到海南去参加了一次旅游。这些同学的事迹无疑对其他同学也产生了良好影响，这个班的学生学习积极性是越来越高，胡家忠和其他老师看到同学们的进步，自然是高兴得难以入眠了……

湖北三峡职业技术学院是发展的学院。这里所讲述的仅仅只是生活中的小小浪花，它们是非常平凡的音符，但正是这些音符，却构成了一曲洪亮的职教的颂歌。而且，我们有充分的理由相信，未来，三峡学院必然会在更加嘹亮的歌声中发展、壮大，向着“全国有名，湖北一流”的目标，走向锦绣般的辉煌！

2006年6月16日

网格，那方田垄漾起的春风

——来自宜昌市西陵区社会服务创新的报告

他们用心血滋润着那方田垄；
他们用爱心在那田垄漾起阵阵春风。

——采访手记

正是春风化雨季，敢登高时且登高

这个季节真好！虽为小暑之时，却迎来了一场夏雨，迎来了一阵清凉。

走进社区，让人更感受到一阵春意，似有一阵春风徐徐地惬意而来。

有人说，那是网格员朋友们用爱心漾起的春风，细细品来，那的确如此的真切。

西陵区政法委彭登华书记对我说，目前，正是春风化雨季。

党的十八大召开以后，中央对社会化服务提出了更高要求。在《中共中央关于全面深化改革若干重大问题的决定》中，明确提出了“创新社会治理，必须着眼于维护广大人民的根本利益，最大限度地增加和谐因素，增强社会发展活力，提高社会治理水平，全面推进平安中国建设，维护国家安全，确保人民安居乐业，社会安全有序。”这对全国的管理部门来说都是一个重大的课题，对西陵区来说也不例外。

宜昌，作为网格化管理试点城市之一，已是三年历程。在这三年中，这种管理方式也在悄然创新着，在社会治理中，也正彰显着越来越重要的作用。

峡山茶园

在提供给我的资料中，我看到，每年网管中心都对所属网格站点进行了必要的指导，提出了必须的要求。在《2014年西陵区社区网格管理监督工作要点》中，我们就看到要求是那么的具体，他们提出了“民生优先、服务为先、基层在先”的“三先”工作原则，提出了“以人为本、网格化管理、信息化支撑、全程化服务”的“一本三全”的工作样本，提出了网格管理“专职化、规范化、均衡化、为民化”的“四化”建设目标。这些要求是严格的，措施是得力的。

彭登华书记说：“在社会治理中，大家都在探索。我们也就应该坚持创新的理念，用开放的态度在社会治理中走出一条扎实的路子来。我们就是要用我们的努力，使社会管理创新转变到社会服务上来，再转变到社会治理上来。我们就是要造就一种机制，使我们的网格员成为政府联系民生的纽带、桥梁，成为贴系民生的知心人。现在是这么好的时机，我们焉能不努力探索，毅然攀登呢？”

彭书记的话，我是深信不疑的。

在四方堰社区，党委书记徐家成也向我们作了进一步的阐释。他在长期基层工作的实践中，感触更多。他说，网格管理试点之初，大家都是不愿接受，不少人有抵触情绪，网格员上门，门总是半掩着。现在都变了，大家老远就点头招呼，相互问候。有什么事，也总是第一个想到的就是网格员。而且，在实践中，他还深深地感到，要把社会服务做到位，网格员必须要有“三铁”的精神，那就是“为民生跑路，脚板要硬如铁；为解决民生诉求，脸皮要厚似铁；热心为民生办事，心要永远铁”，而且还要做到“矛盾全摸清、信息全掌握、服务全方位”。徐家成还强调了“细节”问题，他说“细节”往往是成败的关键，讲细节，就是要做到：解决居民诉求必须现场化，落实社会服务必须精细化。网格员还要努力使自己成为“全科医生”，这样办起事来才会更得心应手。徐家成还用质朴的语言给我们讲了一则故事：辖区内有一位姓赵的老人，80多岁了，瘫痪在床，没法动弹，抱也不能抱，背也不能背，而且又没有子女在身边。瘫了，你说怎么办？还没有医保。办医保又得先办身份证，老人也没有。办身份证吗，又没采集指纹，还没照相，这一连串的问题真是难死人了。好在网格员张琳的心很细，情很真，她跑了好多次路，最后把派出所的人请进了老人的家门，在床上给他采了指纹，给他拍了照，把身份证给办好了。后来，张琳又去人社局给老人申请了劳动保障，让老人有钱看病了……

也许，这就是徐家成说的“三铁”的体现吧！你能说这不是一种贴心的服务吗？

在石板溪社区，胡鸿琴书记还深情地向我们介绍了他们充分利用辖区社会资源，强化网格职能，加强社会服务的情况。在社区内，他们除了建有“党员帮您”工作室外，还建有8支志愿者服务队，这就是：1. 文化名人自愿服务队；2. 能工巧匠自愿服务队；3. 心理咨询自愿服务队；4. 法律援助自愿服务队；5. 医疗救助自愿服务队；6. 教育资源自愿服务队；7. 快速反应自愿服务队；8. 团体自愿服务队。在这八大服务队中，“快速反应自愿服务队”的成立，是颇有故事性的。有一天，春节刚过，他们的一个叫王宽仁的网格员，是大学毕业上岗的，那天，他照样在网格内巡查，却突然看见一店铺蹿起火苗，他觉得不对劲，那烟越来越浓，眼看要蔓延开去，他马上喊了几个网格员，拎了4个大灭火器直奔了过来，冲进了火海，继而，迅速地在第一时间扑灭了这场火灾，为店铺挽回了损失，也让附近的老百姓从惊恐的情绪中平复下来。后来，消防部门表彰了他们。胡书记也从这事中得到了启示，“原来这些‘格格’们还有这样的作用！”于是，她提议成立了这支应急反应服务队。一有突发事件，便让他们出击了。

“敢攀登时且攀登。”

每走到一个社区，我们都能由衷地感受到，在目前这种大好的环境下，大家都在努力实践着，努力探索着。社会服务需要创新，社会治理需要发展。是啊，我们有什么理由不去进取呢？他们正在用实践向我们诠释着这个中的作为！

忽如一夜春风来，西陵处处见花开

2011年3月1日，乘着春风，肩负着责任，“格格”们上岗了。这1100多位“格格”们，有的是转岗上位，有的是招聘来的。但不论是何种形式走进这格子的，他们都是以满腔热情投入了这平凡而琐碎的工作，都是用心血浇灌着这方“田垄”。谱写着青春的“圆舞曲”。这“田垄”也便绽开了一束又一束爱心的花朵。

宋代大政治家欧阳修曾任过这里的县令。那时他曾有过太多的抱怨，“冻蕾惊笋未抽芽”“山城二日不见花”，那是旧话了。现在，走进社区，处处都可见着那花开的灿烂了。

在果园路社区，他们给我讲了一个故事，让人很是感动。

那是2012年4月底的一天，网格员史云，他正常巡查在网格区域里，时间还是凌晨6点多钟，他突然看见东山大道122号一居民楼顶有一男子，行为极其不正常。“他好像要轻生了，想跳楼！”他第一时间有了这样的反应。他的判断没错。“你想做什么？”他大声喝住：“朋友，不能干傻事！”那男子迟疑了。这时，史云的同伴黄俊也来了，他们便分头做工作，又拨110报警了，后来消防车来了，又带来了气囊垫，他们也反复劝说着那男子。史云他们上去，终于把那男子请了下来。一问得知，男子是鄂西州人，大学刚毕业不久，才通过了公务员的笔试，而他的女朋友还在外地，希望他带5万元钱去做生意，而他家里又拿不出这笔钱。这男子竟一时没了主意，想不开了。史云他们倒是很耐心，请他到办公室细心地交谈，而且谈了很久很久，仍然不放心，晚上又决定请他吃夜宵。这时，史云为了更好开导他，还请来了一位女“格格”，那是一位励志成才的优秀代表，虽然身体有疾，但她不惧怕，还练出了一手漂亮的剪纸技艺。她的到来除了缓解了那凝重的气氛外，她还用她的现身说法，开导了鄂西的那位男子。那位男孩很受感动，觉得自己太轻视生命了，对不起父母，对不起自己，也对不起朋友，决定好好地去面对眼前的困难，去争取更好的人生……

夜宵以后，史云他们又把他送回了宾馆，并对宾馆的经理做了些交代。

第二天，那男子果真态度开朗了，史云他们把他送上了去武汉的车。到了武汉，那男子给他们一一地发来了短信：“谢谢社区的几位大哥，还有那位令我钦佩的妹妹，要不是你们，我早就不在人世。你们的恩情我会牢记一辈子！”至此，他们也都成了好朋友。在此事中，足可见那些网格员们的情怀啊！

王剑是四方堰社区网格站的副站长，这小伙子也极有热情。这个社区的租户很多，外来务工的人很多。他们虽然在这里住下了，有些事他们往往少了根弦，就说居住证吧，他们一般都不办，这就很麻烦了。王剑不仅提醒他们，他还亲自为他们跑腿，接连为他们 100 多人办了“居住证”，让他们在社区内有了基本的身份保障，小孩上学，大人就医方便多了，自然大家都是非常感激他。而他总认为为辖区的居民们办事是应该的。

而有一件事却让王剑多了一份焦急。

那是 2013 年 10 月下旬的一天。已经是晚上 10 点钟了，辖区一位刘姓的住户突然焦急地找到他。

“王站长，出事了！出事了！”来人显得十分不安。

“什么事，别急，快说。”他安慰着来人。

“我孩子丢了，到处找不见人……”

“报警了吗？”王剑也急了，第一时间想到的就是报警，马上问他。“没有，就快报警！”

王剑拿起手机，马上把信息发了过去，发到了鼓楼街派出所，他也真是焦急了。

鼓楼街派出所通过市公安局在全城进行了通报。

王剑又和他们一道调看了社区各路口的监控录像，发觉是被一个 40 多岁的女人带走了……

第二天事情终于有了着落，在火车东站派出所的协助下，终于拦下了这个女子，把孩子救下了。王剑和派出所的民警一道接回了小孩，交给了他的爷爷奶奶，他心中的一块石头才落下地来，他焦急的心才平复……

在石板溪社区，他们还给我们看了一张大红的感谢信，这感谢信足足有三大张。这是一位老人的儿子写的。这老人 90 多岁了，原来居住在台湾，后来来宜昌居住，住在她孙子家。2012 年秋的一天，一早老人就出去买菜，可是买了菜回来，她走着走着，却怎么也找不到自己的家了。一直到 10 点钟，她还在转悠。后来网格员王宽仁、梁海霞他们发现了，迎上前去询问，了解到是这个情况，便上“e 通信息库”查询，查到了老人家的具体住处，便把她送了回去……

自然，老人的家人是十分感激的。

现在，在各社区这类事情多了，都认为不足挂齿了，也都不愿再多说起，可见大家对人民的一片真情了。的确，大家是用心在浇灌社区这方沃土，让服务之花处处开放。

而发生在四方堰社区的另一件事，却是给人很多启示的。

2013 年 12 月。西陵二路 8 号楼，楼下是两个门面房，一个是做餐饮的，一个是做休闲的。一天化粪池堵塞了，网格员蒋丽到现场一看，那情景太糟了。“太臭了！”必须处理，不处理大家是没办法在那儿生活的。起初找了个管道疏通的，报价 2200 元，大伙儿接受不了。后多方联系才找了一家，报价 1100 元，大伙儿才认可了。怎么分摊这笔费用，蒋丽出面了。她把餐饮老板、休闲店的老板和几户居民叫到一块，“我们开个小会吧。”她把意图给大伙儿讲了，又经过反复沟通，大家终于达成了一致意见，最后敲定下来：餐饮老板出 500 元，休闲老板出 360 元，余下的由楼上住户分摊，并由餐饮老板组织清理，蒋丽负责收钱。这一次整整清理 90 袋残渣，清理得很彻底。楼上的居民都很感动。蒋丽收费虽然遇到了些困难，但还是通过两三天的努力，收齐了。交给了餐饮老板，餐饮老板也很感激，大家都认为蒋丽做了件好事。夸得她脸红了，真有如一朵绽放的春梅。

我想，这的确是件好事，化解了很多矛盾，减少了很多纠纷，用徐家成书记的话说“还节约了很多政府行政的成本啊，弄得不好，矛盾还有可能转化的……”这是对这“花开”的赞许。

这样的事例简直太多了。果园路社区有一位网格员叫陈金华的写过一本书，就记录了“格格”们的这些心迹。从采访中我深切地感受到，每一位网格员她就是一部书，是一部花开的绚丽。

邻里亲友若相呼，一片爱心在玉壶

走进社区，听网格员讲得最多的一个词便是“诉求”。

社区内，人们告诉我，常因人群不同，诉求不同，也常因楼层不同，诉求也不同。

“但不论怎样，不论你有什么诉求，也不管你什么时候有诉求，我们都是随叫随到。到了以后，就得把事情尽职尽责地办好，把你的诉求解决到你满意为止。”网格员们都这样对我说。

付跃进，他是1958年出生的，的确，他头发已经斑白。他是四方堰社区的一名普通网格员，虽然年纪偏大，但工作却很得力。徐家成书记说，他是社区的“一口清”，他所负责的网格每家每户的基本信息他都了如指掌。他也成了这些住户的老朋友，因而，大事小事，大家都爱给他打个电话，他闻讯也便迅速赶来了。

这是7月12日晚上7点多钟了，付跃进突然接到一个电话，是四方堰8号楼605房住户石先生打来的。石先生是外地人，在这里租住。他对付跃进说，家里厨房下水道被堵多日了，没有办法疏通，他是外地人，人生地不熟，自己又长期在外跑运输，一天到晚不在家，家中就只有一位85岁的老母亲。因下水道堵了，老人在家生活极不方便，做饭洗衣简直没办法，一提起用水就头疼。付跃进接到电话便立马赶了过去，对石先生的母亲说：“您老不用急，我来想办法吧。”他看了看现场，感觉难度还是很大的，牵涉的户数也较多，但他没有推卸责任，而把事情全揽下来了。“让您的儿子放心跑运输吧，我负责给您办好。”付跃进说到做到，他马上给疏通公司打了电话，“请快点到四方堰社区吧，这里有急事要处理。”他又去这楼层一户一户地上下通气，让大家给予支持和理解。第二天上午，疏通工作便完成了，老奶奶拉着付跃进的手表示感谢。晚上，石先生跑完运输回来一看，也是心存感激，再次给他打了电话表示谢意，还硬要请他去喝杯酒。

下水道堵塞的事，在各社区，可以说是常事了。石板溪社区的网格员王艳也有过同样的经历。那是2011年春节，正月初二里，她正在长阳拜年，突然就接到了珍珠路15号的一位住户打来电话，说他家里下水道堵了，不疏通这一家人的春节都过不安宁。王艳想，这也是实情。可是她人在几十公里外的长阳县，怎么帮人家解决呢？于是，她想到了另外一个渠道。她马上打了社区“专职社会工作者”张行芹的电话，把情况告诉了她，请求她帮人家解决，并把自己掌握的疏通公司李师傅的电话也告诉了她。张行芹是位十分负责的人，接到电话后毫不犹豫，立刻与住户取得了联系，也与李师傅取得了联系，当日下午便一起到珍珠路把这一“诉求”解决了。下水道通了，住户十分感激，硬要留他们吃年饭，但张行芹他们还是谢绝了。她说“看到一家人安心了，开心了，自己也高兴”。晚上，王艳与他们分别通了电话，听说事情已妥善地解决了，她的心里也才踏实。用她自己的话说“不然，这个年真的过不安稳”。

开始实行网格化管理时，住户对网格员是不太信任的，几年过去了，现在是好多了。“有事找网格员！”几乎成了大家的口头禅。而网格员呢，也总是时刻把住户的冷暖放在心头。

果园路社区的何婷婷对我说，她格子里有一位老人姓冯，1928 年出生的，身边无子女，住的房子又是个低洼地。小何总时刻记挂着她，一下雨她的房子就积水，小何便急着往那跑。2013 年 8 月 10 日晚上 11 点多钟了，突然下起瓢泼大雨，一看那阵势，她觉得老人又要遭灾了。她马上打了电话安慰她。随后她便赶去老人家，一看，水都快淹到膝盖了。她立刻联系了几位保安人员，一起来帮老人排水，脸盆、水桶全都用上了，一直到凌晨 4 点把水排干净了，他们才去休息。

在红星路社区还有一位被称为“暖心格格”的谭芳，是她的努力促成了社区矫正人员的新生。刑释解教人员是潜在矛盾的激发因素，因而，谭芳总是能以维护社会稳定为根本要求，不辞辛苦，坚持每月走访到户，在第一时间了解他们的生活状况，把握他们的思想动态，并为他们落实好政策待遇，用实际行动去感化他们，激发他们重新生活的勇气和信心，使他们能顺利回归社会，融入社会的大家庭。

家住红星路的杨先生曾是一名吸毒释放人员，回归社会后总觉得低人一等，天天躲在家里不敢出来，身体状况又不好，更不要说出来找工作了，长期这样下去他的生活成了问题。谭芳看在眼里，急在心上，怎样才能帮助他走出阴影呢？谭芳动了一番脑筋，回社区后向领导详细地汇报了这些情况。社区经过了解，得知杨先生以前开过养猪场，便有意让他重新创业。于是通过各部门的商讨，又与银行取得联系，给杨先生申请了 5 万元的贷款作为他的创业启动资金。杨先生拿着这 5 万元真的又把他的养猪场办起来了，渐渐地，杨先生打开了心结，性格也开朗了起来。2011 年春节的时候，杨先生还给辖区的困难居民送去了猪肉。看到这些，谭芳感到很是欣慰。

除了老人外，现在对小朋友的事，也总是让网格员们十分牵挂着。

学院街办事处副主任田甜向我们讲述了“爱心小课桌”的故事。在中书街社区有两位被外来务工人员子女称为“美女姐姐”的网格管理员，一名叫昌玉，一名叫李慧。起初李慧和昌玉在入户调查时，认识了一位外来务工人员子女陈琳，小陈琳住在不到 10 平方米的房子里，小板凳就是她的小课桌。每天放学回家后，爸妈无法照顾她，她还得自己做饭，做功课就成了一句空话。她俩觉得应该给他们一些帮助。她俩统计了一下，她们负责的格子里类似小陈琳这种情况的竟有30多人。于是，她们向网格员姐妹们发出了倡议，希望大家加入到关爱留守儿童的行列中来。这一倡议，很快得到了大家的热烈响应。11名网格员都投了赞成票，并且都投入到这个行列了。现在，“爱心小课桌”活动是越做越好了。家长们也不再担心放学后孩子们无人照料，孩子们也不再担心没人辅导作业了，因为这里有了一群“爱心姐姐”。

经过几年的努力，果园路社区还把对少年儿童的关爱逐渐做成了一个品牌，定名“开心果”。

过去，一到放假，孩子们便没了约束，到处玩，到处闹，而一到上学时，便拿个社会实践表来社区盖章。大家都知道这里面水分多了，对小朋友也不好。何婷婷、黄馨、陈金华她们一合计，觉得有必要把这些小朋友组织起来，既有助于他们的爸爸妈妈安心工作，也有利于小朋友健康成长。她们给党委书记易剑一汇报，便得到了易书记的大力支持。于是，她们便着手起草章程、起草规则、起草活动安排。这事也得到了广大家长们的拥护，一下子便来了几十名小朋友，小的才几岁，大的也就十多岁。“格格”们把他们组织到一起，让他们参加道德讲堂活动，让他们为居民发放宣传资料，让他们争做“护绿卫绿小卫士”，让他们和植物专家们一起栽花培草……他们真的成了“开心果”！2012年8月20日《三峡日报》还专门报道了她们的“开心果”活动，这让孩子们更为高兴了。而要上学前，社区还组织了评比、表彰大会，家长们都参与了这个活动。家长们看到自己孩子那张张笑脸，他们也乐得开心极了。一个一个也如“开心果”般，你该不会不信吧？

有人赞誉这里是“幸福果园”，我想，这“果园”里一定挂满着“格格”们那拳拳爱心啊！

少年甘识愁滋味，更上层楼拥春晖

在社区，我和“格格”们交谈时，他们都是乐呵呵的，似乎没有一点烦恼。当我问及他们是否有不顺心的事时，他们几乎异口同声地答道：“有啊！最近就有！不过，我们是不放在心上的。”那口气轻松极了。“大家都需要我们的服务，我们怎么能老是纠结着这些烦心事呢。”

石板溪社区的杨力，是三峡大学毕业后应考上岗的，人较瘦弱。她所管的“格子”环境不是很理想，一条通道两边总是停满了车，影响通行，一旦下雨，便糟了。而这时更是居民诉求最多的时候。有一天下雨下得积水了，她要去居民家中了解民情，便必须蹚水，她不得不高卷起裤管，虽然穿着高跟鞋，积水还是把鞋子全浸湿了。一直湿到裤腿，“管他呢！”她继续往前蹚着。那架势真大有“昔日文小姐，今日武将军”的风范。她说：“居民这时需要我们，再烦我也必须去！”她给居民办起事来，一点也不含糊。她的“格子”内有一位居民姓黄，70多岁了，老伴也不在身边，在外地打工，儿子在30多岁时便已去世，儿媳也改嫁了，留下个小孙子正在上大学。老人的工资又不高，的确无力支付孙子的学费，老奶奶把困难给杨力讲了，看有没有可能帮她解决些困难。杨力满口答应下来，把这事记在心上了。老人的这种情况办低保是不可能，那该怎么办呢？后来她听说计生委系统有个“阳光助学工程”，她琢磨着老人的条件是可以享受这种优惠的，便替老人申请了“阳光助学金”，这样，终于获得了一定金额的补助。事情办成后，她看到老人落泪了，她自己的心也湿润润的。

“自己的事再大也是小事，而居民的事再小也是大事。”果园路社区的邓忠诚对我说。人们都称他为“孝子”。这些天，他的父亲病重，情况也很危急，在住院。他每天都得给父亲擦洗，给他喂药。而这些天高温季到来了，蚊虫蚂蚁多了起来，他所负责的小区，本来就是个杂居区，是没有物业管理的，卫生状况一直就让他头痛，最近还滋生了跳蚤，一些猫呀狗呀，又带着这些跳蚤乱跑，对居民的健康影响极大。“必须杀虫了！”他给社区领导请示后，便带了灭害灵去喷洒。他从一楼一直喷到六楼。喷完了，本来想洗洗手，赶到医院去的，可六楼的那户居民又追下来，对他说：“还不行，我的楼顶还必须喷！”起初，那住户上楼顶的通道是锁着的，邓忠诚上不去，这时，他又只好跟着户主再次上到六楼，到顶层去给他好好地喷洒一次。他把这栋楼喷洒完后，本来已经不早了，他真的要赶到医院了，他的父亲躺在病床上，需要他去料理了。他想跟领给导打了个招呼便乘车去，可是，另一栋楼的居民又来电话了：“我们这栋楼也应该喷药！”居民的要求也是不无道理的，而他手中的灭害灵已经喷完了，“改在明天吧！”他对户主说。“不行，你不喷，那些跳蚤都跳到我们这栋来了！”户主依然要求着他。没办法，他只好把父亲的事放下了，又去找卫生部门领回了灭害灵，把那栋楼从上到下喷洒了一遍。看见大家都满意了，才匆匆地离去，他必须赶赴医院了，他的父亲在病床上等着他……

四方堰社区里，有一件事也是让“格格”们头疼了好久。那是2011年夏天。方堰路一号楼，共有三个单元。一天，三单元的住户反映，说他们整个单元都漏电，水中带电，门窗都带电。这可是非常危险的。网格员赵丹急了，马上打电话给王剑。王剑赶来一看，也急了，必须查出事因！他马上给国家电网部门打了电话，电网部门的维修人员来得很快。查了这个单元，开关和线路都没有问题呀！他们又查了隔壁二单元，也是好的呀，“这不是我们的问题”。来维修的人走了。王剑又给自来水公司维修人员打电话，人家也查了，说所有的管道都是好的，问题不在他们，他们也走了。王剑他们犯难了，又决定与煤气公司联系。煤气公司的人员也来了，也查了，一切都是好的，他们也离开了。这可怎么办？住户们都急了，不解决，大家怎么好生活呢！王剑也急了，赵丹也急了。“一定想尽办法解决！”王剑说：“找个电工志愿者来试试，看看吧。”这样，他们在辖区内找了个很有经验的电工师傅，让他给查查。这样王剑便陪着这位师傅，一户一户查，一户一户查，后来还真的查出了原因，原来是第一单元二楼的住户的问题，他的房子装修后，有一条电线破损了，这条破损的电线不巧搭上了防盗网，电便串到三单元去了……这事就一直整到下午快2点钟了，才终于解决妥，这时，大家心中的一块石头才落下来。

土城路社区的屈金玉还向我讲述了一件让她“烦心”的事。她所负责的格子里，有楼上楼下两住户，因“漏水”的事吵得不可开交，她上门做了无数次的工作，仍然解决不了，两户的脾气都倔，楼下的说楼上的漏水，把她的墙壁浸坏了，硬要楼上的给她维修，楼上的坚持认为不是自己的原因，坚决不予维修。屈金玉感到自己“太没能耐”，调和不了二位户主，没办法，她只好对楼下的说：“我来给你维修吧！”屈金玉有个朋友是做房屋维修的，便对他说：“帮帮忙吧！就把这事当我自己的事办吧！”小屈便掏钱买了点水泥，那朋友便上门给那住户补墙了。补好后，又买了些墙面漆给它粉白了，这样，就有了焕然一新的感觉。住户看了还是很高兴的。钱是小屈出的，工是她朋友送的，这还有什么话说呢！住户要给她钱，她怎么也不要。住户只好给《三峡晚报》写了个表扬稿，赞扬了这位热心的有奉献精神的“格格”。这件“烦心”的事倒变成了一件让人开心的事。

说来，还有一件事也是让人欣慰的。石板溪社区里有对年轻的夫妇，2012年，他们有了宝宝，女孩小叶坐月子，可是他们不知道还要办新生儿医保。“格格”们倒是为她急了。办新生儿医保要好多好多的证件，什么房产证、结婚证、准生证、生育证、新生儿出生医学证明等。“格格”们是很清楚，便一件一件找他们收齐，由于住户是集体户口，那是没有房产证明的。“格格”们便又帮他们去办了房产证明。证件收齐后，在社区盖了章，又到派出所去，帮他们办好新生儿户口。然后又到人社局帮他们办好新生儿医保，这些工作是必须在 28 天内完成的，就是这些日子里，“格格”们不知道跑了多少路，但总算在规定的时间内办好了。接过新生儿医保证，小叶真是感激不尽。她说：“这些‘格格’们太了不起了！”哺乳期过后，小叶便决定报考“格格”了。于是，她也和他们一样，走上了网格管理和社会服务的这条路。她也要和他们一样当一个人民的好“格格”！

更上层楼拥春晖。

写到这里，真让人感慨了！是啊，正是他们的努力，他们的奉献，他们的牺牲，才有了民心的安稳，才有了社区的和谐，才有了今天人人安居乐业的大好局面。让我们坚信吧，未来，“格格”们必定用他们那无私忘我的精神，必定坚持发展创新的理念，网格管理必将迈上一个更新的台阶，社会服务必然拥有一个更好的明天！

那是有如朝阳喷薄而出的春景！

2014年7月16日

叶红才正时

——听听一位财政当家人的故事

集众人之才
办众人之事

——宜昌市西陵区财政局格言

叶红如火，那是西陵区财政局兴旺的象征。

——采访手记

接受采访宜昌市西陵区财政局时，我自是感觉有些忧然。尽管我做过多年的经济工作，可我对财政还是显得那么陌生。但当我采访完西陵财政局后，我的心情霎时轻松起来。时间虽是初冬，且世界性的金融危机仍是那么严峻，可我倒感觉出“霜叶红于二月花”的那种情景就在眼前显现。叶红如火……

朱昌林局长太忙，真的，好难与他相约

西陵区财政局的朱昌林局长，我决定采访他时，应该是10月上旬的事了。朱昌林局长是位正处于不惑之年的汉子，人显得有些单薄，温文尔雅的，看上去似有儒雅风范。后来，我才知道，他原本就不是学财经的。第一学历是教育学学士。他告诉我，他的一位老领导曾对他说，“小朱啊，你要是对财政更熟悉些就好了。”这是早年的话，是对他的忠告，使他念

念不忘、耿耿于怀，他便孜孜不倦地为之努力着。因而在一份简历中我便了解到了这样的内容：

1986年9月—1990年6月湖北大学教育管理系本科学历，教育学学士学位。

1989年9月—1991年7月中央财政金融学院会计专业。

1998年5月—1999年12月华中理工大学经济学院工程硕士学位。

2003年2月—6月宜昌市委党校第二十二期中青班。

2005年3月—6月枫华职业学校心理咨询培训班心理咨询师。

就是这样一位年轻的共产党员，在不断地打拼，用他的才智和奋斗精神，把自己打造得成熟起来，把西陵区财政局打造成文明单位。这应该是让人肃然起敬的。

我决定采访他。可那天《中国财经报》的田总编和一位资深记者来到了宜昌，要和他长谈，我只有再约了。《中国财经报》在关注西陵，在关注着他。

第二次我约了他。他说也不凑巧。他正在区里陪区长验收一个项目。并且要关注这个项目的落实情况。记得朋友们曾对我说过，财政看似重要，其实过去是不被重视的。西陵区也是这样。只是这几年西陵区委西陵区政府把财政局看重了，是因为财政局的作用显现出来了。既然是区长要他相陪，那我也只能再约了。

第三次，我又约了他。应该说这次是比较铁定的。头天我给他打电话，说第二天下午见面。真如情人相约，我好不容易等到第二天下午。他说又不行了，市里要来办公，调研西陵区财政情况……

看来财政无小事。朋友们说，财政活了，一切都活了。我信然。

朱局长说，财政的工作是有序的，是主动的。但财政部门的工作时间却是被动的。情况也正是这样。

一个月以后，我终于约访了朱昌林局长。我们足足长谈了一个下午。可以说我是不愿浪费自己时间的，也是不愿意浪费朱局长时间的。我们足足长谈了整整5个小时。这个下午使我对西陵财政局刮目相看了。20多人的一个单位，掌管着全区的理财大事。1987年建区时，全区只有456.9万元的财政资金。现在全区的财政收入可达到7.95亿元。170多倍的增长，这是多大的变化啊！这偌大一笔资金要收上来该是有多难啊！这么大的资金要用好，用在刀刃上，让一分钱能做出两分钱的事来，那又是有多难啊！

这时，我才真的知道，之所以与朱昌林局长约谈一次是这么难，的确是有着各种原因的。西陵区文联的阎刚主席对我说，“朱局长能和你约谈四五个小时，他真是作了很大努力的。”

我相信。

财政是经济的主动脉。1999 年，就是因为财政出了问题，全区经济一时被动了，似瘫痪了一般。一位朋友说，当时的财政够惨了，连办公的地方都没有，东搬西搬的。朱昌林同志就是在这时上任的。受命于危难之际的他，励精图治，10 年后，他终于可以笑对大家了……

一上楼我就被一块光荣榜吸引住了。那里有着他们的全部艰辛

我走过很多单位，光荣榜也看多了，尤其是走到那些荣誉室里，走进那些陈列厅里，琳琅满目的荣誉书之类的东西，往往使人有些麻木的。而我走到西陵区财政局，一踏上楼梯，我就被眼前的一块展板吸引住了。那上面竟然是荣誉的罗列。这是展给内部员工们看的。也是展给外来访问者看的。不用说，那意图我们是能明了的。对内是对大家的鞭策：荣誉只能代表过去，更多的是警醒未来；而对外哩，当然就是寻求更多的监督了。

我细看着那块光荣榜。

获奖时间	获奖内容	表彰单位
2000年	三五普法教育先进集体	湖北省财政厅
2000年	农村创优先进集体	宜昌市财政局
2000年	财政外经管理工作先进单位	宜昌市财政局
2000—2001年	预算外资金管理先进单位	湖北省人事厅、财政厅
2000—2001年	财政社会保障工作先进单位	宜昌市财政局
2000—2002年	财政监督检查工作先进单位	宜昌市财政局
2000—2004年	财政宣传、调研、信息及办公室工作先进单位	宜昌市财政局
2000—2004年	会计管理工作先进单位	宜昌市人事局、财政局
2001年	全省财政科研先进单位	湖北省财政厅
2001—2002年	政府采购先进集体	宜昌市财政局
2001—2004年	企业所得税税源调查先进单位	湖北省财政厅
2002年	行政政法财务管理工作先进单位	宜昌市财政局

续上表

获奖时间	获奖内容	表彰单位
2002—2003年	文明单位	宜昌市委、市政府
2002—2004年	企业所得税税源调查工作先进单位	宜昌市财政局
2002—2005年	农村税费改革工作先进单位	湖北省人民政府
2003年	统评及会计（决算）工作先进单位	宜昌市财政局
2003年	再就业工作先进单位	西陵区政府
2003—2004年	法规税政工作先进单位	宜昌市财政局
2003—2004年	双争活动优胜单位	西陵区区直机关工委
2004年	区直机关第三届运动会乒乓球冠军	西陵区区直机关工委
2004年	办理人大代表议案建议满意单位	西陵区人大、区政府
2005年	五好基层党组织	西陵区直机关工委
2005年	第一批先进教育活动先进单位	西陵区委
2005—2006年	十佳单位	西陵区委、区政府
2006年	纪念红军长征胜利70周年抗日战争胜利60周年大型文艺演出第三名	西陵区区直机关工委、区文体局
2006年	行风评议先进单位	西陵区纪委

细看细品，我倒更明白了，这里有着他们的全部艰辛。

1999 年，西陵财政遭遇了“春寒”，朱局长刚上任之际，他知道这是最困难的时候，人人心中似乎压着一团“积雪”。办公室的小杨对我们说：“当时，看见朱局长在办公室收拾东西，自己都不免心痛，看了真想哭。”试想，在那时，谁又能给予你荣誉呢？朱局长他们明白，他们必须同心协力走出困境，走出泥沼，走向光明。他们就这样奋斗着。

俗话说：冬天来了，春天还会远吗？果然经过 1999 年那个寒季，2000 年他们终于迎来百花盛开的春天。看看那光荣榜吧，你就会明了，他们一举获得六大荣誉。其中，不仅有全省财政厅“三五普法先进集体”的荣誉称号，还有省人事厅和财政厅共同颁发的“预算外资管理先进单位”的荣誉。这些都让我们看到了他们那崭新的变化。

进入 21 世纪，改革的浪潮是一浪高过一浪，西陵区财政局自然也不例外。他们岂甘落后。这时，他们大胆在全市率先推出了四大改革：一是稳步推进部门的预算改革，2001 年开始试点，2002 年在全区全面推开，按照综合预算，收支平衡，保证重点的原则，严格要求，严格审批，严格执行，以保证财政资金的安全和完整；二是实施国库集中收付的重大举措；三是规范政府采购行为；四是严格实施收支两条线的措施。这些改革成效是明显的。我们看看“光荣榜”便知道了。2002 年省人民政府给他们颁发了“农村税费改革工作先进单位”的荣誉称号；宜昌市财政局也授予他们“行政政法财务管理工作先进单位”的荣誉。这是对于他们工作的肯定。

说到这里，自然得说说“国库集中收付”这事的。当时，西陵区辖内的 51 家核算单位，48 家非核算单位中真正懂财务的人很少，有财会人员的单位更少，有不少单位都是“包包账”“捆捆账”，甚至有的没有账。这种局面不出现财政混乱那才怪，也就是说改革是势在必行的。西陵区财政局就选择了“国库集中收付”为突破口，要在全区打开局面，树立新的形象。2000 年 8 月，他们在全市率先成立了“国库集中收付中心”，把这近 100 家单位的账同时收上来集中管理。

说话不难，但做起来相当困难。分管这一工作的副局长夏立和“中心”的主任张红梅现在还有着满腹的苦水。他们当时是 4 个人挑起了这副重担。全区很多人不理解，很多人想看他们的笑话，甚至有很多人有抵触情绪。你收了别人的账户就是收了别人的财权，说严重点是断了某些人的财路，人家心中能平衡？于是，抱怨者有，吵架者有，甚至骂街者也有。但终归胳膊拗不过大腿，这项工作还是强制执行了。张主任给我看了一份资料：

1. 宜昌市西陵区会计核算中心工作守则
2. 宜昌市西陵区会计核算中心主任岗位职责
3. 宜昌市西陵区会计核算中心副主任岗位职责
4. 宜昌市西陵区会计核算中心主管会计岗位职责
5. 宜昌市西陵区会计核算中心出纳岗位职责
6. 宜昌市西陵区会计核算中心支票管理
7. 宜昌市西陵区会计核算中心现金管理制度
8. 宜昌市西陵区会计核算中心会计档案管理制度
9. 宜昌市西陵区行政事业单位报账员工作职责
10. 宜昌市西陵区会计核算中心报账须知
11. 宜昌市西陵区会计核算中心会计电算化管理办法
12. 宜昌市西陵区会计核算中心安全管理制度
13. 宜昌市西陵区会计核算中心计算机及外部设备管理制度

14. 宜昌市西陵区会计核算中心内部牵制制度

15. 宜昌市西陵区会计核算中心一次性告知制度

16. 宜昌市西陵区会计核算中心同岗替代制度

这是他们制定的十六大规章。她说：不论你是谁，是主要领导还是一般干部，是核算单位还是非核算单位，必须严格执行这一规矩。

现在一切都顺了。

夏立说，这样做，至少有这样几大好处：一是会计基础工作扎实；二是节省了人力；三是全方位掌管了资金；四是提高了资金使用效率；五是能即时准确提供第一手资金信息；六是资金整合能及时应对紧急支付等。当然更重要的还是有利于廉政建设。

有了耕耘就会有收获。他们的努力自然得到了回报。省市相关部门给予他们的奖励和荣誉那是在情理之中的。

更重要的是他们赢得了形象，赢得了人心啊！

何谓“财政”，也许没有“财”便没有“政”，我探寻着答案

对于“财政”可以说我是陌生的。但是我也时时在想，也许，没有“财”又从何谈起“政”来？在西陵区财政局，我搜寻着这个中的问题。没想到，他们给了我一个满意的答案。这些年来，他们始终不渝地在为一个“财”字奋斗着。他们唱响着“聚财”和“兴财”的新歌。

还是看看他们给我们提供的报告吧。

“齐心树旗帜，众志铸辉煌！”

春天的汗水凝结成秋天的果实，秋天的果实又在人们心中绽放幸福的花朵。20 年来，西陵区财政从无到有，从弱到强，不断发展，不断完善，财政综合实力不断增强，“四财”兴区为实现西陵财政新的跨越式发展打下了坚实的基础。仅“十五”时期，5 年财政收入总量达到近 15 亿元，年平均增长 47.2%。

聚财——财源建设增实力

大发展才有大财政，经济发展是财政发展的依托。西陵区财政为切实落实区委、政府提出的区域经济一体化和民营经济主体化战略思想，积极由输血式向造血式财源建设方式转变，出台了一系列推动区域统筹、打造经济龙头的政策措施。近 5 年累计投入财源建设资金 13 亿多元，大力支持

“项目年”活动，为招商引资提供可靠的财政支撑。他们为大力推进西陵经济开发区基础设施建设，区财政每年从预算中列支1000万元撬动社会资金，先后直接利用外资和投资数亿元资金用于土地开发、“三通一平”及环境建设，完成了发展大道石板段至黄河路、渭河路、西湖路等道路建设工程，新建标准厂房3万多平方米，开发区基础设施条件明显改善，项目承担能力进一步增强。全区先后引进100万元以上的项目200多个，为区级经济发展注入了新的活力。法国欧莱雅、台湾三荣、本草堂医药、力天电器、商业步行街、武汉工贸家电、中百仓储、恒昌夜明珠建材市场、均瑶国际广场中央商务区等一批重大项目相继落户西陵。目前，宜洋汽车市场、易中物流分销中心、710海山科技园、力帝环保产业园、湖北盐业宜昌分中心等多个投资过亿元，税收过千万元的重大项目均已在开发区落户，一批符合都市工业发展规划的项目接踵而来，开发区开发大发展的氛围已形成。

“变区位优势为产业优势，加快推进商贸商务现代化和旅游服务业财源建设，突出体现城区经济发展特点，向区位优势要效益，要财力。”西陵区委书记周青在全区财源建设上提出号召。

西陵区已是宜昌市乃至渝东鄂西的“商贸商务中心”“旅游服务中心”“科技文化中心”和“适宜人居创业区”，独特的区位优势为财政进一步拓展了发展空间。近几年，西陵区在财源建设上坚持“抓大放小”策略，既从小规模，小项目，小效益抓起，一个项目一个项目地培养，一个产业一个产业地培殖，一个税种一个税种地培育，也集中优势力量，主攻大的财源增长点，扶持重点项目的发展，形成一个大小皆有，繁花似锦的财源建设新格局。为此，他们加强小街小巷整治，改善市容市貌，促进城市整体环境综合平衡；加强规划引导、政策扶持，实行增量与存量并重；加快商务楼宇开发建设步伐，引导企业总部等现代企业以及技术密集型中小企业向商务楼宇聚集，提高土地平方米效益。以“三e”商务大厦、时代天骄、中环广场、勤业大厦为代表的楼宇经济已成为西陵财政源的重要增长点。随着中心商务区、商业步行街、均瑶国际广场等重点项目建设快速推进，西陵区财源建设的主题框架逐步形成。同时，为切实调动全区上下发展经济的积极性，从2004年开始，该区财政每年拿出200多万元，对为西陵区域经济发展做出突出贡献的市场主体和工作主体给予奖励，运用明确的政策导向，整合各种力量，调动各个方面的积极性，形成人人关注经济发展，人人参与经济发展的良好氛围。

兴财——优化服务添活力

事事围绕发展干，人人围绕发展转。

兴财重在队伍素质和服务质量。西陵区财政局高举“内强素质，外树形象”大旗，牢固树立“人人代表财政形象，事事关系财政发展”理念，将“建一流队伍，育一流作风，强一流效能，创一流业绩”作为队伍建设的出发点和归宿，全力打造一支适应时代发展要求、充满活力的高素质财政队伍。

“彰显活力，优化服务”是西陵区财政局一班人发展中的永恒主题。他们创新财政管理制度，建立了财政专管队伍，出台了财政专管员管理办法，有效地打破了科室之间因职能所限所带来的，工作相对独立的壁垒，将全体干部职工的注意力引向财政中心工作，培养干部职工关心财政大事的良好习惯，使干部职工开阔了眼界，增强了业务技能，为人力资源的有效配置和财政工作的充分开展创造了条件。优化财政服务方式，在全市率先建立党员优质服务示范岗，推行8项限时服务承诺，全力将国库收付中心打造成提供优质服务的品牌，打造成展示财政良好形象的窗口。推行政务公开新举措，拓宽政务公开范围，将应予群众知情、方便群众办事的政策法规、办事程序、资金分配等全部公之于众，采取上网发布、开辟专栏等多种方式向社会公开，提高财政工作透明度。建立多方互动的交流平台，聘请财政管理义务监督员和财务公开特约观察员，倾听基层呼声，强化整改落实，主动将财政工作置于社会各界的有效监督之下，形成了确保财政工作健康发展的长效机制。

为了培殖财源，他们对税收大户采取了“三扶”措施，即是要“扶大、扶优、扶强”；并实施了大胆的奖励政策。2007年，他们原计划设立100万元的奖金，后来，索性拿出160万元来，奖励了那些有贡献者。

“财源”要稳步增长，收入质量要进一步提高。这也不是凭空就可以做到的。但他们做到了。“协税、护税”，应该说这也是他们的亮点。这一“协”一“护”，也真的有了效果。仅1—3月，纳税百强提供税收总额为15577万元，占到了财政总收入的64%。比上年同期增长8个百分点。而且从现在的情况看，全年税收过100万元的企业可达100家。税收过1000万元的企业可达10家，并且有两家企业今年的税收有望超过1亿元，实现历史性的突破。这是多么了不得的硕果啊！

读到这儿，也许大家和我一样高兴，“不尽财源滚滚来”，有什么事还能比有了钱让人如此兴奋呢？在我和朱昌林局长交谈时，看见他那欣慰的笑容时，我也是会心地笑了，有了“财”，还愁“政”不可为?

“阳光地带”一个多么时髦的名词。然而，我却对它有了别样的认识

西陵区财政局给我提供了一份资料，那资料是关于“阳光地带”的。“阳光地带”，一个多么时髦的名词。但什么是“阳光地带”？文章的引言说道：近几年来西陵区财政局结合全区机关财务状况，从抓村组财务公开，乡财务零户统管到区直单位财务集中核算逐步建立起一种多层面全方位财务监控的新模式，收到了明显的效果。

原来“阳光地带”讲的是财务监管问题。那些事他们自然是做得好的，是应该肯定的，大书特书的。

看看文章列举的事例吧：

一、村务公开，推进民主理财效果显著

1. 大事要事村民和村民代表说了算

2. 发挥了民主理财小组的纽带作用

3. 有效地控制了村组非生产性支出

4. 促进了经济的发展

5. 增强了村民的税费意识

二、零户统管，财政运行效率提高

1. 提高了财务管理水平

2. 增强了财政调控能力

3. 规范了会计工作秩序

4. 加强了票据管理

关于财务监管，我们从“国库集中收付中心”的建立便已有了充分的认识。上述这些让我们再次认识到他们所达的力度，也正如他们说的，他们在精耕细作，在哺育着“阳光地带”！

然而，关于“阳光地带”我却认为，它应该还有着另一种的意义，是否可以理解为“财之所达之地”呢？如果从这个意义上讲，那么“财之阳光”该是照耀了多少“地带”呀！

先看看社区条件的改善吧。过去社区办公都是窝着。往往是租借着别人的一间房子，三五个人便挤在一起，很难正常开展工作。现在都好了，

财政每个社区补贴 20 万元，专用于改善社区条件。并且还出面帮助、协调社区内的有关部门，把社区条件改善纳入大家思考和支持的范围。这一来，各社区都相继建起了属于自己的办公楼，有了电脑，有了办公软件，那面貌真是焕然一新，那形象也真有如人面桃花。而且各社区的路也修好了，连健身器材也添置了……这里不正是“阳光地带”？

再看看教育吧。他们响亮地提出了“阳光教育”的理念。即要做到公平教育，均衡教育，促进各学校全面发展。过去有些家长反映，学校的那些凳子还是他们上学坐过的，大家算算，那已用过多少年了？大家想想，那还能坐吗？这已经是历史的旧话了。近几年，西陵区财政，每年拨给学校的经费不低于 1000 万元，这是纳入了预算的，用于各学校的改造项目。4 年来基础设施的改造经费已达 6000 万元了。对 18 所学校进行了改造升级，完成基础设施建设项目 57 个，新修教学楼 11500 多平方米。现在去看看，那可不一样了。两网（互联网和有线电视网）全部更新，全区 21 所学校建有 14 个高标准塑胶操场，都建有一定规模的微机室。自然，课桌板凳那是上了档次的，100% 进行了升级换代。并且率先在全市对农村学生实行了“四免一补”，既免除了义务教育阶段的学杂费、课本费，也免除了作业本费，同时免除了学生在校的住宿费，还给困难学生予以生活补助费哩。保证了全区教育的高位均衡发展，家长不再有那样的怨言了，而是“学校换新样，家长暖心房”啊！有了财政的支持，西陵区的教育也是大大的向前飞跃了。现在全区的教育特色文化也正方兴未艾，诗词特色，书法特色，科技特色，文体特色等如奇葩竞相开放，成为全省全国的楷模。这里，自然成为“阳光地带”了。

再看看医疗卫生吧。过去西陵区辖区内有一家自己的医院，大不大小不小的。大又不能与市直的大医院相比，竞争不过人家，老百姓的很多大病看不了。小又不像卫生室那样方便，可以即诊即医。对这样的医院老百姓的意见很大。这样只能重新考虑医院问题了。根据区委区政府的意见，关于医院的一个新方案出台了。他们决定重新选择医疗条件比较薄弱的窑湾乡再建一个医院了。这样，财政拨出 1300 万元。一家更适于老百姓需要的社区中心医院即将诞生了。同时，他们另作投入，在中书街、学院街，环城南路等地建起社区医疗服务中心，让社区医疗从竞争中退出，还老百姓一个开心基层医疗，让老百姓能开心就医。而且，根据新农村建设的需要，各村也相继建起了医疗室，农民朋友们就医也不再有过去那种难处了。应该说，这里同样是“阳光地带”啊！

再看看开发区吧。西陵经济开发区是全区唯一的开发区，也是未来全区经济发展的支点之一。可以说这里是财政阳光照耀的亮点地带。他们是举全区财政之力来安排的。这些年来，他们每年从财政一般预算中挤出1000万元进行投入。这在全省来说都应该是少有的。据了解，不少地方对开发区的投入往往是以土地充抵投入资金，或者是用城市建设税作为资金投入。而西陵财政都是列入了当年的一般支出预算，且挤的吃饭钱。7年来已投1.2亿元，远远超出1000万元的预算了。现在，走进开发区，那宽敞的黄河路、渭河路、石溪路，以及发展大道西陵段便呈现在你眼前，犹如一条条彩锦，让人对开发区那么景仰着。竟想即刻投资开发哩。而且投资5400万元，30000平方米的标准厂房业已拔地而起，着实是让人心动的。用他们的话说：做大蛋糕，打造最快的经济增长点。近几年已有20个项目入住开发区，引入资金40多亿元。这些你能不相信吗？——这里的地带“阳光”格外温暖。

再来看一份列表吧。

西陵区2005—2007年财政支出表 单位 万元

	2005年	2007年	增减率%
一般公共服务	3722	5256	41.2
国防	42	87	107.1
公共安全	694	1520	119.0
教育	3330	7666	130.2
科学技术	195	416	113.3
文化体育与传媒	126	171	35.7
社会保障和就业	1288	1711	32.8
医疗卫生	500	1044	108.8
环境保护	22	47	113.6
城乡社区管理	166	549	230.7
农林水事务	494	532	7.7

看了这表，着实令人感奋。西陵区公共财政建设该是有多大的力度啊！那“财之阳光所达之地”又岂是一方一域？哪儿没有感受到“阳光”温暖呢？“阳光地带”，一个多好的名词。那正是西陵“财之政”的写实！哪

儿不是暖融融？谁人不是暖洋洋？

何谓“民生财政”？我认为那便是以“民”为本的财政。不然，西陵区财政局为什么为“民”做了那么多实事

在西陵区财政局采访，大家说得较多的一个话题，便是“民生财政”。这些年，西陵区财政围绕“民生”问题做了很多工作。我有幸读到了《中国财经报》的资深记者李美锋先生采写的几篇文章，他谈得多的也是这个话题。他在西陵区采寻过“民生地图”，他也深深感受过“民生问题大于天”的沉重的责任。其实，何谓“民生财政”？我认为那便是以“民”为本的财政。不然，西陵区财政为什么为“民”办了那么多实事呢？

不妨，让我们聚焦几个镜头一起品味吧。

聚焦一：一个广场彰显一种理念

夷陵广场是目前宜昌市最大的广场，是宜昌市标志性建筑之一，草绿如茵，花红似锦，自然也是广大市民最乐意去休憩的地方。但20世纪80年代却是商贸小区，年400万元的税收成为西陵区财政的主要来源之一。然而，这个商业区却让广大市民的生存空间被占据了。老百姓意见很大。这时，矛盾出现了。在这样的情况下，市区政府果断决策，撤销了这个商业区，又做了大笔的投入。于是，一个新的地标性的建筑诞生了，建成了现在的夷陵广场，还了市民一份清新。现在不仅是宜昌的市民满意，外地客人到了宜昌，也总是对这个广场赞不绝口，夸政府做了一件好事、实事。自然，我们从这个广场中体会到的还是一种全新的以“民”为本的理念。

聚焦二：一份预算暖透一片心房

西陵区教师队伍以前是极不稳定的。尤其是过去学校之间由于体制不同，教师的待遇也不尽相同。有不少教师待遇偏低，也因此产生比较大的流动性，也便影响了全区的教育质量。在这种情况下，西陵区财政局做出了一个新的决定：不是去批评教师们，而是把全区所有教师的工资及福利待遇纳入了预算范围。并且福利方面就高安排。这样一来，教师的收入得到了保证，大家也安心教育工作了。后来，葛洲坝集团也移交了一部分学校到西陵区，虽然增加了财政方面的支付费用。但西陵财政仍一视同仁，尽管多支付几千万元，但财政仍旧做到“全额预算”，保证待遇。如此，老师们能不满意吗？大家心中透满着暖意，工作劲头也比以前大多了。

聚焦三：一盏路灯点亮一方信任

近几年，西陵区内各个社区的环境是得到了很大的改善。但也难免有些地方还存在着不尽人意的事情。四方堰社区就曾出现这样的一个问题。这个社区地处老城区，是全市破产企业职工宿舍集中地。45 栋楼分属不同的倒闭矿厂，1508 户，4098 人过去几乎无人问津。环境极差。2004 年财政投入 400 多万元，对这里进行了大规模改造。面貌是焕然一新。但是“小巷无路灯，楼道无照明”的新问题却出现了。区里经过调查，财政便决定买单了。这样一次买了一万多盏节能灯，不仅为四方堰解决了居民出入照明的问题，而且给全西陵区所有社区的出入照明都予以解决了，既免费装了灯，还免除了这部分灯的电费。居民们非常高兴。一位老大娘见人就说：一盏灯，让我们对政府更信任了！

聚焦四：一片楼宇装进一路“民意”

农民工在各个地方都是一个特殊的问题。在宜昌市务工的农民也约有 20 万，而且大多数又集中在西陵区。这个问题如果不解决好，会出现很多矛盾。因此，西陵区很重视这事。西陵财政也便着手行动了。他们想了很多办法挤出一部分钱来，资助各有关社区建起了农民工公寓，仅船厂一片就建起 9 栋“协力工宿舍楼”，并且全部无偿使用，为农民工解决了实际困难。还规定了农民工子女可以就近入学，也同样享受“零学费”优惠。在西陵区务工的农民朋友非常满意。滁州的一位农民工说：最后选择了宜昌，是因为他可以带着妻子孩子在这里生活，甚至可能在这里安家立业。这话正是农民工心意的体现啊。

聚焦五：一间厕所凸现一种细致

葛洲坝的学校移交给西陵区后，很快也被列入改造的范围。改造完后，一天，西陵区委区政府的领导下去检查，他们突然发现了一个新的问题。课间后上课铃响了，但学生们上厕所还在排队。一了解，原来是蹲位不足。“人有三急，这可不行！”便当即拍板，要再建一间厕所。这样财政局便立即给付一部分资金解决了厕所问题。没多久，一间新的厕所便在这学校中建起了……

这样的事太多了。以“民”为本，已成了一种观念。它既是办事的出发点，也是办事的落脚点。

这在社保社科科长夏绮雯女士提供的一份资料中还得到更充分的说明：

城市低保 8605 人

农村低保 197 人

优抚对象 39 人

救济对象 29 人

伤残军人 320 人

城市医疗救助 425 人

退伍士兵安置 339 人……

这些都是需要财政拿钱的。但是西陵区财政局是一点都不含糊。都是一个一个地核实，一项一项地查验，全部保证落实到位。决不让一个人漏掉，也决不让一分钱错支。

有些钱是需要上级拿的，他们也是不含糊，积极而主动地去跑路，去说话，千方百计做好资金到账工作。去看看吧，这些年，他们还争取资金建起了窑湾乡福利院、星光老年之家，建起了青少年活动之家，实施了新型的农村合作医疗制度……

也就是说，老百姓想的，就是他们要做的，而且他们做的往往比大家想的更好、更实在。这就是西陵财政啊！

结束西陵区财政局的采访，走出那栋楼，我突然看见一株红叶好艳丽呀！蓦然间，我头脑中闪出两句话来："层林尽染处，叶红才正时。"当前尽管全世界的金融危机形势不容乐观，但是西陵财政却正如那红叶，燃烧在这片天空，光艳夺目！而且我知道，他们正从沿海考察回来，一个新的聚财方案正在酝酿之中。再过些时，一个新的春天就要来临，有谁能不相信呢，那是一个更加红花似锦的春天呀！

西陵财政将迎来又一个火红的未来！

2008年12月8日

北京医生

北京，这个冬天有雪，虽然是薄薄的一层，但它依然让人看见了那闪烁的晶莹。

——乙未岁末记于北京肿瘤医院

“军”中旗旆高

来到北京已经20多天了，这20多天里，我们是在极度煎熬中度过的。来到北京，本来是来求医问药的，可这些天里求医也难，问药也遇阻了，在这种情况下，有谁的心中能够平静，有谁的心中不是一块石头压着？

远在武汉的侄女晖菁打来了电话：“您一定要会着郭军教授，我们的于主任已与他通过电话了。大妈的病不能再等了！等不起了……”她也非常焦急。

不一会儿，女婿杨兵就给我发来了短信：“爸爸，郭教授刚发来短信，约您周一8点15分见面。”

他把郭教授发的短信即刻转发给了我。

还是7月份时，杨兵就带着我老伴的X片去北京会了郭教授。郭教授仔细看过片了，对老伴的这种肿瘤是有了解的。这时，他的约定让我很是欣慰。因为医院太大，8点15分在哪儿与郭教授见面呢？为了慎重，我又给郭教授发去了一条短信：“郭教授您好，我是病人周××的家属，您同意周一8点15分与我们见面，我们感到很高兴，但周一在哪儿拜会您呢？是在门诊二楼，还是在住院部三楼，或者是在其他工作地点？”因为这天是周六，时间已是晚上10点多，有些晚了，我的老伴很担心地说：“郭教授可能不会回短信的。”

然而没过多久，郭教授便出乎意料地回了短信来：“在住院部三楼。”

我马上把这个消息告诉了老伴：“郭教授回话了，我们有希望了！”作为病人，老伴和我如看见了冬日的太阳，那种欣喜的确是难以言表的。这一夜我们都睡得很好。可以说是我们到北京后20多天里第一个好觉。

郭军教授在黑色素肿瘤这个领域，是全国领军人物，也是在世界范围内享有很高声誉的人，找他、求他的人自然是很多很多，我们从远在湖北的宜昌来北京求医求药，他能够回信息，这也是足以让人欣慰的了。

虽然周一的见面不太顺利，但这事也让人看到了希望之光，看到了新年的曙光。这天正是2015年12月28日。

第二天，真的希望就到来了。老伴应约进了住院部的候诊处。然而，我作为病人家属却是无法进去的，他们管得也真严。我只好在门外等着。焦急之中，好消息总算传出了，我的老伴从这天起终于可以服药了！而且下午4点多钟，老伴从住院部出来，她对我说：郭教授询问了她的病情，并对她说到武汉于主任的推荐，说到这次诊治是个好机会，刚好这种药是对症她的病的，说她的运气好，让她安心治疗，相信医学……

听老伴这么说，我觉得郭教授心很细，待人很诚恳，这样，我感觉更有必要拜见郭教授了。丙申年马上就要来临，我要把对新年的祝福送给郭教授，是夜，我想好了两句话。

于是，在元旦过后的第一工作日，我便和老伴敲开了郭教授的办公室。正好，那天郭教授在办公。

见我们进来，郭教授非常客气地站了起来。并和我们作了非常简洁的交流。

郭教授说：现在这种病是不可怕的，社会在发展，科学在进步。虽然这病的突变率是25%，虽然我老伴的病在这25%内，但这种药是有效的。

郭教授说：你们的机会很好，刚好这种药研制出来了；你们的运气也好，赶上了这趟治疗组程。

郭教授说：你们要安心治疗，一定要放宽心。目前，这种药有效果就坚持吃下去，也可能有一天这种药会失灵了，但也不要担心，我们还会有别的药可用，还有别的办法……

郭教授说得多坦诚啊！后来，我把这话对我小妹妹绪静讲了，她说，郭教授这话说得太好了，病人一听就会更有信心，嫂子的病一定会好得更快的！

的确，郭教授这番话让我们对治疗有了更多的信心和期待！

我们太感谢郭教授了！

我把对郭教授的谢意和对新年的祝福融成了两句话，写在我刚出的一本新书《亲言且絮语》上：

郭里雄风盛，
军中旗旆高。
——敬谢郭军教授并祝新春吉祥

我十分诚恳地把谢意送给了郭军教授……

那天，室外的气温依然很低，然而，离开医院时，我心中却是异常的轻松，我听到的正是春天的脚步。时令已近丙申，不久后，怎能不是一个百花盛开的明媚的阳春哩……

杏林漾和风

这些年，我是越来越相信一个“缘”字了。

如果没有“缘”，很多事便不好办，也许很多好事也会擦身而过。

这次老伴能到北京治病，也全是因为“缘”，不然，我也不可能认识斯璐大夫，更不可能感受到她那热情的医风。

侄女晖菁与斯大夫是同行，也正因为是同行，她们之间才有了更多的交流。斯大夫接手了一个新药的临床研究项目，她把这事告诉了我侄女，并且说到这药与她大妈的病有所关联。也就是说对我老伴的病是有针对疗效的，这大概就是人们常说的一种“靶向药”吧，是治疗肿瘤的一种有效方式。晖菁速把斯大夫的微信给我们看过，让我们立即赶到北京。

说实话，开始到北京，我对医院的印象并不是很好，不像我们想象的那么简单。就说第一天吧，我清早就去挂了个门诊号，可斯大夫不上门诊，另一个医生接待的，我说，“我们是有意向来接受靶向治疗的”，“是斯大夫主管的项目”，“和斯大夫有意向说明”，而那位医生却说得很令人失望，“斯大夫星期三上门诊，你过两天再来找吧，这事不该我管，管了也没用”，这样便把我们打发了。说来真让人伤心。

下午，晖菁又打电话给我，问我与斯大夫联系的情况，我告诉她说：“斯大夫今天不上门诊，要周三才有门诊”。她听后，马上与斯大夫联系上了，并立即告诉我们说，斯大夫在住院部上班，并且要我们去住院部找她。失落的心一下子又有了生机。

第二天上午斯大夫便热情地接待了我们。并让我再去挂个门诊号来，她便按要求给我们开了全套的检查处方单。这样我们便很快进入了治疗前的检查事项。

一个星期下来，所有的检查结果都已出来了，并且按要求办了入院手续，按说可以服药了，是可以进行治疗程序的，说实话，这时我的心也是比较踏实的。岂料到下午发药时，出了意外，说我老伴血糖偏高，要求把血糖降下来再服药。“我的天啦！”这下让我蒙了，这降“糖”可不是件易事啊！这我是知道的！

可也没有办法。第二天清晨，我便不得不搀扶着老伴往空军总医院去，去一个“三甲以上的医院”看内分泌科的医生。好在空军总医院的王大夫还比较热情，多少给了我们一些寒冬中的温暖。

斯大夫她是极其认真的人。在降“糖”期间，我带着降糖药去拜访了她。她看了这种药，没有简单地对我表态。她首先去查了禁药表，接着又仔细阅读了那种降糖药的说明书，一项一项地比对，最后得出了结论，她才放心了。

“这药可以吃，就吃这个药吧。吃几天后再来找我。”她马上对我说。得到了斯大夫的肯定，自然，我的心中是比以前踏实多了。

一晃 20 天过去了。北京的冬日的确寒气袭人，零下 15 摄氏度的气温我们在家乡是从没见过的。但这天我再次感受到了融融的暖意，而且是我到北京后感受到的最令人难忘的暖意。那天清晨我们再次来到了医院，见着了斯大夫。

“血糖降得怎样了？”斯大夫细心地问我。

“差不多了。”我也说得很肯定，因为早上去医院前我用血糖仪监测过。不过，还是很担心。

“那好吧，你再去挂个门诊号给我，开处方做化验吧。”斯大夫说话的语调很轻，但我听得出来，她的确是在为我们病人着想了。

听斯大夫这样说，我不敢怠慢，赶紧去门诊挂了号，就奔回到了住院部三楼。

我知道斯大夫是为了让我少跑路，准备在住院部给我办理检查手续的。可是她打开了电脑，才发现住院部内那天不知什么缘由竟开不出来这种检查单。看得出来，斯大夫也有些急了。

“到门诊去开吧。”她对我说。说罢，她便速往门诊去了。我在后面紧跟着，紧跟着，可我还是落掉了，让太多的病人给阻隔开了。

等我赶到门诊时，斯大夫已把门诊的电脑打开。

“去护士站要点红色的处方单来。”斯大夫发现门诊没有那种红色处方用纸了，见我来后，便让我速急找纸去。这样，我便又匆匆地往住院部三楼跑去……

等我再次来到门诊时，斯大夫早已帮我们开好全部的检查单，见我来，她还嗔怪我，“让你去找纸，你跑哪儿去找了？旁边的护士站就有。”说着她把检查单递给了我。“快拿去吧，办好手续，快点带你老伴去检查……”

说罢，她又速速地往住院部奔去了……

我跟着她，看着她那略显娇小的身影，穿行在病人丛中，我差一点快落泪了，是真的感动了！像一个落在水中的人意外地被搭救上岸一般——说实话，一下子就改变了我对医院里那些不快的过往的印象。是啊，这些原本可以让病人，抑或让病人家属“跑去跑来”的事，她作为一位项目的负责人，一位有一定影响的副主任医生却是亲自“跑来跑去”，你说能不让感动吗？

“斯大夫，你今天太让我感动了！”当着斯大夫的面，我对她说了，这是我由衷之言！我把这个意思也对郭军教授表述了。而且，我对我的亲友们都讲了：“斯大夫，是让人最为感动的医生！今天的这个举动不是一般的医生能够做得出来的……”

新春到来之际，我写了两句话送给了这位可敬的斯璐大夫，表达了我的感激之情：

丝路皆花雨
杏林漾和风

这是对斯璐大夫的赞许，也是对斯璐大夫的祝福！

呦呦听雏莺

雪飞迎丙申，丽丽映阳春。
但看杏林秀，呦呦听雏莺。

这是我写给毛丽丽大夫的一首诗。

毛丽丽是北大医药院研究生毕业留在这个科室的，在科室内她应该是最年轻的一位，我猜她，抑或是“80后”，抑或是“90后”，总之，她显得十分阳光，十分开朗。

当我老伴第一次全部检查完毕，我带着化验结果去见她时，她坐在电脑前，十分自信地对我说：“行。我是你老伴的主管医生，以后有事就直接找我。”

那天，她见我老伴的血糖有点高，在为我们处理完相关的诊治手续后，还特地开了降血糖的药。

虽然那天的事情发生了变化，但我还是相信她的直接和细心。

说来，那天事情的变故的确让我很担忧的，说好了准备服药的，岂料一下子说变就变了，我不明事理，很想与毛大夫沟通，可是她已不在医生办公室了。后来我不得不给外甥媳任艳去了个电话。

任艳告诉我，很巧，毛丽丽正是她的师姐，那年任艳在北大读研时，毛丽丽和她同在一个师门，而且相处很好。任艳与毛丽丽取得了联系，并电话告诉我，毛丽丽出差了，要一周多的时间才能回来。这样，我就只有在焦急和担忧中等着她上班。

她回来后，我见着了她，依然是在医生办公室里。我跟她诉说了情况，明明是说好了服药的，可怎么一下子又变了……

她也感到很无奈。不过，她还是安慰了我们。“血糖降下来后，马上就可以服药的……”

听她这样说，多少让我们心中有了些温暖。

当我老伴服药一周后，我带着化验结果再一次去找了丽丽大夫，虽然这是必要的程序，然而，丽丽大夫还是很客观地与我们进行了交流和沟通，她询问了老伴的服药反应，查看了她的双手和双腿，然后，她很高兴地对我说：“这药应该对奶奶是很有效果的，你看一点不良的反应都没有，而且，这个指标降得很快。”她指了指化验单上的一个指标对我说，“与服药前相比，这个指标已降下来一半了……”她说的是肿瘤细胞的参考指标，以前我不懂，一直没注意，这个指标，丽丽大夫告诉我后，我才留了心。

“坚持服药吧，要有信心。”丽丽大夫又鼓励了我们，“是很有希望的……”

服药三周后，我们再次来到了医生办公室。这次有与我们一同服药的一位病友，她的血小板是下降得很厉害，不到正常最低值的一半了，这时就不适合服靶向药，必须把血小板指标升上来后才适合用药，不然就很麻烦了。我的老伴的血小板指标也有下降的趋势，丽丽大夫这时也有些担心。她说：“开点药，升升血小板吧。”

她的建议我是理解的，也是接受的。这样，她便给我们开了一周的白介素注射剂和升血小板胶囊，让我们边服靶向药边升血小板。

老伴说，丽丽大夫很细心，这种提前预防是很有用的，万一血小板下降得太低，再升回去难度就更大了。

这次服药后，血小板下降的趋势真的得到了控制。

一周后，我带着化验结果再次来到医生办公室。这天，她很忙，前面的一个病人坐在她那儿，我与她打招呼，她依然很爽直地对我说：“你等等啊，我得把这些事处理完后才能与你们谈了。”她匆匆忙忙地出去了又回来，“这些事不处理完，领导要批评我呀……”

“那我表扬你吧。”见她说得很随意，我也便随意地接了一句。

她处理完那些事后，马上接待了我们。

“看来，情况还不错……”她看了化验结果后，对我们说，“血小板升上来了，恶化指标也有了进一步的改善，这是我们希望看到的……”

的确，这是我们病人和医生都希望见到的效果。

她对我们微微地笑了笑。

在这种轻松的氛围中，我随即向她提出了个小小的要求：“能不能把电话号码告诉我？”

“你找任艳要吧。”她没有拒绝我，回答得很委婉，但说得很顽皮。然而这句话却说得人心很舒服，暖暖的。这其中蕴含的东西太多啊！

这大概就是当下一代年轻人的行为方式吧。

在年青一代的医生身上，又何尝不是如此？“雏凤清于老凤声”，现在这些成长中的年青一代，谁能说，今后不是医界的栋梁呢？

我乐于为她们歌唱！

成稿于丙申之春雨水日

汶川援建，历史不会忘记

震区，有我的记忆。汶川地震今天是9周年了，真快。但我的记忆仍然是那么清晰，而且根本是无法忘却的。地震的次年5月，援建战役拉开序幕后，我便应邀去了震区，在那儿生活了近两个月时间，进行了战线采风。那条件是相当艰苦的，艰苦得简直难以想象，啃土豆，住工棚，缺水，少电，而且总是不断发生着险情。我们宜昌援建的工程，战线最长，都是围绕着大渡河转的，那地方就是当年石达开兵败之地，3000多将士惨遭屠手，至今仍似有血腥味，那儿也是红军抢渡大渡河之地，是张爱萍将军的战史之地，山高水急，总让人心颤。有次我随车去采访，就在那河边，山上援建者每人都有几双解放鞋，那是必备的。你是无法穿皮鞋的。我到援建地后的第二天，早晨6点便随大家上山看工地了，当时是穿皮鞋去的，可一趟下来，皮鞋成了水鞋，湿了一次又一次，下到山脚不得不买双解放鞋，还没有袜子卖，只好赤着脚板穿上解放鞋跟着大家再前行了。哎，我的准备不足啊。

作者留影大渡河畔红军渡

一块滚石砸下来，正砸了我们的车顶，此时，有谁能不胆寒！倘若那石再大一点，难说不是车毁……也许我就不可能在这儿写微文与大家交流了。唉，好在援建的人们有那么一股子劲，有那么一股子情，有那么一种无私的大爱，援建任务完成得很好。这一仗打得很漂亮！在震区，我也带回了丰厚的采访素材，一年后也完成了我的长篇报告文学《洒爱大渡河》一书，这书也得到了社会的认可，获得了湖北省“五个一工程奖”，这也是对援建人们的赞赏。今天，我们纪念汶川地震9周年之时，我们怎能不向震区人们祝福呢，怎能不向援建人们致敬呢？震区有着我们永远无法忘却的记忆，而援建者更是永远值得我们致敬的英雄！汶川的新生，是大爱筑起的！接受我的祈祷吧，汶川！接受我的敬礼吧，援建者！

孩子们表演“感恩的心”

山摇地动忆汶川，
天府悲声祭泪干。
大渡湍流石岂挡，
千军携爱挽狂澜。

——人们，远离灾难吧。

向援建人致敬了！孩子们把最美的祝福送给援建人。我们是不是也要向他们表示祝福呢。算来，图片中的这些孩子今年应该高考了。孩子们，请接受远方的一位老朋友的祝福吧，祝你们高考顺利，进入自己理想的大学！让美梦成真！大树希望小学的王校长若能读到此帖文，请转达我对孩子们的祝福吧！

第二辑　旧曲新歌

水阔山平　梦美宜昌

宜昌究竟有多美——不妨随我登上磨基山去俯瞰吧，一定会让你惊叹不已。

三峡大坝修建，即将要完工时，我曾登上黄牛岩顶去俯瞰了一次三峡，那美真是难以言表。在《最是三峡绝顶处》一文中我曾做了这样的描述，表达了我那激动万分的心情：真得感谢大自然，她偏宠着三峡，她把美都如此集中地赋予了三峡；也真得感谢建设者，用独特的力量把三峡腰锁，锁定了今天的神奇。是大自然和人类共同造就了三峡！人们常说，发现美难，创造美更难。可享受美却是幸福的。

是的，现在，让我们登上磨基山看宜昌，看看这座既古老而又充满勃勃生机的城市吧。当时的那些文字，就像是在描写眼前的这座城市。宜昌也是如此这般的梦美！

有人说，三峡孕育了宜昌。我想这话也是不无道理的。数千年来，峡江那汹涌的漩流，曾给三峡两岸的人民带来了多少灾难，但它带给宜昌的却是永远的福祉。千百年来，“山至此而陵，水至此而夷”，因而有了夷陵，夷陵且就是宜昌的前身啊！千百年来，船出三峡，每至夷陵，便会惊讶地欢呼，坦然地放歌，因而也便有了难得的“至喜”。也因为三峡，1000多年前，白居易、白行简、元稹这三位唐朝的大诗人才会顺江来到夷陵，留下了前三游的佳话，也才有了宋代苏轼、苏辙及苏洵这后三游的美谈。当然，更让人值得称道的还是因为有了三峡，才有了它的支流香溪河，有了香溪河诞生的诗祖、伟大的爱国诗人屈原，有了中国四大美女之一，人称东方和平天使的昭君姑娘……

“西陵峡口折寒梅，争劝行人把一杯。”这是宋代大文学家欧阳修当时在夷陵所写的诗句，有这么好的风貌，当然，我们得为宜昌祝福了——端起酒杯好好醉一次！

“峡尽天开朝日出，山平水阔大城浮。”这是郭沫若先生在出三峡时的感受。他走出三峡后怎么也没有想到眼前会有这样的情景：天开了，日出了，山平了，水阔了，一个有如童话般、诗意般的美幻无比的城市——宜昌浮现在天地间，浮现在他眼前！他的心情也一下子欢快起来，他真想呼喊，太不可思议了，如此的仙境！

伴随着三峡大坝的修建，宜昌也迎来了她黄金般的发展时期，记得我年少求学时，宜昌还是一个仅仅 15 万人口的小城市，现如今宜昌常住人口已达到 150 万之多，加上外来人员，宜昌的居住民已超过 200 万，这是多么大的变化啊！“宜人之城，昌盛之地”，这是宜昌这座城市的真实写照；“宜人之城，宜居之城，宜业之城”，这是人们对宜昌的最客观的评价。我的一位朋友说，“来到宜昌一看，简直处处是景。”这话一点儿也不假。这些年来，宜昌究竟获得过多少荣誉，我是没法得到准确的结果。但是，全国文明城市、全国环保城市、全国双拥模范城市、全国卫生城市、全国森林城市、全国旅游城市、全国科技兴市示范城市等，这些荣誉足以令我们骄傲，也令那些来到宜昌的朋友们称道不已。宜昌有近 400 个旅游景区，五 A 景区全国是 170 多个，湖北 8 家，而宜昌就占有 4 席，这可是个不小的比例。宜昌人是幸福的，住在城区的宜昌人，犹如住在公园里一般；走出家门的宜昌人，有如走进了富氧的旅游景区。登上磨基山做一次俯瞰吧，扑面而来的不仅仅是一座座鳞次栉比的高楼，更有那郁郁葱葱的树林。而扑鼻袭来的春天桃李的芬芳；夏天茉莉的清香；秋天金桂的清韵；冬天蜡梅的氤氲……

这些年来，宜昌的城市发展了，壮大了，一跃成了省域副中心城市。这不仅表现在她城市的骨架变了，而更在于宜昌人民的精神面貌提升了。一些其他地方的人们常抱怨，坐公交，总是出现抢座的不文明行为，而在宜昌，你坐公车，却总有一股文明的清风扑来，为老人让座的，为孕妇让座的，为病人让座的，总是一幕又一幕。我乘坐公交出行的日子是挺多，几乎每次出行都会让我感动。前些日子，中央电视台播放的消息也着实让我欣慰，一位外来的男子在二马路抢了一位行人的包，霎时，骑三轮的大妈，开摩托的男士，驾骄车的女士一起去追赶了……这是一次没有命令的行动，看着这些画面，你能不感动吗？就像今天，我徒步登上磨基山来说吧，我上山，下山，再上山，再下山，沿着那石阶而行，虽然游玩的人往来如织，地上我竟没有看见一个烟头；也没见着乱扔的纸塑包装，我倒是见着了三路的志愿者，是来拾垃圾的，然而他们手中的塑料袋竟然也是空空的，也着实是没什么可捡拾的。在一个休息处，有几位游客在削苹果，有一位女士把一小块苹果皮掉在了地上，另一位女士忙提醒她，那女士脸一红，便马上把它拾起来装进了自带的垃圾袋里……这是多么让人难忘的镜头！梦美宜昌，正是一个个市民，一个个细节抹染出来的！当然，我们得为他们点赞啊！

早在民国时期，孙中山就曾给宜昌留下了两大百年梦想，一是三峡工程，二是川汉铁路。现在的宜昌，这两大梦想都成真了。三峡工程修起，长江水出了三峡更驯服了，更清澈了，它有如一条玉带紧紧地环绕着宜昌，拥抱着宜昌，给她滋润，给她给养，哺育着她成长；川汉铁路通了，而且沪蓉高速也通了，这犹如给宜昌又插上了两个腾飞的翅膀，你说，有这么好的形势，宜昌能不兴盛吗？毛泽东同志也曾畅想着“高峡出平湖”，也曾惊叹那“一桥飞架南北，天堑变通途”，站在磨基山俯瞰，远方便是“高峡平湖”，脚下便是“横跨南北的大桥”。一桥飞架，天堑则为通途，现在的宜昌是八座大桥跨江飞架，那宜昌之路该是何等的通达？放眼望去，这八座大桥镶嵌在宜昌城，恰如八道彩虹，把宜昌装点得是何等美啊！它们又恰如八龙护珠般烘托着宜昌，宜昌怎能不有如一颗晶莹的珍珠永远闪亮在三峡之巅？神女哟，当惊宜昌殊！

水阔山平，梦美宜昌。登高望远，心胸那是何等的宽广！1876年，宜昌便成为了我国第一批通商口岸，现在，宜昌将以更加开放的胸怀欢迎各方朋友的到来。到宜昌来吧，来领略那山水之势，来感受那梦美之姿，来体验那文化之秀，来聆听那永远动听的歌谣吧！

2014年10月28日夜

2017年6月20日修改

穿越时空的“花季”

——写在枝江市董市镇

“人间四月芳菲尽，山寺桃花始盛开”，这是唐代大诗人白居易的诗句。

现在，也是在一个四月里，我穿行在枝江市董市镇的大街小巷，穿行于田间阡陌，蓦然，我想到了这诗句，然而我又觉得用这诗来表达眼下的情与景，的确还有点难尽其意的，是否应该改为“人间四月芳菲在，董市春花正劲开”呢？不是吗，徜徉其间，我感受到的是厚重的历史积淀，品味到的是动情的人文故事，倍感悦心的更是时代芬芳。

董市是什么时候开始有此名的，我没有去考证，但我知道，诸葛亮在《出师表》中提到的董和、董允二人，其出生地就是这儿，如果照此算来，至少也有 1800 多年的历史了。前些年这镇中心树有一尊塑像就是董和的，现在虽然已移位他处，但他仍然在证明着这段历史。董市镇虽然不大，但说是个人杰地灵、人文荟萃之地那是一点也不为过的。据史料可以知道，仅近现代，这儿就出了清朝同治皇帝的御师“侍读学士”张盛藻；出过辛亥革命志士、同盟会会员时象晋，出过中国同盟会湖北分会会长时功玖，出过辛亥革命时期上海北伐军总司令……看到这儿，你也许要惊叹了。然而，我还得告诉你，去北京清华园看看吧，化学楼前有一尊硕大的雕像，你知道那是谁吗？——是张子高！中国现代化学的奠基人和泰斗，开创了我国现代化学的崭新历史！清华大学原校长，张子高的学生蒋南翔亲自为他题了碑文，第一代国家领导人之一的陈毅元帅到了清华园也点名要与张子高见上一面哩，你说这个人物不重要，不伟大吗？是的，他们父子三人两院士，而他们就是从董市镇走出去的，他们为董市赢得了受人仰视的荣誉，董市也因为他们有了足够的骄傲。

董市镇上还有一条老街，名为老正街，很多名人就生活在这条街上。而且从史料可知，这街上拥有“美孚洋行”“亚西亚洋行”等300多家商业老字号和手工作坊。从明代万历年间时任枝江县县令周仲士所著《枝江山水记》中还可知道，“董市市中居民丛集，半於邑城，四方商贾，多有贸易者”，你可以想象，当时，日有千头骡马上街，夜有万条船舢停泊，是多么的繁华之景象？现在这老正街仍在，原始风貌仍存，虽然不少墙体已斑驳，石板的路面已残破，但我们穿行其间，恍如穿行在时空隧道一般，而眼下正是春季，那些屋前，那些房后，不经意间就有一枝或几枝或红或黄的花儿“出墙”开放，的确，时不时也就让人感慨万分呀！从董市镇上走出去的老人们，他们往往回来探亲，多半有着怀旧的情感，而我们更多的却是期望，是憧憬。在这春天里，何处不是弥漫着春的气息，花的芳香？是的，穿越其间，我兴之所至写下了这样的诗句：

穿越老街春意多，史诗沉厚好研磨。
明朝一页可新画，锦绣风光任织梭。

当地朋友告诉我，董市镇历史文化名镇的申报资料已送达了有关部门，也许哪一天这名称就批了下来，真到那时，董市又有了一张金色的名片，那未来的风光不是被人们梭织得更加美艳吗！那些马头墙、风火墙，那些过街楼、穿堂楼将向人们展示更加玄妙的精彩，诉说更加动情的故事啊！

过去，我也曾在乡下生活过好长一些年头，当时，我最怕的就是走“路”，那“路”何称其路，只是“走的人多了”罢了。现在，大家对我说，安福寺到董市这条路，已经打造成为一条乡村旅游的示范路，是一条美丽的风景线。其实原来的这条路我在20世纪70年代就走过。那年，我拉着一架板车，从远在沮漳河边的老家往夷陵区的龙泉方向去参加东风渠的修建，100来里路程，走得我大汗淋漓，精疲力竭，经过这段安董路时，我更没有一点好心绪，颠簸得我大喘吁吁：“什么时候能把这些鬼路修好！”我是一个劲儿地直埋怨。眼下是真的好了！这路，既宽敞，又平直，且通达——走在这路上，真是让人爽心，令人悦目，教人难以忘却，好一条风景线呀！

它还应当是一条致富线！年轻有为的镇委姚书记告诉我们，这路沿线有上万亩脐橙园，上万亩瓜蔬地，如果按每亩1万元的价值计算，这是一个多么让人动情的数字呀！的确，这是让人能从梦中笑醒的数字！过去，我在乡下时是做梦都不敢往这儿做的。现在都变成了现实，变成了人们手中实实在在的财富！而且，沿着这条线我们也去走访过几个村组，所见所闻是足以让人信服的。且不说曹店村那图书室中琳琅满目的读本，健身房中那俏皮的器材；也不说高峡村中那宽敞的荣誉大厅，那导游小妹的标准解说吧，在平湖村中，我是驻足了许久许久，一条汉河穿村而过，清清的水，纹纹的波，还有那粉白的墙，青黛的瓦，翠绿的树，嫣紫的花，倒映在水中，实在太美了，真有如“此曲只应天上有，人间难得几回闻”般。我一口气拍下了好多照片，我要把这份美与朋友们分享！我还真恨不得向我的朋友们发出呼唤：“若到董市赶上春，就到‘平湖’住”！

其实，这个地方原来很乱很穷的，原村支书望老对我们说，这个村之所以叫平湖村，这是个移民村。他就是修建葛洲坝水利工程时从三峡中的秭归县茅坪移民来这儿的，现在已是41年。这个村坐落的地方原名云盘湖，来时是一片一片的沼泽，且有大片大片的钉螺，民间流传说“有女不嫁云盘湖，穷得只剩一把骨”……现在是天上人间了！“旧貌换新颜”，坊间又有了新的歌谣：“有女争嫁平湖村，吃了蜂蜜甜了心。”望老还很神秘地对我说：“有哪个村能与我们相比，中央电视台一个月内来做两次采播！”从他的话里，从他的眼中，我是读出了那份自豪，这是少有的农家人的自豪……

是的，当我们穿行在董市镇，穿越在这时空的“花季”里，我也和望老一样有了这种无以比拟的自豪！而当我们走进“老家人民公社”，重温当年知青岁月的磨砺时，当我们从枫林花卉月季园出来，披着那五彩月季的芬芳时；更当我们品味在精品草莓园里，捧起那有如不远处玛瑙河中的红玛瑙般的草莓时，这种自豪感是更加强烈了！是啊，美丽的乡镇，勤劳的人们！

是啊，“时空穿越品花季，直引诗情到碧霄”呀！

也许，这就是董市新镇的魅力，是穿越时空“花季”的魅力……

黄金卡

——《老地方的歌》之一

三峡这偌大一个地方，旧名太多，无法教我忘掉的却是已被岁月淡淡抹去的“黄金卡”。

为什么这样称呼，我没有去考证。在三峡这地方，关隘太多，也许称为“卡”，便不足为怪了，人们是要把“黄金”留下而矣，去享受享受那一枕的滋味。

不知那些远去的日子，人们是否发过？而我去感受黄金卡时，黄金卡倒是向我展开了一段值得去品味的历史。

宜昌，曾被称为铁的富矿区。因而，人们发不了金梦，便想着发铁梦了。在一个被称为火烧坪的地方玩不了铁，便想着到这卡上玩钢来。哪知钢老虎比铁老虎更难对付，20 世纪 70 年代初轰轰烈烈地上马，20 世纪 80 年代初便又急急匆匆地卸鞍了，这卡一时被冷落下来。无钢无铁无法圆得黄金美梦了。

记得有一位哲人曾经说过，办烟厂，赚大钱，赚得一年算一年。黄金卡人便潜心弄烟了。这里曾有我国三大雪茄烟生产厂家之一。那年，我曾经到南方一家烟厂看过，那厂虽大却空。这里却做出了名堂，他们把雪茄有的做成长的有的做成短的，有的做成方的有的做成圆的；有的做成淡的也有的做成甜的，总之是做得市场喜欢。没过多久，也觉得不过瘾了，便专门从上海请来一位名师做起烤烟来。渐渐地，他们真的把“蛋糕”做大了。一次，他们到北方去推销他们的“作品”，在火车上与大作家、大编辑韦君宜相遇，这是一次不期而遇，也应算是一次有幸的邂逅，这一行人便与这位大作家、大编辑尽兴地侃起他们的烟来，直侃得韦君心动情动，到了北京便情不自禁为他们做了一篇大文章《在襄樊道上》，很好地把他们这种精神做了一番文学性的宣传，韦君成了他们的义务广告家。他们的厂、他们的烟也因此在全国弄得山响。黄金卡也因此火起来。

然而，不测风云又一次袭来，黄金卡再次蒙难，跌入无情的火海之中，刚引进的设备受到重创，那情景真称得上惨不忍睹，那时我经历过。可黄金卡上的人们没有消沉，恢复性工作做得十分有成效，那时我也经历过。在一首诗中我记下了这件不应忘却的往事：

去年今日离烟厂，毒火却灰余卡头。
重损万资心若水，回归九鼎力如牛，
中天一柱挽危难，极地八方分苦愁。
岁里效益人颂赞，更怀铁鉴带吴钩。

前些日子，我又一次读到一篇文章，名为《风雨阳光路》，是描述黄金卡人想发黄金梦到黄金梦成真的。但凡过来人都爱谈自己的三部曲，黄金卡人也有着一部这样的历史。那文章骄傲地告诉我们，他们所经历的风雨，他们所沐浴的阳光，他们所走过的道路。近 20 年来，他们向国家缴纳的税金和上缴财政的收入，若仅仅用黄金万两来表述是远远不够的。黄金卡真正卡住了黄金。

我并不爱去追寻那些往日的故事。在这跨世纪之交，当我们再次来到黄金卡时，展示给我们的真可称得上是时代风貌了。现代化的鳞次栉比的生产大楼在一座飘摇着斑驳着的旧时的钢炉的衬托下，风采非凡。黄金卡人依托着三峡经营着“三峡”，伴随着古老的三峡憧憬着旷世的三峡。

“主人”对我们说，他们花费 7000 万元，安置了三峡移民 157 户，为国家分了忧，为自己聚了力；花用 300 万元，买下三峡卷烟商标，一个新的品牌唱响了市场的大调；花用较大的精力与当今世界上最有影响的雪茄烟跨国公司达成产销协议，不日，一种身份件雪茄将叩动“蓝色的海洋”……

也许，黄金有价。而黄金卡人卡留“黄金”的精神和情怀却是“黄金”所不能比价的。我很欣赏他们所说的一句“公关”性言语：过去，我们走“在襄樊道上”，现在，我们走在“风雨阳光路”上；将来，我们一定会走出一条飞越海域的新世纪的“丝绸之旅”……

来到厂里采风的《人民文学》副主编崔道怡先生也像当年韦君一样激动万分，他深深地道了一句祝福：“你们前程胜似黄金，美似三峡！”

是啊！有谁能不相信呢，善于创造历史的黄金卡人怎能不创造出那远远胜于黄金般的未来？

龙凤山

——《老地方的歌》之二

不知是因为吉祥，还是因为祝福，称这山为龙凤山的。说来这山并没有什么特别之处，远看是一片墨绿，近看是一片翠绿而已。那山脚有一条小溪，人称柏临河，就长江而言，在众多的支流中，它是无法排上辈分的。这里边是否藏龙卧凤，是否植柏栽松，没什么重要，其实也用不着去研究的。龙凤山自有龙凤山的说法。正如爱采风的人，总想听听那些富于传奇色彩的说法一样，来到龙凤山，你总能听到一些让人十分感兴趣的轶闻。

这里的故事太多。

当我了解龙凤山时，这里的一个酒厂已在全国弄火了。玩这酒厂的却是三个农民。其初，他们办这厂办那厂，竟没有一个如龙般飞凤般舞的。后来想到了山脚的那条水，那是一个好的“风水”，人称龙泉，于是就办起酒厂来。并起了一个富有田园味道的名字：稻花香。我原以为是借用辛弃疾的“稻花香里说丰年”一词，而他们却说是《鹊桥仙》中的话。我查了查，那词牌如是说：

松冈避暑　茅檐避雨　闲去闲来几度　醉扶孤石看飞泉　又却是　前回醒处
东家娶妇　西家归女　灯火门前笑语　酿成千顷稻花香　夜夜费　一天风露

为之，他们还编了一个故事，说辛弃疾征战胜利以后，十分高兴地路经荆楚，走过张飞吼断的坝陵桥，又走过子龙雄风的长坂坡，于是来到这龙凤山下。一时兴起，喝得酩酊大醉，便在这松冈之中，草檐之下，打住数日，看那一派升平景象，欣喜异常，又和百姓一道去酿出一坛又一坛“稻花香”酒来，日日喝，夜夜饮，可谓不亦悦乎。

其实，这故事是假的。可龙凤山下现在酿出的“稻花香”酒却是真的，且是美的，是纯的。要说酿出醉人的酒来，过去不敢说，现在却也是真的。这几位田野之人去一家名厂挖出一位名师来，比照着做，想象着做，真也做出名堂来。这酒也就走出了三峡，从湖北走到湖南，从山西走到山东，虽不敢说四海五湖，但大江南北倒也不假。崔道怡先生来到湖北宜昌，说了一句俏皮话，“人未到宜昌，先闻稻花香”，颇有个中味道。

现在，龙凤山人是用不着去编一个故事了。他们是在写着自己的故事。我来到龙凤山时，这里是松一片柏一片，似乎是真的藏龙卧凤一般。柏临溪水轻轻地从那梯级拦水坝上淌过，又静静地流向远方。而柏临溪两侧是让人叹为观止的厂房，花如山松，旗如溪柏。不敢想象，在这万顷田野之中，就是“稻花香”的故乡。

龙凤山啊，你应该是历史的见证！

这里热闹着！这里喧腾着！这里骄傲着！——湖北省首届名酒节竟在这龙凤山下，在这柏临溪畔揭开了新世纪前的“酒经”的扉页。

有人说，奇迹是不断发生的。也许，这里在创造着奇迹。龙凤山如是说。龙凤山的父母官也如是说。也许，从远方来的朋友们同样会有这个感觉。

来到了龙凤山，我的确是很感奋。

在这旗和花的世界里，在这香和醇的海洋中，我听见了一曲震撼心灵的赞歌——《稻花颂》，那是男高音歌唱家蒋大为在唱。在这空旷的山谷之中，粗粗犷犷，若龙腾般高去远迴；我也听见了一曲《在希望的田野上》，稻子成熟了，农民们都在挥刀收获，在这黄绿交织的田野，他们正收获着现在，也收获着未来，歌声缭缭绕绕，若凤舞般海去云迴！

龙凤山啊，这应该是你们自己的歌声！

辛弃疾是不可能再来“醉扶孤石看飞泉”的。然而，龙凤山人所“酿成千顷稻花香”是酿出了历史，酿出了胜利；也应该说是酿造着未来。

龙凤山人岂止爱编织故事呢，他们是在用热血和汗水，用勤劳和智慧，用胆识和情怀编织着即将到来的新世纪！

龙凤山人钟爱歌声吗？让我们以虔诚之心期盼它新世纪的回音吧！

不知你们还会去龙凤山否？倘若我再去的话，我定会再醉一回的。

1999年10月于湖北宜昌

（原载于《经济日报》2000年2月8日》）

鸡山坳

——《老地方的歌》之三

出得三峡，过得夷陵古战场，有一座小小的山包，人称鸡子山。为什么这样称呼，我查了查地名志，那上面也没有注说。我来到这儿时，更对这山名淡漠了，说实话，我是对这山坳产生了极为浓厚的兴趣。

山坳是一片工业区。前几年，动作大，殷盐要出垭，磷肥要出坝，轰轰烈烈便在这儿动起土来，厂子是有了一个雏形，然而，事情并不顺利，不知是因为市场无情，还是资金无情；也不知是因为技术无力，还是购买无力；企业负责人是换了好几茬，人们开玩笑说，是从“秦朝”到“宋朝”；被称为“实业”的公司，人们笑了，说是“不实不业”的。

然而，那毕竟是历史了；新一届的企业负责人，人们却称他们有海洋一般的胸襟，有皓星一般的光芒。

早些日子，我还听说那儿亏损十分严重。我曾设想，那儿应是冷清的，萧瑟的；或者说是吵闹的，甚至是疯狂的。而向导对我说，你错了；你不论什么时候去，都会感受到一种力量，一种精神，是向上的，是扩展的，是撼人心灵的。

我是在一个冬日的下午来到鸡山坳的。这儿是静谧的，没有虫嘶，没有鸟鸣，但我依然感受到了冬日阳光给予人的暖暖的春意；我虽然没有见着老总们，但我依然感受到了那永不言苦的情怀。

这儿生产复混肥。工艺虽简单，但产品却是多元的。他们开发了梨子专用肥、橘子专用肥、茶叶专用肥、大蒜专用肥、高山蔬菜专用肥——农民需求什么，他们就开发什么。农民特别想种油菜，他们就开发出油菜肥来，像以往那些肥般，也是出奇的抢手，枝城、当阳两市争着购，还几乎弄出一场官司来。难怪农业部把“农用肥研究所”的牌子授予他们，又把“全国农化服务中心”的资格配赠他们，这该是让多少人垂羡呀！他们还有一块牌子——全国烟草肥定点生产企业，更是不能小视的，那可不是一般功夫所能获取的。全国在淘汰100多家企业以后，新增了这“实业”，使这肥成了他们的当家产品，成了“生命工程”，又让多少人听而动心，望而动情啊！

的确，老总们都不在家。不是因为鸡山坳太小，容不下他们，也不是因为外面的世界很精彩，吸引了他们，而是那些陈年老账回不来，他们心不安。大有“即从襄阳向洛阳，便穿山东到山西”的架势，在外奔波，像一名普通员工样，只拿生活费而为企业敛财。他们歃血立誓，决不把那些“老账”带进新的世纪！在家的主人对我们说，有两个“可嘉”，领导的精神可嘉，是有口皆碑的。这一点我非常诚服。

员工的精神，更是让人感奋的！主人告诉我们，用自己的钱办公司的事已成为员工的家常便饭。在一份资料上，有这样一句话“烟草肥生产资金告急，员工们拿出4个月的工资垫付了流动资金”。4个月的工资，说来事小，你能做到吗？这该是多么难能可贵啊！那些喜欢空喊口号的人看后又该有何等想法？

今天，正是新兵入伍的日子，大家都很兴奋。作为父母更有着万般依恋之情。生产部一位负责人在本应与儿子泪别时，却又大步来到公司。先前的他是两难的，儿子临别需要钱，公司又急需钱买辅料。而此时的他却是放松的，他拿出一沓钱恭恭敬敬地放到了书记的手上……这是多么朴素而又崇高的行为啊！你能说这不是又一个“可嘉”之举？

看过，听过，我能说什么呢？的确，我什么也没有说。在这山坳之中，在这弹丸之地，我即使是海洋，即使是蓝天，也会自愧的！

之于鸡子山的命名说，我曾有过种种设想。然而，我想，不论是雄鸡司晨也好，还是闻鸡起舞也好，再美的故事也难于这山坳中普普通通的人们给予我的、让我感受到的那么实、那么美了！

离开鸡山坳时，这冬日的阳光似乎更加暖和，真让人觉得有“不是春光，胜似春光”之感；不远处即是长江，此时，竟然连那袅袅的江风飘过，也似让人嗅出来浓浓的春的气息……

鸡山坳啊，你定会拥有一个美丽无比的世纪之春！

1999年12月12日于湖北宜昌

杈子坪

——《老地方的歌》之四

也许，你同我一样并不认识杈子坪。

当我来到这里时，这里便称为远安县晓坪了。20 世纪 60 年代末清江曾发过一次大水，冲走了“龙王庙”。好在人心没被冲毁，没遭灾的便得去援助遭灾的，刚成为知青的我便来到这远离清江，偏离长江的晓坪，干着一件大家都不情愿干的差事——伐木。

这里太苦。山大人稀，方圆十里不见烧畲烟火。那一晚突然一个小伙子没能归宿，竟弄得上下不得安宁，担心他或摔下山沟，或遭遇野兽，害得我们不得不结队寻找。于是乎，那发暗的火把烧伤了漆黑的山夜，那冰冷的竹篙敲碎了迷茫的山壑……

这里也太穷。仅仅几日，我们便吃光了土豆，啃完了苞谷，甚至连南瓜也吃得精光了。那一天我们不得不到很远的地方去挑回米来。对于刚刚承受体力重负的我真有点强人所难的，那一天，我几乎摔出了箩筐，几乎摔开了扁担，也几乎从陡峭的山崖摔落……

尽管无情的岁月流去了我很多美好的，抑或是酸涩的记忆，但这一切是没法让它漂逝的。残存的仍有对它们的期冀。

那儿为什么称呼杈子坪，当地人告诉我，是因为沟壑太多，纵纵横横；两沟相交有如一把精瘦的扬杈。因为这些沟壑，滋润了这一方水土；然而也正因为这些沟壑，却坏了这一方“风水”。我读过一则关于杈子坪的故事：

据说，很早很早以前，这里的山向西延伸一山嘴，长 800 米，河水绕

远安县风光

山脚而流。山上有一庙宇，住一老一小两个和尚。一天，老和尚出门，嘱咐小和尚，下雨时不要将灯台端出门去。而那一晚，果真下起大雨来，山洪暴发，小和尚却贸然端灯去窥看，乌、白二龙误以为宝，顿时一跃相争起来，水助龙威，龙从水势，伴随霹雳一声巨响，山崩地裂，山嘴便被惨撕成两截……

于是乎，这好的“风水”也就化为了乌有！

很难说这个故事是真实的，但人们诅咒破坏“风水”的情感却是不假的。从何日起杈子坪改名为晓坪，我没能明了，但人们渴望“东方既白”，向往“霞霁满天”的情结却是不言而喻的，是令人感动的！

多少年来，人们都在苦苦地奋斗。我知道，第二次国内革命战争时期这里就曾是老苏区，不屈不挠的脊梁，可歌可泣的精神，向人们展示了一页又一页抗争的画幅，一缕又一缕闪烁的曙光。

的确，我不想过多地去追寻历史。巧然，就在一个晴和的下午，我遇见一位赵姓的女孩，她就读在一所中专。她就是从那古老的地方走出的。从她那总是荡漾着盈盈笑意的脸颊，我似乎读到一部崭新的史诗，看到一轮喷薄而出的晓日。

她骄傲地告诉我，那山，那水，那坡，那田，那路，那桥，那房，那

院——都变了！成了杈子坪一道道亮丽的风景！

那儿的气温很低，水温很凉，而种的稻米异常可口，人称“冷水米”。吃了这种米再吃别的米似乎就没胃口了。现在，当地人吃不完，就让它走向了市场，也因而名扬荆楚。那儿山大树木多，非常适于种香菇，那菇既香且嫩，市场爱它，这几年也就种出了“甜甜的味道”。赵姑娘的父亲就经营着这米的买卖，而母亲也便耕耘着这菇的日月。细细算算，一年也是几万元的进账。她说，她怎能只把笑意藏在心底呢？那是笑给历史的！

那笑意太美，简直有如人们对于春晓的赞语！

当地一位权威人士向我证实，杈子坪方圆近 200 公里，8000 多人口，工农业总产值便达到 1.5 亿元，仅种袋料香菇已是 5 万多筒，农民人均纯收入超过 2600 元——你能说这不是一个时代的变化吗？我诚服！

本来，我准备再访一次杈子坪的，想去寻寻那些被砍伐的树屑，找找那些被摔碎的箩筐，访访那些被敲破的沟石，然而静静揣来，又有那个必要么？那儿变得你无可辨识的。呈现在你面前的定是晨霞般的美丽，朝日般的辉煌；让你咀嚼倍佳的那一个“晓”字无尽的内涵！

是啊，杈子坪，晓坪，一位女孩的笑靥；一个充满笑意的春晖之晨！

1999年12月25日夜于湖北宜昌

黄草坝

——《老地方的歌》之五

这名字似乎太苦涩，尽管已被岁月无情地抹去：黄草坝。

长江水出三峡，是否因带出的泥沙太多，在离这峡口不远处竟然浮出几个坝来，或大或小，或高或低。这些名字是怎么个起法？据说，是有些讲究的。在这众多的坝中，葛洲坝因那举世闻名的水利枢纽工程而让天下人注目；西坝也因三江桥飞跨、信号台高矗而令人记怀。唯有这黄草坝，有如长江水般流去就再难回来，不再让人们过多地记起。那天我站在这地方，站在这毗邻葛洲坝、紧衔西坝，面迎三峡风、聆听张飞鼓的坝头，若不是知悉者告诉我，我也全然未可知晓。哦，这儿竟叫黄草坝！

读过《诗经》的人都知道，有一首名《蒹葭》的诗就是描写长江之洲坝的。那江水波来，蒹葭“苍苍”，江风徐来，蒹葭“萋萋”，多美啊！而这儿为什么称为“黄草”？读着它，又怎能不让人想起那秋雨凄凄，哀鸿声声……

我不可能去多想。也容不得我去多想。眼前的景变了，脚下的坝变了。这坝已变成了现代化的工业区。一座座生产厂房错落地耸立在坝上，耸立在你眼前。而又那么天然般的巧合，这厂就是生产磷肥的，是让这“黄”转青的，变美的！

可事情并不如人们想象的那么轻巧，粉尘曾污染过天空，酸雨曾侵袭过大地，该绿的没能绿，不该黄的竟然黄了。这事，居然连峡江水都为之诅咒过：莫不是那“黄草”的恶应吗？然而，事实告诉我们，40 年的风雨，40 年的历程，30 万吨的规模，一个亿的收入，黄草坝人为了改写这

"黄草"的历史，一代又一代人都在为之奋斗着。

其实，我认识黄草坝时，早就是他们的老朋友了。他们那种不懈追求的精神，感染着我；那种让"黄"变绿的情怀，也如这肥般让我的心葩催开过。我曾经为他们作过一副这样的对联：

凝汗聚智喜结三秋硕果
厉兵秣马再创九春辉煌

这是对他们的赞颂。我知道，他们为了这"三秋硕果"，为了翡翠般的日子，曾在肥上做过很多文章，一倍又一倍地扩大规模，以至于今日能成为全国行业的中坚；曾在酸上精雕细凿过，一次又一次的力控，以至于酸的回收率也成为全国同行业的楷模。一位朋友对我讲，一天，一领导来厂检查工作，转过半天，看过半日，竟然问道，"没生产吗？"那朋友想笑而没有笑。其实厂里生产一切正常，是那领导感觉不到了昔日刺心的酸味，感受到的是满怀的清新。他有了错觉。

我相信这个故事是真实的。

前几年，他们"为了大地的丰收"，竟让利300万元，给了"希望的田野"，给了忘我的农民。这事也是在全国炒得沸沸扬扬。因而，他们也得到了应有的回报。当他们从人民大会堂捧回那最高荣誉的奖牌时，三峡上下，大江南北，谁不是好一阵的兴奋！有谁还能记起那衰草腐茧的昨日，领略的不是时代的风采？！

黄草坝，你应该是时代最好的见证！

当我再次来到黄草坝时，历史的车轮已飞转到千禧之年。

元日里，这里更是一派繁忙景象，老总们都在现场，员工们也都在现场，一个"喜迎千禧年，谱写新辉煌"的大修动员誓师大会正在如火如荼地进行。从那一顶顶闪光的安全帽上，我似乎看见了历史的最亮点；从那一声声嘹亮的号子里，我似乎听见了"咱们工人有力量"这永不衰竭的世纪宣言！一个小伙子从书记手中接过了"青年突击队"的战旗，摇啊摇啊，拼命地摇动着，江风中，那旗猎猎地舞起来了，那是在向旧的世界告别，在向新的世纪招手！曈曈的阳光憧憬地洒来，洒在战旗上，洒在工地上，洒在厂区里，洒在人们的心坎中，于是乎，战旗更亮，工地更火，厂区更加喧腾了！整个黄草坝变成了一个彩霞般的世界！

是啊，黄草坝，你同样是新纪元的宠儿！是续写辉煌的基石！

我伫立在这坝头，沐浴着这跨越时空的阳光，感受着峡江吹来的清清的风羽，此时，我多少有些醉意了，骤然，我恍如置身在一块翡玉之上，听到的不再是张飞的擂鼓声，而是一曲曲“蒹葭苍苍”，是一曲曲“青青河边草”……

不是吗，原本，我就应该有这个感觉。黄草坝，你本身就应是一块翡翠，一块碧玉，岁月的风雨剥蚀了你，然而，时代的汗水滋润了你！那些该淡忘的必将随着峡江水逝去，新纪元定会还你“希望”的本名！腾飞的岂止是葛洲坝，是西坝呢？还有你，黄草坝！

黄草坝哟，让后人拾起这些新的记忆吧……

2000年元月于湖北宜昌

下马槽

——《老地方的歌》之六

我很想约朋友们走走下马槽，那儿，很值得你去感受感受。

下马槽，相距宜昌仅 11 公里路程，是一个小小的山冲。据说，过去山且陡峭，路且崎岖，鸟飞不易，马行更难。当年蜀主刘备兵败夷陵，一溜烟地往四川奔逃，到了这里也不得不弃马步行，于是，便有了这个听之心悸的名称，也有了这样一个不光彩的轶传。

凡过来人都知道，想自立于世界民族之林，这是我们几代人的梦想，几代人的追求，大办钢铁后又大办起“五小工业”来。20 世纪 70 年代中期，一个生产碳铵的，现在看来的确够小的厂子便在下马槽建成了。而在当时真可称得上是一个“大老虎”，还难以对付的虎。可是刚刚上马，市场经济的浪潮便无情地袭来，人们一时适应不了，那厂也就只能坠入“下马”的尴尬局面了：全厂固定资产 1700 多万元，负债高达 1000 万元；500 来名职工，居然有 130 多人调离，还有 200 多人口头提出调离要求，且有 80 多份请调报告飞到厂办党办——这是我当时所做的记录。

这是何等严峻的时刻！

然而，正如诸葛亮受命于危难之际，赵子龙救孤于长坂之坡，偏偏就有人不怕重压毅然放弃局长不当来到这下马槽把这厂扶上了马，还犹如马跃檀溪般一年飞越一大步，短短 3 年这厂便在全省全国踏得山响。在一篇名为《立马弄飞雪》的文章中，我对那“是谁把化肥称为六月雪，又是谁使这六月雪纷纷扬扬”的未成熟的思索作了答复，并对那事进行了热情的赞扬。

于是乎，下马槽再也用不着为是上是下去进行无端的争议了，既然跨上骊马，那就只能奔向锦程！的确，这些年来他们做过很多很多极其精美的文章，自新上的尿素工程被《人民日报》誉为样板工程后，碳铵扩建，电厂上网，资本营运，股份制改造……可以说，皆是可圈可点的；令大江南北垂羡的。

七年一度鞍未解
四载二番花吐芬
六万攻坚飞雪白
五标超越踏歌新

这是我写给他们的颂歌。

经年苦汗成河淖
星月奋争云虎啸
车行宜化撼心神
飞峙高塔灯闪耀

这是我写给他们的赞词。这些年来，我就这样记录了他们这一页又一页闪光的历程，记录了这“豪语既出金鞭举，骊马飞腾旌旆鲜”的辉煌战绩，记录了这些原本属于他们自己的华章！

在下马槽，我曾听说这样一个故事：一天，他们的老总外出购置设备，餐风食露，日夜奔忙，在车站将就一宿。次日起程，买了两个馒头两块豆腐干，起初吃得很香，慢慢地有了点饱意才嚼出味道来，原来那干子全是馊的，一声轻骂才把它们扔掉……

不知你对这事作何看法，而我知道，他们就是凭着这样一种精神在创造着业绩，创造着历史，在全国不少国企卸鞍下马、破产倒闭的时候，他们扬鞭策马奔腾了！

这些年来，他们是一年比一年风光。1999年，在这个世纪之末，他们更是风光无限！一个又一个新闻采访团接踵而至，一级又一级报纸累版发文，中央电视台也每每将他们的形象向海内外播送。他们的事迹成了全国的楷模，他们的方略成了国企的范本！

伫立在这里，有谁还能记起那昔日“下马”的苦涩呢？

在一份史料上，我得知这儿还有一个“滚银坡”的别称。当年，一个送皇纲的，走到这儿，没办法前行，竟从那山上摔落而下，银两滚落一地。看来，“遍地滚银”这才是真的！不是吗，下马槽人在用他们的汗水创造着财富，为宜昌，为三峡；在用他们的心血创造着强盛，为祖国，为人民！

伫立在下马槽，看着那白的雪扬扬飞落，又看着那车的龙源源风驶，你怎能不会有如此之感觉呢？

禁不住，我又吟出两句诗来：

立马当舞世纪雪
长弓敢射大雕风

这是对他们的颂扬，这是对他们的希冀！不妨，你和我一道也去感受感受吧；也许，你会有更深刻的认识。

下马槽，人们会永远记住你哟；记住那淌银的画幅，记住那立马的辉煌！

2000年元月于湖北宜昌

许家冲

——《老地方的歌》之七

也许你同我一样，认识好多好多的许家冲；也许你同我一样，还不知道有这样一个独特的许家冲。一个塑造着美的地方。

走过那花园般的三峡坝区，走过那宽敞整洁的陈潭大道，来到那一个十分僻静的小小山坳，当地人告诉我，这儿名为许家冲。

粗粗一看，这儿太平常了，半座不大的山包，几株正待成材的松树，它轻轻地摇曳着峡风，悠闲地沐浴着阳光，似乎与松相呼应的坛子岭，与浩大的三峡工地还显得有点不太协调。然而，你细细一瞧，却令你恍然惊喜了：三峡在塑造着阳刚之美；许家冲也同样在塑造一种难得的美韵哩！

一个外地人来到了许家冲。他考察了这冲的环境，考察了这冲的石质；他带来了外地的工艺，同样也带来了外地的技术，于是乎，一个石雕工艺厂便在许家冲诞生了。

我来到许家冲，我为那些石雕工艺制品震惊了！的确，这里不仅是在生产产品，而是实实在在地在生产着"美"；也可以说在生产着奇迹。

在卢浮宫，我看见过维纳斯；在许家冲，我也同样看见了这漂亮的女神；那两眼流露出来的情韵，很容易让人感受到那美的呼唤。

凡是到过佛罗伦萨的人，谁也忘不了那大卫给人的男性的魅力。来到这儿，你同样也有这种感受，那汉白玉雕成的大卫，两眼似洞穿着风雨，两臂似搏击过霜雪——谁能说这不是又一种力的代表呢？

前些日子，我曾转悠在宜昌街头，往往看见那石的龙，石的狮，石的马，石的鹿……一道石的风景。说实话，我真不知道，是谁在塑造着这新的亮丽。曾记得杜甫游到雁荡山时惊叹过那桃花，“人间四月芳菲尽”，“不知转入此山来？”我来到许家冲，也有了如此之新鲜，那振翅欲飞的玉鹤，那以静制动的卧狮，那攀崖附石的金猴，那扬蹄行奔的骏马，那穿云破雾的祥龙……真是呼之欲出，呼之欲声，令人叹为观止。看罢，我也真想把前辈的诗改它一改，可一时又找不出合适的句子。况且，这里还有一条船，绿玉雕成，长达四米，高达一米又五，玲珑剔透，晶莹闪亮，号称楚天第一船，亦待起航哩！相形之下，我感到笔乏了。

在许家冲，我也曾经向人打听，这里过去发生过一些什么故事。他们总是笑着告诉我，过去的故事是没有，而现在的故事却是一箩筐的。当地人为了把“美”留下，竟然把医院腾了出来，作为厂房；一位正值富年的村的带班人，竟然也搬进厂来住下了。他说：为的是要护住这“美”的使者。前者，我已亲眼所见了；后者，我也有了切身的感悟。

时代是在变，人们的观念也是在变。地方是在变，求富的心也是在变，是变得越来越迫切。然而，这爱美的情怀却是永远不变的。许家冲的人们是在谱写一支“美”的新歌，而且是一支越唱越激扬的“美”之声！不信，你现在去，或者是你再过些日子去，你定会有更加强烈的感悟。

离开许家冲时，我没有即刻就走。我信步登上了坛子岭，俯瞰那浩大的建设工地，放眼那奔腾的大江，又加之江风徐徐，阳光烁烁，我真有如置身在一个“美”的世界之中。我禁不住再次向许家冲望去……

这时，“主人”要我为他留点什么，我信笔写下一联：

一石一刀飞至美

三朝三峡汇真情

我愿把我的祝福送给他们！

2006年6月

猇亭古镇，闪烁兵家文化的要塞

“蜀道三千，峡路一线。”

顺长江三峡而下，过荆门山，这里便是长江第一个冲积平原。猇亭古镇就坐落在这要塞之地。

猇亭古镇从什么时候建镇，现在虽无定论，但从史书记载来看，至少《三国志》中“兵于夷陵猇亭”的表述，便已明确告知人们，既有猇亭不会少于1800年历史了，是一个闪烁着兵家文化的战略要塞。

也据说“猇”为似虎似犬之兽，既有虎之威，又有犬之灵，坐于江浒，可镇水怪，以保万船通达。在1800多年的历史中，猇亭也曾别称过虎脑背、古老背、平善坊、石榴铺等，但最终回归于猇亭一名，使文化厚重的猇亭古镇重置了既有的内涵。

因“战”而名：一场战事使猇亭古镇声名彰彰

猇亭的地理位置十分重要，上扼川渝，下控荆沙，自古以来，便成为兵家必争之地，在这里发生的战争就有上百次之多。而著名的当属“夷陵猇亭之战”（虽然后来不少学者研究认为，夷陵之战并不是在猇亭展开，但猇亭已借助此战的炒作和哄闹，声名鹊起，做足了“战”事的文章）。蜀汉章武元年，即公元221年，刘备为争夺战略要地荆州南部五郡率众从秭归进抵猇亭，建营扎寨，即《三国志》中所述的“兵于夷陵猇亭”。而吴国孙权派少帅陆逊屯兵陆城，以之相拒。两阵相持半年有余，至公元222年6月，一日，陆逊号令各部，各持茅草火把，乘夜袭营，刘备之军猝不及防，一时“火烧连营八百里”，刘备兵败于此。这一战役成为以弱胜强的典型范例，并与官渡之战、赤壁之战一道成为三国时期著名的三大战役，在我国军事史上有了重要地位，也成为我国十大战例之一。这一战役虽然以刘备兵败结束，但战役本身却赢得人们的敬重，不仅使之成为前后三国的分界点，也让猇亭古镇声名赫赫。现在猇亭一地仍有很多地名与这一战役有关。“云池”据说就是当年赵云屯兵于此，以池水磨剑之地；“下马槽”就是当年刘备遇阻下马行走之地；而“上马墩”则为刘备重新上马向白帝城退守之处。

因“布”而活：一条商街使猇亭古镇活力融融

由于猇亭地处长江首个冲积性平原，这里土地肥沃，物产丰富，又由于猇亭滨临长江，在陆路交通极其不便的情况下，其水运优势特别明显，所以猇亭自古便是商品集散之地，是商贾云集之地。猇亭人非常有经营头脑，他们抓住这里不仅产粮，更产棉这一特点，大做“布”的文章，使猇亭这一古镇活力融融。据有关史料介绍，在元末明初时期，猇亭的“布”文化便非常有影响。猇亭共有 5 条主要街道，下正街、新正街、河街等，而最著名的便是织布街。可以想见，之所以叫“织布街”，就是因为织布已成为人们的主要生产和生活方式，几乎是家家织布，户户纺纱，花行、染坊也随之兴起；并且，专门从事纺织机械加工、生产、维修、销售的木器作坊也不少。从《枝江县志》知道，民国二十四年，全镇已有织机 1000 余架，日可产土布 3000 余匹。当地流行的与“织布”有关的民谚很多，时下仍能听到“清明的布，铺大路；中秋的纱，牵荆沙”一类，是说这里的布和纱的量很大；“有女争嫁织布街，一年四季有外快”，是说这里处处有商机。新中国成立后，政府也依托其优势，建起了织布厂、染整厂、针织厂等，使“布”文化得以延续。

因“化”而兴：一个企业使猇亭古镇名播声扬

猇亭，真正迎来其发展时期是始于 20 世纪 70 年代。1977 年在下马槽“宜昌地区化工厂”上马了。历经近 30 年的奋斗，他们“立马弄飞雪”，舞出了时代的风采。至 1992 年，合成氨生产能力由原来设计的 1 万吨 / 年，扩大至 6 万吨 / 年。固定资产原值达到 8000 万元，职工人数达到 1400 人，企业跻身全省 200 强，并形成了自己独特的“实事求是，从严治厂，艰苦奋斗，争创一流”的企业精神。1992 年，全国第一套新 4 万吨尿素生产装置在下马槽顺利投产，带动了猇亭新一轮的发展。随后，与其相配套的热电厂，编织袋厂，运输车队等相继兴建，形成了一个庞大的企业群体。其后，湖北宜化又进行了股份制改造，企业的发展更是进入了快车道。1994 年后，又组建了“湖北宜化集团”，并大胆谋略，主动出击，先后于湖南、贵州、内蒙古、青海、四川、云南、山西等地，或收购，或兼并，或托管了一大批化工、煤化工、轻工企业，壮大了自己的实力，成为中国石化行业最具影响力十大代表企业之一，成为已拥有 40 多家生产实体企业，5 家中外合资公司，2 家股份制企业，固定资产已过 450 亿元，销售收入过 500 亿元的特大型企业集团，让猇亭深厚的兵家文化得以光大。湖北宜化，一个企业成功了，也使其深植的根基——猇亭古镇声名远播，光映华夏。

因“新”而盛：一座园区使猇亭古镇盛景昭昭

猇亭在发展中，而其前景更是值得我们期待的。2010 年国家级高新技术产业园区批准在宜昌建设，猇亭成为该园区的重要板块，这样一来，猇亭有了更大的发展空间，加之这里早已拥有一类空港——三峡机场和云池深水港，宜黄高速、沪蓉高速又穿镇而过，宜昌长江大桥跨江架虹，为猇亭的发展提供了更便利的交通条件。昔日的兵家必争之要塞，现在成了商家必争之福地，且根据宜昌市经济发展战略的布局，宜昌沿江万元经济长廊正在如火如荼地建设之中，而猇亭正处于这长廊的龙头之端，其优势非常明显，正逐步成为“科学发展，超越发展”的核心增长极；在“引进大项目，培育大企业，发展大产业，建设大园区”理念的引导下，一大批有实力的企业正不断落户猇亭。除了湖北宜化集团外，全国最大的高纯多晶硅材料生产企业——宜昌南玻公司已在猇亭开园；全国最大的无机盐生产企业——兴发集团已在猇亭树城；中兴集团年产 20 万辆汽车的三大车间，力佳集团 10 亿只 / 年产锂电池项目，中润集团 600 亿元 / 年销售额的纳米材料项目等均已落户猇亭。毫无疑问，这些企业的到来，有如一股强劲的东风，唤醒了猇亭新的生机与活力，而且猇亭人民正在不断地为这些企业浇水，施肥，努力使这些“好苗子”成长为参天大树。猇亭，一个古老的战略要塞，正以虎之威，犬之灵演绎着当代经济发展的神话。可以想象，未来的猇亭，其盛景必定更加昭昭。我们完全有理由憧憬，猇亭古镇那美好的梦境必将载入中国经济发展的史册，猇亭——闪烁兵家文化的要塞，必定会书写出更加出彩的篇章！

2013年6月18日

附：

猇亭赋（修订稿）

大江东去，峡尽天高。猇亭古镇，依江峙傲。扼荆门要塞，听激浪滔滔。视虎牙雄滩，瞰仙人玉桥。故曰：“楚国江山六千里，荆门岩岫十二碚”，“文磨马家溪头石，武争古老背上礁”。

猇者，一如犬吠，更似虎啸。追忆往昔，战火频烧。英雄无数，铜臂铁腰。读杨素伐陈，风樯云动，金鸣鼓敲；品西晋伐吴，铁锁千寻，船楼飞挑。诵三国一役，义显忠彰，更赢万世景表；俯猇亭广野，喜留有磊磊上马墩，畅畅下马槽，云池铸剑锋，魁夺将军帽。是矣，兵家必争地，江关旌旗飘，风流唱猇亭，谁拥谁风骚。

猇亭者，亦称兴善坊也。善兴德行，民风纯朴自悠悠；善兴德旺，商贾云聚岂迢迢。板壁房里茶伴酒，马头墙上苔共草。织布街里传机杼，黄龙寺中香火绕。通川蜀，达湘潇，帆桅林立桨与棹；朝罾网，夜钩钓，鱼市火火砧与刀。岁月更迭，沿革替交，史存悠远，文载志稿，枝江宜都，相继所辖，纳并宜昌，腾龙舞蛟。皆歌曰：人康业乐福祉地，膏腴沃野数丰饶，文明文化弘千载，抚波听浪乐洶洶。

品过往，看今朝。拥猇亭，足自豪。猇之威威，亭之娇娇。盛世天下，凯歌如潮。战略要冲八方青睐，百川海纳南北同肴。新区确立，花容月貌。伫立于此，彩虹江关舞，银燕塞空遨；奔驰其间，路路旷通达，园园蕊含苞。湖北宜化，根植沃野，骤成参天合抱；湖北兴发，东迁扩伸，几有宏图妖娆。全通彩镀日月，南玻晶铸光耀；洋丰浇灌希望，亚元牵手骄傲；三新塑造品牌，兴勤桂枝放俏；船笛鸣唱津沪，运机扬歌泰澳。此乃也，科技旋风卷西楚，时代引擎响云霄。幸事哉，蓝图远景浓绘描，宜居住，宜创业，崭新都市堪配套；全面转型引金凤，宜昌门户正大娇。

噫吁嘻！当年古战场，今日新猇亭！诗浓，曲曲颂娉婷；花香，枝枝吐芳芬。更放眼，饱沾云池水，墨泼虎牙浪，栈道穿时空，锦绣好篇章！是矣，持续发展催骏马，和谐共荣铸辉煌！

盛世相邀，是为赋。

庚寅夏日撰于宜昌桃花岭

鱼岛“马”缘

威尼斯被称为“鱼岛”，以前我并不知道，我只知道它是个十分美丽的城市，是一个滨临圣玛可海湾的旅游胜地。

威尼斯并没有马，而我到了威尼斯，却幸运地交上了“马”缘。

一来到威尼斯，那独特的水城风姿就会让你陶醉，那宽阔的马路和浩瀚的大海相衔，那古老的建筑和古朴的雕塑相映，那第二次世界大战的创伤和跨世纪的和睦相对，还有那金碧辉煌的圣玛可教堂，那漫天飞翔的数以万计的鸽子简直让你惊服。你是不能不心动且情动的。

这些我们并没有去做过多的品评，而是来到了一家水晶制品厂实地采风。可以说，这厂世界闻名，那琳琅满目的产品当令你不肯释手，那数百年流传下来的手工工艺也当令你叹服。更有意思的是当我们参观之前，那老艺人为我们进行了一番精彩的水晶拉丝表演。他的表演赢得了我们热烈的掌声。

“你们知道我将制作一个什么产品吗？”这时他对我们说，并说：“谁先猜中，这产品就奖给谁。”

他沾出了水晶液。

他吹动了拉丝杆。

他小心地拿起工艺钳子……

哦，这不是准备制作一匹“马”吗？我一眼就读出了他的用心。

“Hose（马）！”我连忙喊了一声。那老艺人果然笑了，“OK，OK！”

后来，我就真的得到了这匹“马”。这是我在异国他乡得到的第一个“奖品”，你说，我这时该有多高兴啊！我竟索性找他们要了一个“box”，好好地把它包装起来……

大家知道，威尼斯有一条内陆河，这河上有一座大桥，是大家最熟悉不过的，名里阿托大桥，莎翁笔下的“威尼斯商人”就在这桥畔活动。这河流特别，冈朵拉船几乎把河面塞满，这桥也相当特殊，桥面呈“X”形跨越两岸，“X”的4个端点连接4条街衢。我们离开水晶厂便来到桥的拱顶。我放眼一看，那种繁华、热闹和拥挤真是罕有；游人、“商人”、店铺、商品真让你目不暇接。起初，我真想买一条“冈朵拉”船的工艺品带回。我用半通不通的英文与他们交流，折腾了好一阵子，因我手中没了“里拉”（意币）而只能留下遗憾。当我进入另一个店铺时，又被一块相当精致的手表吸引住，我拿在手里掂了掂，这表实在是好；而我问了问那价格，只能是又摇了摇头……

这样一周旋，当我再次回到里阿托大桥时，我傻呆了，文友们全无踪影。我看了看时间，知道是自己迟到了，我直责怪自己。

“人都到哪儿去了？”这儿是四条通道，往哪儿去找？语言又不通，向谁去打听？我想去打电话，可一个电话亭也没有……这时的我，真像大海中漂泊无依的船只没了方向；我再次放眼里阿托大桥时，眼前只有一片茫然了……

不过，很快我便镇定下来。“不会有事的。在威尼斯我是幸运的，那马不就是幸运之神的偏爱吗？同样，幸运之神还会关照的……”我这样宽慰着，便悠然取出那匹马好好地赏玩起来……

“久哥！”突然，我听见了一声喊。“你真是好心情啊！”侧身一看，正是文友《人民文学》的吉云先生和意大利的安娜小姐奔了过来。“大家一见少了你，真让人急死了……”

从他们那责怪的眼神中，我是感到了少有的温暖，心情比石头落地后的那种感觉还要轻松。

我忙捧着那马亲了亲。“威尼斯是属于我的！威尼斯是属于我的！”

说实话，在威尼斯待的时间并不长，但那种感觉是太好了。我当时的日记就这样写着：

威尼斯，你就是一条船，昂着头在向大海奔驶；威尼斯，你就是一座桥，让四海的友情畅达；威尼斯，你就是一只海鸥，振振翅膀，在大海上翱翔！

是啊，威尼斯，你还应是一匹龙马，是一位能给人幸运的精灵！

今年，正逢午马，当我再次忆起这事，再次品赏这匹“马”时，我想，它带给我的，一定会是更多的憧憬。

2002年5月25日

九畹开漂一路歌

——九畹溪开漂20周年采风随感

（一）九畹开漂一路歌

九畹开的石斛花

九畹溪又开漂了。

在九畹溪开漂20周年庆典时日，我随朋友们从宜昌来到这里，来感受了今年开漂的喜悦。说来也是十来年前的事了，在九畹溪观光漂流后我曾写过一篇文章《行舟绿水青山间》，后由《中国旅游报》的《绿原》副刊头条发出。对九畹溪我还是有感情的。

今天下午朋友们都去漂流了，我没去。他们是在感受“男人一路欢笑，女人一路尖叫”的玩味。而我却是对这里的人文山景有着浓厚的兴趣。俗话说，好山才有好水，九畹溪的水质如此之好，是与这儿的山好分不开的。我一路行勘而去，真是绝了。有些是你很少能见的，真的，你肯定很少能见！一条大瀑布从天而降，大有“飞流直下三千尺，疑是银河落九天”之势，此时，看瀑布你还用去庐山吗？一棵古树几人方能合抱，竟被雷劈伤，半桩挺立，半桩拖曳，而又嫩枝勃发，生命无限，真一奇观也！如此之奇，你还用去黄山看松吗？朋友对我说，九畹溪河上保留有五座软桥，那是为了保护生态环境而保留下来，保存到现在的。我有兴趣去走过三座软桥，感觉很不错，如果要找飞夺泸定桥的感觉，大可来这里一走，晃晃的感觉有如悠悠的岁月一般。还有一壁悬棺岩，朋友动情地说，有9口悬棺木，你赶快拍照呀！我们用手机就拍下来的！于是，我赶忙取出相机拍了照，把这千古之谜装进了镜头中，我也要把这千古之谜向朋友介绍哩，这是原始生态的见证！

好啦，九畹溪的水是全自然的流域，九畹溪的漂流是开创性的事业，九畹溪的山色也会是让你钟情的美景。来吧，朋友，来看一看山，玩一玩水吧！一路尖叫，一路欢笑！一路兴游，一路高歌吧！

九畹开漂一路歌，
欢声尖叫激清波。
山情相伴春心动，
梦岭仙峦人醉多。

——自然的山水，恬静的心绪。

2017年6月29日

（二）长流溪水长流情

昨天晚上，大家谈论得最多的一个话题就是漂流。到了九畹溪漂流景区，朋友们又都去漂流了一趟，自然是多了共同语言，津津乐道，谈笑风生，那是十分正常而开心的了。

九畹溪瀑布

昨天我已说到过，九畹溪是开创了全国自然水域漂流的先河。在九畹溪漂流是大可放心的。但什么是漂流的最好境界呢？大家还是议论很多。既然来漂流就是来寻找刺激的，寻找一声尖叫，一声欢笑的。有朋友说，船一下水，顺利到达终点，两个多小时的水上漂流，水急浪高，肯定是有刺激的，如此也就够有境界了。而有的朋友则不以为然。他们说，既然来漂流，不翻船是不过瘾的，翻了船而又没出安全事故，那应该才是最高境界了。我还是比较欣赏这种说法的。

昨天是初漂，朋友们的船不少都翻过。张老弟和云丫的船就翻了，他呛了几口水。他对我说，呛水的滋味真难受，但翻船的感觉还是很不错的，那上10米高的水位落差，船被浪砸下真爽！自己又偏重，云丫又偏轻，船无法平衡了，翻了。不过还是值得的，这也是一种难得的经历和体验呀！云丫也有这种感觉，翻一下，会记忆一辈子的。梅子的船也是翻过的，她直接把感受发到朋友圈里了："漂过流，翻过船，通透多了！"她说得多潇洒呀！是在这翻船中享受生活哩！

九畹溪一角

在这众多的翻船者中，西楼友算是比较惨一点的，船翻了，人落水了，还被水呛得昏了头。不过，别怕，有水手哩，几名水手眼疾手快，赶忙把她拉出了水溪。还有好心的游客哩，游客把她带去另一条船上了，然后都安全地漂走了，直达胜利彼岸了！这是多难得的经历呀！谈起这事时，她是最有话语权的！

是不是漂流就一定要翻船呢？也许是公说公有理，婆说婆有理的。而我要说的，朋友，还是你自己来体验吧。你放心来吧，九畹溪是自然水域，水质好，安全系数又高，你怎么不来试试呢？你亲身体验才是最好的说明，也才会是你一生中最可贵的记忆！

长流溪水长流情，
一路漂行一路歌。
急浪险滩多乐趣，
闯关射虎任蹉跎。

——人生之乐，乐在奋斗中。

2017年6月30日

（三）突兀山势傲苍穹

前天，在九畹溪景区，我没漂。主人是邀请了，是我主动放弃了。我是想沿溪走走，看看河岸风光。看来，这一放弃还是值得的，跨河的软桥，隔岸的悬棺，以及飞湍的瀑布都让人颇生感慨，我兴之所至，得了几首诗，大家也可看看，指导指导：

题九畹溪软桥

自古软桥身弥坚，
南来北往乐蹁跹。
而今风韵犹相在，
绿树荫翳踏步喧。

致九畹溪瀑布

沿溪趋行好爽凉，
骤听水溅伴花香。
瀑布似从天外下，
一波长练达心房。

第三首则是写棺木崖的，那里深藏 9 口悬棺。也读一读吧：

千古崖藏千古谜，
悬棺九口费猜思。
友朋难尽春秋事，
隔岸仰观人半痴。

不知朋友们是否和我一样有些感受。

昨天到圣天观，我却是被动放弃了。早餐后同行问我去不去圣天观，我一口道："去！"我是信心满满。我在想，前年我照顾老伴期间，我的身体状况也很差，还在黄山走了一趟呢。今天上圣天观应是没问题的。况

九畹溪圣元观山势

且我也很想上山顶看看。“无限风光在险峰”吧。我带了相机，带了茶水，装了包就和大家出发了。岂料，真有问题了。走了400来级步阶，好像心律突然变得快了，太快！人一下子有点不适应了。我想休息下。这是被动作出的决定，自然就有些尴尬。田丫接过我的包背上了。朋友们也对我说，您先休息会，慢慢再上。这时，朋友们都往上攀去。天也太热，我休息会，往上又走了200来级，到了与盘山公路的交会处，干脆坐下来歇息了。

不一会儿，有同行下来了。他们说，他们比我大约多走50米，也不想上了。看来，登山的确是需要条件的，这也正如我们办事，光有信心不行，还得有硬件，有资本。这时的我是很羡慕这些年轻的朋友的，他们多有资本，多有本钱呀！大约有10多位朋友上山了。他们从山上拍回一些照片很令人羡慕。天一说，上山的队伍中他是20世纪50年代生人的唯一代表。不错了！他也安慰我说，山上根本就没有路，既无拉索也无扶手，杂树丛生，非常难行，你没上去也是对的。其实我是很想上去的。看来，“越是艰险越向前”只能是说说而已了，没有好的身体哪行！所以年轻的朋友们现在要珍惜呀，不要过度消耗资本呀！

不过昨天我还是有收获的。我没有从原路返回，而是顺着盘山公路而下的。在一个弯道处，我听见山上的鞭炮声响起，我也便静静地站在那儿，默默地听着鞭炮声响过，表达了我对大山的敬仰之情，表达了我的虔诚心意。

九畹溪鸽子花

后来走着走着，我看见山坡上一束百合花开了，让我心中骤然一震。前日我的一个采访，正找不到突破点，这束百合花会不会给我一些帮助哩？我这样想着。

没想到下山后我又有了另

九畹溪一号

外一份欣喜哩。我担心我上山的感受短路，马上写了一首诗存在微信里，可片刻之后，便收到枝江市一位作者朋友俊梅老师发来的和诗了：“崇山峻岭腋生风，万壑千沟欲展鹏。飞瀑名泉绕名观，嫣然一笑住仙翁。”是啊，她说得很对！九畹溪是醉人之地，是值得大家来云游，来仙居，来漂流品玩啊！不仅仅是我要来，是希望大家有机会都应来呀！来吧，朋友，来享受“九畹开漂一路歌”的喜悦！

而我写给圣天观的一首诗是这样的，有兴趣的朋友们也可读一读吧：

突兀山势傲苍穹，
神似云霄舞大鹏。
名观圣天人仰敬，
虔诚客旅祈南风。

——有山有水，自有灵性。

2017年7月1日

第四辑　风雨迹陈

骊马三峡嘶远鸣

——来自湖北宜化（集团）股份有限公司的报告

这是一篇旧稿，当时受宜化集团党委所邀，去作了实地调研采访，完成了此作，记录了他们改制的风雨历程。此后不久，宜化集团班子作了大的调整，由蒋远华出任集团董事长。

（一）飞峙高塔　三峡·宜昌

沿着318国道向着这世界瞩目之地奔进。当你进入猇亭区之时，便会被一座高高的造粒塔吸引。

塔上大书8大字：振兴宜化，争创一流。这就是湖北宜化（集团）股份有限公司所在地。记得一首诗中曾经写道“车行宜化撼心神，飞峙高塔灯闪耀”。驻足宜化采访，定有更切身的体会：造粒塔高、合成塔高、甲醇塔高……宜化（集团）股份有限公司俨然就是在这古战场上矗起的一座“高塔”！

2000多年前，这里曾发生过一场震撼世界战史的“夷陵之战”。三国鼎立，吴蜀相争、陆逊火烧连营，这里夷为一块平地。然而，历史一改旧貌，悄然兴起了一座现代化的“化工城”，它“笑断大家镝”。

宜化人向我展示了一份资料：

宜化（集团）股份有限公司原名宜昌地区化工厂，始建于1977年，1981年6月投产，原设计能力为年产合成氨1万吨，总投资1360万元。经过12年的艰苦创业和全厂职工的团结奋斗，经济效益蒸蒸日上，产品产量年年创新，合成氨生产能力由1980年的1万吨/年扩大到现在的8万吨/年，增长7倍；总资产达1.4亿元，是建厂时的10倍，职工人数增长3.5倍，其中大中专生增长了10倍，达到684名（其中大专以上227人）。目前，宜化已拥有年产8万吨合成氨、6万吨尿素、10万吨碳铵、2万吨精甲醇、2万吨甲醛、500吨液体二氧化碳的生产能力，并集科研、教育、生产为一体的中型化工联合企业，步入全省200家大企业的行列。

宜化人坦诚地告诉我，他们的发展经历了三个阶段：其一是1981年至1986年稳定生产阶段；其二是1987—1991年调整发展阶段；其三是1991—1993年结构调整阶段。也许，这种划分有一定道理。但我知道，建厂之初，企业是“走麦城”了。1987年以后，企业是欣然一展“过五关斩六将”的风姿，出现了超常规发展的好势头。他们先后实现了4次大的飞跃：“一改二”（合成氨生产能力由1万吨/年，改造成2万吨/年）“二改三”“三改六”“六改八”，生产能力迅速扩大，经济效益和社会效益逐年看好；合成氨产量平均增长速度达到37.38%，销售收入平均增长速度达到44.76%，利税水平也做到了同步增长，先后被化工部、省、市（地）授予“全国增产化肥突出单位”“经济效益先进单位”“节能降耗先进单位”“企业管理先进单位”“创利税大户”“全国小氮肥评比第一名”“双文明建设先进单位”等荣誉称号。

在总工程师室，覃总工程师给我数说了一笔账：按常规，国家投资建一座这样规模的化工企业，占地在90公顷左右，需资金近4亿元。可是，宜化却奇了！这座“高塔”占地仅40.7公顷，国家只投入了不到700万元，700万和4亿万是多大的比差啊！这奇是宜化人心血的凯歌！

总经济师还告诉我一个更让人震惊的事实。他向我摊开了一本资料：《成本骤升效益日降——化肥企业告急》《化肥缘何失“宠”》《湖南化工第一家——邵阳县氮肥厂破产》《利税难抵水电涨价每天亏损四万多元——×××化肥厂被迫停产》《身有万般“武艺”难抵价格冲击——××化肥厂亏损也增加》《来自河南的调查报告——化肥企业告急》……一个个醒目的标题吸引眼球。无须问，字里行间向我们透出了一个痛心的信息：全国化工行业被迫至“山穷水尽”困境。在全国化工工作会议上，又抛出了这样一个数字：“全国小化肥行业亏损达80%以上！”全省情况也不例外，一份分析资料透露：全省66家小氮肥厂，就有44家亏损；郧县关厂、沙市、通山转产，黄梅、松滋、监利破产……而盈利企业仅有22家，盈利百万元以上的就只寥寥6家了。

而宜化呢？产量不断刷新纪录，销售收入和工业总产值将突破亿元大关，均比去年同期增长 60% 以上，全年实现利润可望过 2000 万元，居全国同行业前列。

无怪乎人们在说：宜化人在创造着奇迹！

是的，十几年来，宜化人在用他们的勤劳和智慧垒筑着“高塔”！

短短几年，一个名不见经传的小厂一跃在全省、全国有了自己的一席之地，怎能不让人高兴呢？

士别三日，的确当刮目相看。宜化在变，变得使你耳目一新。陈以楹，这位风度翩翩的学者，化工部确认的 100 名专家之一，在离休前他到企业来过，不到半年，他又从珠海来到宜昌，到企业一看，竟然惊住了：“没想到，不到半年，你们的车开得这么好！”他不住地夸赞他们，并十分欣喜地接受了宜化人的聘任。

宜化人自己呢，也由衷地对企业有了厚爱。

一位姓贾的姑娘，她很腼腆，但她侃起她的企业来，却那么兴奋：

我为我的企业而自豪，
我为她迅速腾飞而辛劳；
我为她奉献出最诚挚的爱，
用我们的双手为她裁出最美丽的衣裳……

这是一个薄雾轻遮的清晨，宜化人送走了近几年来应征入伍的第四批兵员。临走，一小伙子两眼湿润润的，我赶上去问他：“现在，你最想说的一句话是什么？”

“我真有点舍不得离开我的企业……”

也许，没有比这再质朴的语言了。宜化，这座“高塔”已经垒起来了，兴新的化工城有了规模，不论是走的，还是留的，不论是聘请的，还是引进的，是大家塑造了她的今天。

一筑宜化塔飞峙，
阵阵凯歌响入云。

由然，我有了这样的诗句……

（二）涌潮荆虎

水出三峡，其势汹涌；如一匹烈马腾奔，又似一条长龙跃起，竟然在荆门、虎牙两关之前卷起了千顷巨潮，大有使过往船家谈“关”色变，谈潮心惊之势。可“王浚楼船连昏月”，汉代的王浚却借潮助波，写下了“过关斩将”的不朽战史。

而今，这里又涌起了另一股大潮。这是改革的大潮。宜化人就是弄潮人。“东方风来满眼芳”，当我国改革的总设计师邓小平南方谈话之后，这潮被弄得骇地惊天。

4月，春寒料峭。宜化却热气蒸蒸。厂区内，几条醒目的标语《股份制是对私有制和传统公有制弊端的扬弃》《股票投资是智慧和才识的竞争、勇气和胆量的较量》《一股在手，终身受益，同股同利，风险共担》向人们昭示着一个事实：原来的化工厂已改制为股份制企业。每天来买股票的车辆数百台，来买股票的股民数以千计。此时，天飘着小雪，还夹着细雨，可宜化被股民挤得水泄不通，喧闹非凡，俨然是一个节日的闹市。关心宜化的股民是太多了。

一家大报的一位记者，风尘仆仆地来到这里，他拿着一份报纸，找着了企业负责人，对他们说：

“这《宜化兴起股票热》几千字的文章是我采写的，文章发出后，打电话找我的人太多，希望从我这里买到你们的股票，我不能对这些关心你们的人扫兴，这样我便又赶到这里来了……”

是的，企业的兴旺和发展是离不开社会的关心和支持的。人们究竟能不能买到宜化的股票用不着去深究的，但我得知，宜化人正在用他们的热情和智慧回报着关心和期望的人们。

1993年5月16日清晨，张永正同志带着企业负责人踏上去广深考察的路程，这是迈向股份制企业的第一步。他们是冒着大雨起程的，却是沐着阳光归来的。张永正，这位“不甘寂寞”的老大学生，他是学土壤化学的。他不仅懂得怎样改造土壤，作为一位领导干部，他更明白“改革出生产力”的哲理。1987年他辞去化工局副局长的职务，到厂任职，以他“立马弄飞雪”的胆识，使这一濒临倒闭的企业焕发生机，走上振兴、超速发展之路。后来，虽然到宜昌市经委当上主要领导，但企业的兴衰存亡仍然萦绕在他心头。在深圳，他和同伴们一起考察了宝安集团这家颇有影响的股份制企业，他们从那些员工发自肺腑的“企业万岁”的口号声中得到深深启发。股份制是建立现代企业的重要举措，是企业走向市场，在市场的大潮中破浪远航的助帆风。宝安集团的事业是靠股份制发展的；宝安集团的员工是靠股份制首先致富的；宝安集团的今天就应该是宜化的明天。宜昌化工厂一定要走股份制改造之路！他们一行人有了这样的共识。我作为同行的人，从他们的神情中也透露出信心。

6月，从南方归来，厂长王万修便又北征了。他是一位精力充沛的年轻人，他是“跑”煤跑出来的，他从那黑色之路上为企业跑出了绿色希望。现在他又开始“跑”股份制了。凭着企业的实力，凭着实干家们开拓事业的韧劲，凭着社会各界对宜化的关心，他们终于成功了。省委、省政府、省体改委、省经委、省计委、省财政、省石化厅，各部门的领导对宜化的股份制改造都很重视，也十分支持，争相给企业献计献策。12月16日（真巧，今天也是12月16日。当我翻看着省体改委文件时不由一阵惊喜），省体改委正式行文了：“经研究决定，同意湖北宜化（集团）股份有限公司为社会募集公司。”这一下，企业又跃身向前迈开了一大步！

证券办主任袁维金告诉我，到现在为止，全省批下的股份制企业是数百家，而社会募集公司仅7家，宜化却位居前列。“12月16日”是否是应了一个字：“六”呢？王万修说：“我们的工作很顺利。”“六六”该是大顺的啊！

一听说宜化改制成股份制企业，人们便潮水般地涌向这里。市建行信托投资公司来了，他们一出手就参入了1000万股；市供电局来了，市三峡工行来了，市农行来了；市工行信托公司、市财政、葛洲坝建行……纷纷来了；我知道，还有某航空公司，某铁路运输总公司也来了，还有台湾、香港的一些大公司也慕名来了，都要求投资入股。我身临其境，是倍感兴奋和鼓舞的。尽管有些热心的同志没能买上股票而有些不快，我是理解他们的。

8月18日，这又是一个吉日。宜化（集团）股份有限公司正式挂牌了。阳光是那么明媚，景色是那么宜人；而挂牌仪式没有鞭声、没有鼓鸣；没有请客，也没有发“包”。创立大会开得庄重而严肃。张永正同志亲自出任了董事长。不知道人们对这次创立大会将要作怎样的评说？我不由想到了鲁迅的一句名言：“于无声处听惊雷”。宜化人有他自己的独特风格和个性。

在座谈会上，各位股东代表说得好极了：

“宜化的历史是一部艰苦奋斗的历史。宜化有好的坚实的基础，有一支高素质的队伍，这些都是优势。我们是信得过的。”——一位股东如是说。

“公司的发展前景很大，建行一贯给予宜化以支持；我们就是冲着宜化的前景来投资的。”——又一位来自金融部门的股东代表如是说。

“这次会议作风不错，是一个好的开端；宜化为公司创立做了大量工作，付出了很多劳动，我们愿意为宜化的发展出力。”——来自电力方面的股东代表也如是说……

是啊，大家都有一个信念：相信宜化；大家都有一个心愿，愿意与宜化一道携手共进！

在一阵小小的寒潮之后，又迎来一个晴朗的冬日。今天，阳光格外温暖怡人。在宜化改制一周年的今天，国家、省体改委、证监委的负责同志又相继来到了宜化。深圳特区证券公司一位副总理也专程来到了这里。他们是来为宜化人股票上市作前期考察的。从他们的交谈中我似乎看到了希望所在，看到了又一个潮流涌来的明天。

说来，我是好不容易才会着了企业法人代表、总经理王万修同志。当我问询他对股份制改制后的体会时，他充满自信地对我说：“那就是8个字：如鱼得水，如虎添翼。企业将会像原子一样产生巨大的裂变效应。不信，你拭目看明年吧！”

从宜化的昨天、宜化的今天，我有什么理由不相信呢？

有人说，企业改制成股份制是从政府的肢体上彻底分离出来，正如一艘大船解开了锚的锁链……

我深信，既然锁链已经解开，大潮已经涌起，宜化这艘大船一定会弄潮舞浪向前飞驶的；正如长江水奔出三峡门，冲过荆虎关直向大海了……

春江潮水连海平，海上明月共潮生。

从这大潮中我看到了更加绚丽而辉煌的画卷……

（三）风动云池

“风乍起，吹皱一池春水。”

这是旧的诗话，然而却是新的事实。是改革的春雨洗净了宜化人旧的面垢，是改革的春风吹出了宜化人一个姣好的容颜。

在宜化驻地附近，有一个小小的地名：云池。相传三国时蜀国五虎将之一的子龙赵云曾在此屯兵，常借一池中水浇石磨剑，致使这剑铿亮如镜，削铁如泥，也因而有了长坂坡赵子龙单骑救主的伟绩。当然，我们是用不着去考证这一典故的真假，也用不着去探寻这一地理的所在，一踏上这片土地，你便会感到一股扑面而来的清新气息，会平添一股撼人心神的力量。

一进宜化，党委副书记卢进福同志便向我讲述了这样一个故事：

5月，公司决定新上烤胶脱硫工程，预计投资500万元，其中两套塔体概算为300万元。一天，机修厂的同志找到了总经理，要求接下两套塔体，而且表示利用部分废旧钢材加工，造价不超出150万元。决策者们欣然同意了。仅仅三个月时间，他们便按质交货了，还为公司节省投资近150万元。

这则故事，使我产生了浓厚的兴趣。这一转变的真正原因在哪里呢？——在机制！

企业要走向市场，这是大势所趋，历史的必然。企业内部是否也有个市场？这是很多理论家在探讨的重大课题，宜化人却用实践回答了它：有！企业应当是一个偌大的市场！

1982年，宜化人经受第一次改革洪波的洗礼，初尝了承包的甜头；1987年掀起第二次改革的浪涛，大精减，大换岗，打破铁饭碗，宜化人有了较强的危机意识；现在第三次改革的洪波曲奏响了，宜化人又经受着新的考验。

“一切能甩向市场者则甩向市场！”公司决策者果断地作出了决策。

首当其冲的是营销部门。公司明确决定：走向市场的目标——确保基价销售，月三项资金占用只能是700万元；走向市场的形式——全额承包，产销之间也成买卖关系；走向市场的途径——路靠自己去闯……

“一石击起千层浪”！企业顿时骚动起来，有人有了非议。

不过很快企业又平静下来。经营部门被甩出去了；机修厂被甩出去了；运输公司被甩出去了；后勤服务部门被甩出去了；医院、幼儿园、娱乐厅、文印室……一个个都被甩出去了。

元月12日，大雪纷飞，职教中心却充满着一片盎然春意，尿素车间利用大修空隙开始竞选自己的班长了。80多位职工静听着15名竞选者的演说。一番工作之后，在一片热烈的掌声中，5个“兵头将尾”的岗位被争去了。

“竞选班长是我们公司的新鲜事，能开创这个先例，充分说明决策者首先从思想观念上进行了彻底改变。一种新的选拔人才、培养人才，有利于提高劳动生产力的科学机制正在形成。今天，我在 80 多颗心的热情鼓励之下，第一次站在这儿竞选班长，不论是否成功，我永远忘不了这个日子，我是在用行动证明我对改革的态度……”

竞选者都这样说。这不仅是凭着那一股热情，更重要的是他们在用改革的精神紧追着时代的车轮。

是啊，变“要我干”为“我要干”，这不仅是一个词序的颠倒，而是一种观念的更新，是时势造就的啊！

企业是在悄然发生变化：人人身上都有了指标，有了责任，也有了危机感。传统的办事程序被打破，取而代之的是价值规律在起作用；传统的分配形式被取消，铁饭碗被砸碎了——大家都在考虑“生存”这一自然法则了！

生活服务公司经理邓红义，向我介绍了一些很有价值的情况：

且说食堂吧。过去很有点“公社化”的味道。宜化每年贴进 100 多万元，现在变了，公司取消了补贴，餐饮部每年还要上交数十万元。在装饰一新的三餐饮部，经理谭华勇和他的员工们忙进忙出，风风火火的，来进餐的人也总是络绎不绝，人们都说吃得满意，但我想这“好”该是用微笑换来的。邓红义还自信地对我说：“我们的第三产业已不是过去家门口的第三产业的概念，在大都市我们已选择了突破口，竞争浪潮正在那里兴起哩！”

——看来，竞争意识是更强烈了！

在计划经济时代，各部门是只管生产不管成本的，现在，不一样了，成本管理的地位明显提高，“车间主任都成了成本会计。”财务部的同志说。压缩车间隔离活性炭用的纱网，原设计是不锈钢的，“能否用塑料网代替呢？”他们大胆一试，效果更好，而且费用大大降低。压缩车间主任代本权给我算了算说：“仅这一笔，全年可以少付成本费用 1 万多元。”“不积细流，无以成大海”，成本观念在增强，应该说是一个大的进步！

十分奏效的，还在于员工的精神面貌大变了。说及此事，各部门的同志都很兴奋，都可以扳着指头给我细说一件又一件事实。

“就说阀门吧，过去只要有一点不顺意的就拆下扔掉，现在在哪个废料堆都找不着。记得前年有两个旧阀门被维修工扔在变换炉下的土坑里掩埋了两年，不想，前几天又看见它俩，很奇怪，细问，才知是维修工像挖宝似的又给挖出来，修好了……”这是净化车间主任曹玉华向我讲述的一件小事。

是啊，宜化在迅速地变化着。机制一变，一切都顺理成章了，无序向有序发生了质的飞跃。

今时，社会上流传着这样一首《好了歌》：

大家都说改革好，改到自己就受不了；
大家都说下海好，轮到自己就不干了；
大家都说竞争好，竞争到自己头上就不愿了。

看来，这歌在宜化是已逐渐失去了市场。宜化人早已投身改革，挂起了风帆，卷入了竞争的洪波里……

又一天拂晓来临，起床号打破了清晨的宁静。片刻之后人们打完“卡”，走向了各自的岗位，这里变得更加寂静起来。

我伫立在这静静的世界里，却蓦然想到了另外一首歌——《大风歌》：

大风起兮云飞扬，
威加海内兮震四方……

风吹吧，云飞吧，震撼海内外的日子来临了……

（四）齐唱风仪

春日曈曈。春风徐徐。宜化人迎来了一个太叫人难以忘却的日子！

1992年3月6日。6万枚鞭炮“噼里啪啦”响动，6万只气球一同喜盈盈升起，6万只信鸽相继扑腾腾飞出，共同传递着一个令宜化人骄傲的信息：宜化人建设的6万吨尿素工程一次开车成功！并以高速度、高质量、高技术、低投入创下了全国同类项目的样板工程！

宜化人所建设的6万吨尿素工程历时仅仅12个月，比全国同等工程建设平均时间（23.7个月）提前近一年，每吨尿素所用投资额为517元，比全国同行业同等规模装置所用资金少200元以上。这该是多么可喜可贺的大事啊！在投产剪彩仪式上，国家计委、化工部原材料投资公司、建行总行、省委、省政府、石化厅等单位纷纷来人来电来函向他们表示了衷心的祝贺。2月28日《人民日报》未惜版面，在醒目的标题《宜昌地区化工厂创全国样板工程》下向海内外人民公布了这一事实。3月17日《经济日报》和3月13日《中国化工报》也相继发出了宜化人创下样板工程的消息。

我曾听说了一个传闻。有一次化工部曾在杭州召开项目衔接会，却没有通知宜化参加。宜化还是派人去了。他们作为会外代表比正式代表更忙，参加会议更认真，人家去逛西湖，他们还在逐家拜访。会议结束，他们高高兴兴地把项目拿上了手。

在宜化，我拦住了副总经理马建清同志。这位毕业于武汉化工学院，时年28岁的尿素工程建设副指挥长却回避了我的问题，但他很自豪地告诉我，项目当时没有列入国家“七五”计划，但是各级领导却给了他们极大的支持。他说得轻松极了。但我知道，是他们用“沉重”的工作换来的！而且，这项工程已足以向人们证实：宜化人追求技术进步是有毅力、有实力的！他们在创造着追求技术进步的高速度、新奇迹！

蒋远华，这是又一位武汉化工学院毕业的大学生，年仅26岁，却已走上公司领导岗位，指挥着全公司的生产。人们说，他是踏着“技术进步”的路进步的。不假，1988年，他毕业后，以优异的成绩分在省环保局，他却自己跑到宜化来了。一来，他就担任了“三气”（驰放气、贮罐气、吹风气）回收的改造项目。这个项目从主观上讲可以形成合成氨系统蒸汽自给，保证废气不排放，并利用废气产生大量蒸汽，取得良好的节煤效果。但是像坐惯了板车坐轿车也不舒服一样，操作工如果不细心操作，弄得不好，还会造成整个系统爆炸。因此，多年来，国家有关部门也是吃不准，是否应着手推广它——正像吃西红柿，谁也不愿意先咬一口一样。他却大胆地承担了这一项目。他对造气流程作了大型改造，配风自己设计，燃料炉自己设计，因而较好地解决了造气阻力问题、设备腐蚀问题。起初操作工的确不愿接受，他便吃住在车间，整整蹲了40多个小时，一切都正常了他才交手。现在，实践已向人们证实：这套流程在全国是一流的；每年可节约燃料煤2万吨，节约原料煤1万吨（仅3万吨煤便是1000多万元的效益呀）！因此化工部向全国同行业进行了推广。

在指挥岗位上我找着了小蒋，和他进行了简单的交谈。当我询问他为什么没有申报国家专利时，他淡淡地笑了：“我们都是大学生，我们有一个长处就是比较自信，对于别人的东西从来都是在消化和理解的基础上加以吸收和应用的。因而，说申报专利，这几年搞技术进步，至少有10个项目可以申报。这几年，我们对煤、对水、对气、对电都进行了一系列的改造。人还是那些人，设备还是那些设备，可合成氨产量却增产 1.2 万吨，如果按甲醇的销售价折算，增利达 2000 多万元哩！”

他说的一点也不假。这几年，宜化人的确尝到了技术进步的甜头。就说能耗吧，与 1983 年相比，一吨合成氨耗电由 1700 千瓦时降到 1200 千瓦时，耗蒸汽由 5000 千克降到 400 千克，蒸汽自给率由 80% 提高到 98%，万元产值综合能耗由 2100 万大卡降到 1200 万大卡，这是多大的进步啊！又是多好的效益啊！这几年，宜化人之所以能立于不败之地，而且迅速发展壮大起来，不正是认定了这条路吗？

宜化人没有申报专利，这是事实。但我意外地知道，天津大学的专家们却为他们申报了一项专利——这就是《规整填料在 Φ1000 铜塔应用的新技术》。1993 年 7 月，以宜化人对技术进步的实力，对技术进步的执着追求，也以其在社会的影响，天津大学化学系的两位老教授李克勇、刘邦荣先生欣然来到了宜昌，来解决“填料在 Φ1000 铜塔的应用”这一全国性的老大难问题。在双方的精诚合作下，仅投资 55 万元，于 1993 年年底便获得了成功。1994 年元月投入生产，已累计省电 149.6 万千瓦时，节省蒸汽 13000 吨，创经济效益 106 万元。106 万元对宜化来说是个不太大的数字，但其社会效益却是难以估量的，难怪天津的专家们要为之申报专利哩！

采访中，我饶有兴致地来到了甲醇控制室。一到控制室我竟惊住了。

这是一套微电脑全自动控制系统——集散控制系统。在开发甲醇产品时，他们便遵照“高起点、新技术、现代化”的指导思想，大胆引进了美国利诺公司的关键设备，经过 2 个多月的攻坚，而成功开发了这套在全国独创的一流的控制系统。

总师办的同志在作详细介绍；操作员在认真而熟练地操作。荧光屏上不时地显示出红色的、绿色的、蓝色的、黄色的图案，那俨然就是一个五彩缤纷的世界。看着，我不由想到了另一个话题：这是完全可以申报科技成果奖的，也是完全可以申报专利的，他们会去办吗？在我国工业总产值增幅中，技术进步的含量要求达到 19%，而宜化呢，现在已达到了 58%，接近了中等发达国家的水平，能说这不是一个可喜的进步吗？我想，当冲出国门者则应冲出国门，当走向世界者则应走向世界！宜化，你就大胆地往前走吧！

在烤胶脱硫工地上。投资 350 万元兴建的烤胶脱硫改造工程已进入尾声，自制的 65 吨烤胶脱硫塔和 55 吨冷却清洗塔正在吊装。

我伫立在这儿，望着那塔在浑厚的吆喝声中，在粗犷的舞臂中迎着暖暖的冬日慢慢地升起、升起……

啊！终于又挺起了一座高塔！

我又进入了沉思：

尿素甲醇唱凤仪，
舞雪飘来皆捷报。

这是我留在宜化的诗句，看来现在要作新的改动了——

万方乐鸣唱凤仪，
才识绘出好丹青……

（五）鹰搏长空

“YH”是宜化（集团）股份有限公司的徽标。我知道这徽标是从上千张设计图案中挑选出来而确定的。宜化人告诉我，选中这徽标，不仅仅是“YH”是宜化二字大写字母头两个字的巧妙组合，使它静中有动，动静结合，更在于“Y”的变形，使它象征着一只矫健的雄鹰，搏击在云海浩浩的长空之中，意即宜化要飞出的三峡，飞出中国，飞向世界。

这一图案选得好极了！宜化，是一只鹰，一只敢于搏击市场经济云海的鹰！

12 月 26 日，当人们沉湎在对毛泽东同志深深怀念的日子，市委原书记张忠民同志来到了宜化，他极富兴致地谈了宜化初创的往事：

——为了批下“宜化”这个项目，他带着人整整在北京待了 42 天；

——为了买一台 8300KW 变压器，他直接找着了水部电部长钱正英同志；

——三台 4M8（3）压缩机是通过一机部部长周直见同志亲自批下的；

甚至，他还说到，要争取 1000 万元的建设资金，他和陈丕显、林少南同志一起去找了李先念……

然而，计划经济的时代已经过去。商品经济的大潮正冲击着神州大地。宜化人在观念上已发生了质的变化：“不找市长找市场”，“没有市场闯市场”成了宜化人的口头禅。

当晚子夜，一个来自安徽合肥的电话找到了总经理：“甲醇合成塔已经涨价，还买不买？”采购员急切问。

“买！坚决买！”王万修果断地回答了对方：“一要保证质量；二是保证时间。当前市场形势看好，必须迅速增强能力，适应市场需求！”

“板”很快被敲定了——在做市场方面的文章时，公司是绝不含糊的。

当前，市场形势的确看好，无论什么产品都出现了供不应求的局面，尽管价格上扬，竞相争购的人仍络绎不绝，公司招待所、附近的大小旅馆住满了采购员，停满了拖货车。公司一位小车司机对我说：“现在，‘行贿’还行到我这里来了。有一家公司的采购员要我帮他买一车甲醇，并说可以给好多好多的好处。”显然，这事是没有办。

然而，这种振人心弦的销售局面得来绝非易事啊！

主管经营的副总经理吴书平，要找着他是太难了。他陪了湖南的客人又陪江西的客人；陪了山东的客人，又陪河北的客人；送去了某铁路局的老总，又迎来了某境外的大款。

1993 年，为了打开销售局面，他带着人在外整整跑了 40 多天，逢山过山、遇水涉水，晚上跑车，白天工作；话说了几江水，苦吃了几大山……一个新产品开发出来需要人们接受真像走“蜀道”一般。用户是上帝，上帝是不太容易被感动的。那是一个星期天，天热得出奇，在翻越福建一座大山时，却又冷得难受，随行的几位同志竟然病了，但他们依然挺过来了。

终于，上帝被感动了！他们广泛地征求用户意见，取得了用户的信任；他们以赤诚之心联络感情，情感的纽带连得更紧了。他们跑了 40 多家用户，40 多家新老客户相继到公司来要货了。现在产品已畅销中南、西南、华南、华东、西北等地 20 多个省市，近 200 家用户，有些产品还被转手出境了。

谁也不会忘记，甲醇产品开发出来后，有一车是发往湖南的，起初对方总是用疑惑的眼光看着他们，不肯购买。他们像“程门立雪”般去劝说对方，请他们先收下，用后再付款，他们收了，用了。一用却惊愕了：这产品质量太好了——他们想也不曾想到！他们派人暗中到宜化公司了解，一看信服了：原来宜化是引进美国利诺公司集散系统控制的。这样他们辞去了原来的货主，专用宜化的产品了。这事，一传十，十传百，百传千，大家都一起涌向了三峡，涌向了宜化……

看来，“质量是企业的生命”这话一点也不假。宜化人深知个中滋味，他们是真正靠质量赢得“上帝”的。当我在尿素车间采访时，使我对他们有了更深的认识。

“第一是质量，第二是产量。”尿素车间响亮地提出了这样的口号。在全国，由于小尿素生产工艺上的先天不足，所生产的产品与大尿素存在着一定差距，宜化人硬是不服气，主任张晓华带领着技术人员一起成立了质量攻关小组。他们先后考察了十多家大中型尿素生产企业，并取回了样品。在公司领导和技术部门的支持下，先后对一、二蒸U型管、表冷下液管、动力蒸汽管、主线吹出管、蒸发喷射器、造粒喷头等十多个项目进行了改造或调整，同时在人的问题上大做文章，提高了操作工的操作水平，加强了质量监控系统的考核。这样一来，尿素的含氮量、水分、缩二尿含量、粒度、色度、粉尘等指标都优于了部颁标准，产品始终保持在优等水平。

“这是进口大化的产品，这是我们的产品，”在尿素生产办公室，张晓华和他的伙伴们一股脑儿摆出了十多个样品，并自豪地问我，“还有差别吗”？

是啊，我是没有办法区分的。他们是攻克了一道道难关，才攻出了这上乘的质量，才启动了一个又一个市场。据说四川有一家单位年初只想要他们的尿素2000吨，可全年硬是拖走8000吨，前不久他们的领导还专程来到宜化，要把供货会接到他们那儿去开哩！

“说到质量，还有一个重要的方面就是销售中的服务质量。”在和经销公司经理刘传华的攀谈中，他却从另一个角度回答了这一话题。他坦诚地告诉我：

在销售中，不论是老客户，还是新客户，不论是大客户，还是小客户，他们总是笑脸相迎，热情相送；

为了方便用户，他们还专门成立了运输服务分部，负责为各客户代办水陆客运输；

他们还对发出产品实行了全程保险，若有一差二错，他们将协助保险公司查证赔偿……

质检部门对质量关更是把得严严的。全公司近几年已投资700多万元，建立了4个质检中心，每一批产品出公司大门，都得经过严格的质检审验手续。而且在生产的每一个环节上大家都是一丝不苟的，总经理王万修亲自把质量握在手上。他告诉我：“‘产品质量是生产出来的’，这话在每一个岗位都是落实的；而且还有发展……”我实地看了微机监控系统，看了质检中心的各种手段，我是心悦诚服了。

难怪人们说，买宜化的产品买得放心，用得也放心哩！

冬天，对一些企业来说，常是销售淡季，对宜化的产品而言，也应该是它的“冬日”，然而，今冬的销售市场却似夏天般的“火热”。“会不会有一个假象呢”？这事引起了我的思虑和担忧。

然而，我错了。在一个明月朗朗的夜晚，王万修带着喜讯回来了。他欣喜地对我说：“1993 年实现产销率 100%，资金回笼率 100%，1994 年全部产品这次供货会都订光了，还没能满足大家的需求呀……”

这时，一些客户也闻讯围了上来。从他们那急切要货的神情中，我的疑虑完全消失了，是啊，我有什么理由再去担心呢……

看来，市场的确是个谜。不知是谁说的，不到市场不知市场有多大，一到市场便知市场有无穷大，也许这是真理。市场应该是浩浩的海洋，应该是寥廓长空。宜化就是一只矫健的雄鹰，一只敢于划过海洋，搏击长空的雄鹰！

徜徉在明月清辉里，不由得我又想起了这样的句子来——

大鹏一日同风起
扶摇直上九万里……

（六）骊马远鸣

采写在深入，时光在流逝。时间老人悄然迈进了新的一年。然而，宜化却早已叩开了 1994 年的大门；用心血、用汗水、用才智……他们望着更远更远的日子……

总经理王万修是那么自豪地对我说：“对于宜化人来说，1994 年将是一页全新的历史！产值、销售收入、效益将有可能再翻一个番，突破 4000 万元。”

1993 年度，他们筹集资金 3000 万元进行了十大工程改造：

——第二套粗甲醇 4 月投产；

——第二套精甲醇 8 月投产；

——2 万吨 / 年甲醇 9 月投产；

——5000 吨 / 年循环水 5 月改造完成；

——造气蒸汽过热工程 9 月完成；

——新上 8 万吨烤胶脱硫；

——新建紫荆岭煤场；

——扩建 100 万大卡冰机……

这些项目自 1993 年已全部投入运行，1994 年将要一展雄姿。王总告诉我，仅第二套甲醇投运，1994 年可新增效益 1000 多万元。

而且，这里还藏觅着最大的地方性投资项目：两个“亿”字号工程哩！一个 13 万吨尿素工程；二是 5 万千瓦热电工程。

1992 年 7 月国家计委批准 13 万吨尿素工程立项，同年 9 月完成可行性报告，11 月审定通过，12 月省政府行文批准开工。这个项目投资为 2.86 亿元。年效益可达 3800 万元。而且，目前上尿素正是一个机遇。过去国家每进口一美元尿素，财政补贴 3 元人民币，还免关税，现在这两项优惠政策都已取消，如果能在尽可能短的时间内投运，将是有大利可图的。“湖北省地下有油有盐，地上有粮有棉，再有尿素的话，日子会更甜！”人们都是这样说。我相信，这是一个机遇。

1992 年 10 月又一个机遇向他们迎面走来。全国节能工作会议在宜昌召开。他们得知这一信息，主动接下了会务。会中，他们了解到全国热电发展的方针，然后作了权衡，当即向有关领导提出了要求：宜化要办一个 5 万千瓦的热电厂！他们有很多理由。他们的理由终于使领导信服了，也使专家们信服了。在全国小热电厂投标企业中一举中标，1.69 亿元，年利税可突破 3000 万元。

在副总经理卢进福同志的引导下，我来到了前方工程。滨临长江，好大一片平旷之地，整整 350 亩。“不看不知道，一看吓一跳”，谁看了谁都会惊赞不已。一座每日处理水 30 万吨的水厂已褪去建筑时的残妆，向人们露出了笑容：尿素工地前方指挥部正式行使着它的指挥功能；电厂工程土建已进入尾声，主要设备正相继到位……

“这里已投入 5500 多万元。而且资金正陆续到位。下半年可竣工发电。”卢进福给我作着介绍。

论发展，宜化是有得天独厚的优势，三峡的兴建，给宜昌带来发展的机遇，这是众所周知的。宜化还有着她自己的独特优势。离长江仅 150 米，50 万吨级深水港码头即将兴建；318 国道横穿企业而过；宜黄高速公路、焦枝铁路二线分左右两侧擦企业前行；正在兴建的黄龙寺国际机场距公司仅两公里之遥……一个水陆空立体交通的汇集点。

“为了企业的发展，我们在人才上也做了充分准备，仅 1993 年就进大中专生 300 多人，从中我们挑选出 70 多人送到浙江嵊县热电厂培训学习，不久之后，他们将学成归来，为宜化输送能源，为三峡输送能源。”

卢进福同志会心地说着，我也会心地笑了。

三国之时，蜀魏吴鼎立相争，使天下裂变，动乱不定。但自然法则告诉我们：三角形具有极大的稳定性；三足鼎立，可以确定一个面，可以支撑起一个庞大的世界。“我们的发展就是靠三足鼎立来求得发展。”总经理王万修向我道明了又一个发展的硬道理。

不言而喻，他所说的三足鼎立，即是：老 8 万吨合成氨系统发展甲醇、甲醛精细化工系列；新 8 万吨合成氨系统，发展 13 万吨尿素；5 万千瓦热电联供系统。并依托这三“足”来开发系列产品。在他们的发展蓝图中我知道，近期要建的还有 30 万吨炉渣水泥工程、10 万吨立方米加气混凝土工程、彩色多形体装饰砖工程……覃总还告诉我，还有一批产学研项目在积极酝酿中……

总之，他们要通过这三“足”来支撑起一个集无机化工、有机化工、建材、机械、热电、供水、运输……为一体的大型企业群体。“八五”末实现销售收入值 5 亿元，利税 8000 万元，“九五”末实现销售收入 10 万元，利税 2 亿元。

董事长张永正，最近更是忙得不可开交，10 天之内跑了两趟北京。第一次他是去会韩国的一家大老板去了。那位老板看中了三峡，也看中了宜化，他们要和宜化联手再建一个 25 万千瓦的热电厂，投资将接近 10 个亿人民币。这的确是个大项目，也是一件大好事。张永正去了，谈了，而且谈得很开心、很痛快、很投机，合作的希望在即。他是凌晨 3 时回到宜昌的，可来不及睡个安稳觉，一纸电报又把他躁动了：北京某部要给 13 万吨尿素投入一笔十分可观的资金，事不宜迟，他来不及给企业多交代几句，又北上了……

三峡，有着她美丽的过去，也将有一个更加辉煌的未来！

同样，宜化创造了她不平凡的昨天，也将开拓一个更加绚丽的明天！

聆听着宜化人的各种故事，细品着宜化人的宏伟蓝图，我有了这样的心愿，我想这应该是我们大家的共同心声：

腾跃三峡惊广宇，
骊马宜化嘶远鸣……

1994年2月

滚滚峡江水东流

——电视专题片《前进中的宜昌地区工业》解说词

长江，一条多么神奇的水道。她从万里云天呼啸而来，撞开夔门，截断巫山，冲出西陵。这时，她竟变得坦荡了，温驯了。

别以为它留给人们的是心酸和艰涩，是梦幻和思索；它留给人们的也是力量、是勇气、是智慧、是才干，当历史翻开新的一页时，更是一篇篇脍炙人口的佳话。

今天，我们给大家介绍的就是长江在这里所孕育的 21300 平方公里土地。所哺育的 330 万儿女在工业建设中所创造的业绩。

宜昌地区，上连巴蜀，下接荆襄，南交湘澧，北衔神龙。所辖九县：宜昌、宜都、枝江、当阳、远安、兴山、秭归以及长阳、五峰两个土家族自治县。人讲，这里是一块神奇的土地。这里有三峡之英西陵峡，楚山之冠玉泉寺。世界文化名人屈原出生在这里，我国古代美女王昭君也出生在这里。

大禹在这里显过奇功；

诸葛亮在这里留过佳话；

白居易、苏东坡、欧阳修、陆游等历代名人曾在这里留下了千古传唱的诗篇。

这里曾是三国古战场。你们听到了那激昂的进军鼓点，似看到了那熊熊的狼烟战火。

伟大的地质学家李四光青年时代曾来宜昌作过认真的考察，并将这里命名为“黄陵背斜”。在黄陵背斜核部的南北两侧已发现 40 多条含金石英脉矿带，确是“黄陵背斜有黄金”。

据探明：可供开采的矿产达到49种，矿点463处。大型富矿有14种34处，磷、金、铜、铅、锌、钒、石膏、石灰岩等矿储量之大、品位之高在全国是少有的。

可供开发的河流有99条，香溪、清江流量十分充沛，地域总水量达到4700亿方。年均径流量为160亿方。

可供利用的森林达到1809万亩，积材达到1580万立方米。

“一年好景君须记，最是橘黄橙绿时。”柑橘、猕猴桃、香菌、木耳、茶叶等丰富的土特资源也是全区的骄傲。

交通，在这里也呈现出它的优势。区内现有两个机场，长江通过全境230多公里。横贯东西，上到西南，下到华东；焦枝、枝柳铁路纵穿南北，把华北和海南联成一线；又有枝城港口、宜昌港口，可以畅行无阻。

多美的地方！多富的条件！多好的资源！然而她沉睡的时间太长了。

可怜啊，1949年，全区的工业产值仅仅918万元。难怪有人讲：春风疑不到天涯，山城二月不见花！

但是，那已是过去的事了。忽然一夜春风来，峡山处处杜鹃红。党的“向四个现代化进军”的号角震撼了宜昌。

党和国家领导人，对这里的建设和开发十分关心，先后来到宜昌，指点江山，规划蓝图，展望“高峡出平湖，当今世界殊”的美好前景，给全区的工业建设指明了前进的方向。

远安县嫘祖故里一景

国家重点工程，长江葛洲坝水利枢纽工程在区内建立，为全区的工业建设带了个好头。

军工企业和科研单位在这里建厂建站，其齐全的设备，精湛的技术，拥有的人才成了全区发展工业后盾。

宜昌地委、行署的工作重心很快转到了以经济工作为中心。

人们开始大干了，“利用地方资源，大办地方工业”的口号在全区响起。

水不再白流了，它顺着人们的意愿流向了它该去的去处。人们充分发挥自

己的聪明才智。开山引水，修渠建坝，一座座小水电站拔地而起。

兴山是王昭君的故里，香溪是昭君进宫时洗过手帕的地方。她入宫后，深深怀念她的故乡。据说，这盛开的鸽子花便是她的精灵。现在，她一定可以放心了。全区已建成苍坪河、天福庙、香客岩、九湾溪等大小电站 433 座，装机 17.2 多万千瓦。发电量达到 4.0718 亿万度。兴山和长阳跨入全国首批一百个农村电气化县的行列。有了电，家乡变得更美了；有了电，家乡人民的生活也发生了质的变化。谁能想象会在这里修路？

“上有六龙回日之高标，下有冲波逆折之回川。黄鹤之飞不得过，猿猱欲渡愁攀援。”崇山峻岭何盘盘，百步九折萦岩峦。

但这里必须有路！

交通。是工作发展的先行官。工业的发展对变通的发展提出了新的要求。

修路大军上山了！

疏航大军下江了！

一道道隧洞被打通；

一座座桥梁飞架；

一段段暗礁被排除；

一条条道路被辟开。

全区共修筑公路 5855.86 公里，架设桥梁 673 座。打通隧洞 8 处共 1503 米。专业民用车发展到 8074 辆，客运车辆发展到 1606 辆，船舶发展到 704 艘 63094 吨。

为了提高公路养护质量，人们还潜心于太阳能沥青池的研究，并取得成功。填补了国际太阳能热应用技术上的一项空白。

你再也用不着“扪参历井仰胁息，以手扶膺坐长叹”！

你再也不用去嗟叹“行路难，行路难”“畏途峻崖不可攀”！

“多歧路，今安在！”

这下好了，电站的兴建，道路的疏通，给全区的工业插上了腾飞的翅膀。

看吧，人们干得多欢啊！

抹一把汗水吧，再进钻。

千军万马上山去。打响了向矿山索宝的人民战争。全区已建成香溪河、清江河等煤矿，年采煤已达 230 多万吨；已建成殷家沟磷矿、樟树坪、盐池河、桃坪河等磷矿，年产已达近百万吨；已建成罗家淌、黄家河、下堡坪等硫铁矿，年产近 13 万多吨。

采金业在全区也蓬勃兴起了，1985 年，全区群采金量达到 2500 多两，成为全省的头块牌哩！

随着采矿业的发展，全区化工和建材业也迅速发展起来。

全区办有 7 个小氮肥厂和两个磷肥厂，并不断挖潜改造。小氮肥的能力均由原来的年产 3000 吨扩大为 1 万～ 2 万吨。当阳县化肥厂多年来，总是把支农服务作为自己办厂的宗旨，坚持使用了添加剂，虽然增加了成本，但稳定了质量，求得了信誉，做到了产销两旺，一举成为全区工业企业利润最高的企业。

位于枝城桥头的宜都化肥厂注重内部挖潜，不断在节能减耗上做文章，增强了企业活力，与当阳化肥厂共同跃进全国小氮肥厂百面红旗单位的行列。地区化肥厂在省化肥厂的支持下，开发了新的产品——尿素，使产品有了更强的竞争力。

矗立在葛洲坝工程不远处的地区磷肥厂，是一个规模较大的企业。他们不断加强了企业内部管理，使磷肥含磷量一直保持在 13% 以上，成为全省“全面质量管理验收企业”。

为了更好地发挥磷矿的优势，近年来，全区又新办了远安、兴山、枝

屈原故里乐平里一景

江猇亭三个黄磷厂，在磷化工的深加工方面破了题，开了头。全区年产黄磷可达 1.2 万多吨，并且，产品刚刚坠地，就被外贸部门选中，列为全区的重点出口产品。

制药、制漆也是全区新做的一篇文章，丰富的药材和油漆资源被开发、增值。长阳制药厂、兴山制漆厂就依靠这些起家了。

说到建材，大家很可能把它与捏泥巴联系在一起，其实不然，人们早已从那种笨重的体力劳动中解放出来，全区已建成一大批砖瓦轮窑、页岩砖厂、灰沙砖厂。已建成十来座水泥厂。釉面砖、墙地砖、大理石等产品也脱颖而出，全区年产机砖能力达到 12 亿块，年产水泥能力达到 70 多万吨，与 1980 年相比，都增长了 5 倍以上。

经济体制改革的决定下来后，全行业如虎添翼更加活跃。枝江县第一砖瓦厂实行厂长负责制后，把厂管理得井井有条，当阳水泥厂郭可生同志揭榜承包后，立下了军令状，要使自己的企业在 3 年内迈出三大步，1984 年一条 4.4 万块的新线很快投产见效；1985 年又一条 4.4 万块的新线破土动工，1986 年评为建材工业部的先进企业，被称为干溪河畔的一匹骏马。

“对内搞活，对外开放”的方针，可给他们拓开了一条崭新的坦途。当阳大理石厂和当阳建材厂先后从西德和意大利引进了设备和技术，更新了产品。你看看这些翡翠般、玛瑙般光洁艳丽的产品，当会发出由衷的赞叹。

秭归县凤凰山一景

哟，这儿是哪儿！是一个繁花似锦的公园！不，可别误会，这是宜都伞厂的工人们正在检验出厂产品。

伞，人们并不陌生。它是一首古老的诗，伞厂的工人们就从这诗中捕到了灵感，又不断吸取了外来伞的制作方法，经过加工改造，使伞有了它自己的特色，成为同行业中一朵鲜艳夺目的新葩。

造型多有意思！它是枝江县江口工艺草帽厂的作品，省优产品。

设计多么精巧！它是宜昌县服装厂设计的，获全国服装设计奖。

旅游饮料要数秭归橙汁了。秭归橙汁厂就坐落在屈原纪念祠旁。北京金星饮料厂是她的联营厂。秭归，是我国的柑橘集中产地之一。早在2000多年前，屈原曾在这里写下了传世之作《橘颂》。秭归橙汁现以她特有的甘甜爽口，滋肺润喉，享誉北京、武汉、天津、上海等特大城市夏令市场。他们使脐橙增值了，屈原啊，你应该再写一篇《橘颂》了。

宜昌罐头厂在产品开发上也做出了好文章，1983年他们生产的312K糖橘子罐头获得省优，后来，又使水果、蔬菜、香菌等系列产品成为席上珍品，是全区的主要出口产品。

穿上这样的旅游衣，带上这样的旅游帽，再配一双枝江皮甘鞋厂生产的旅游鞋，携带一包鲜橙汁，去赏赏宜昌的山水，你一定更加心旷神怡，神采飞扬。

一位从北京出差回来的同志讲，他在北京某商场见人们在争相抢购什么，以为是进口的什么俏货，挤进去一看，都是枝江小曲和长坂大曲酒，这都是宜昌地区的产品。酒，过去并不丰盛，人们常责怪：劝酒好话难说，买酒好话也难说。现在可好了，全区已有了年产2.1万多吨生产能力，人均11斤，大曲、小曲、香槟、果酒、啤酒、露酒，可以说，要有尽有了，并且枝江小曲、枝江大曲、玉泉小曲、长坂大曲、三金酒、玉蝶滋补酒等产品在历届同行业评比中，盛名常在。我想，倘若杜康再世，也会赞叹不已。

喝吧，喝一杯庆丰酒，醉心头。

制茶在宜昌有着悠久的历史，远安“康苑寺茶”、当阳玉泉“仙人掌茶”、长阳佷山“鹊知茶”皆为历代茶中珍品，早在三国时期，便选为皇家“贡品”。

现在，茶业又以新的面貌展现在人们面前，五峰，素有“茶乡”之称，水浕司的“松针”“珍眉”等优质绿茶已为人们所垂青，“中国宜红茶”是全区的第一个省优产品，是外贸部门的重点出口产品，在国际市场上享有良好的声誉。

来到五峰深山，且去游览一下天池河山水吧。这座小小的花炮厂，他们生产的天池河牌花炮，其光焰若霞，醉人心田；其声响若雷，震人心弦。1985年，在轻工部举办的产品评优中，他们中彩了。

你知道当阳古城吗？

你知道长坂雄风吧？想当年，金戈铁马之时，三国名将张翼德曾在这里吼断坝陵桥，赵子龙曾在这里斗胆救孤，传下一篇篇历史的佳话。

“俱往矣，数风流人物，还看今朝”。当阳人民写出了崭新的诗篇！

一座座工厂如雨后春笋般在当阳新城拔地而起。1985 年，全县工业总产值达到 2.6 亿多万元，与 1980 年相比，竟增长 3 倍。1984 年和 1985 年，两年曾被评为全省先进县。

让我们从当阳烟厂的变化看看她的发展概貌吧。

当阳烟厂始建于 1978 年，当时，只有两台烟机，年产能力为 1 万多大箱，而且产品质量极差。人们咒它，“当阳桥烟酒味浓，长坂香烟吧不动。”然而现在不同了，当阳烟厂已有了职工 3000 多人，年产能力达到了 30 万箱，1985 年产值突破了 1 亿元，利税超过了 3000 万元，产品畅销全国 27 个省、市、自治区，成为全区最大的企业。

她，为什么有如此的变化？——我想，这答案是不用明说的。

近两年来，当阳烟厂在“开拓市场，争创名牌”上又迈出了一步，“金金龙”“金喜喜”“葛洲坝”“长坂坡”等香烟备受人们青睐。

当阳烟厂发展了。

宜昌雪茄烟厂也根据南北各客户需要，不断改进了品种，就味道看，有浓、中、淡三种；就烟形看，有长短方圆粗细各类，就质量看，在葛洲坝牌雪茄获省优后，黄陵、三游洞雪茄，宜昌方烟等在历次评比中皆名前茅，宜昌雪茄烟厂一跃跻身全国三大雪茄烟厂的行列。现在，他们又走上海师傅的指导下，开拓了“牛仔”“协力”“勇达”等混合型高级卷烟。

烟厂活了，也带活了造纸、印刷、印铁、纸箱、运输等一批企业。

长阳清江造纸厂可称得上是土家人民的骄子。他们不断完善企业内部的经济责任制，降低生产成本，提高产品质量，经济效益极大改善，他们的事业也如这清江水一样，不断向前。1985 年，该厂获得省人民政府授予的“企业整顿先进企业”的荣誉称号。

“晓曦”隐含着日出之意。坐落在晓曦塔镇上的宜昌印铁制罐厂也如一轮初日，有着极强的生命力。这精细的制作，美观的造型，该是博得多少个人的喜爱。自 1981 年以来，有 20 多个产品分别获得中南、西南片省、地包装装璜印铁制罐优质奖。

这原是一家街办的小企业，现在可也有点气象了，他们把纸箱和装潢结合起来，走出了一条颇为通达的路子，产品还受到了外贸部门肯定。

再回到长坂坡前吧。别看这厂可有气派，几年前，还是一家极不起眼的小厂。现在，他们从德国、日本等国家引进了先进的设备，形成了装璜、彩印的综合印刷能力。1985年，纯利润达到170多万元，与1980年相比，竟增长7倍多。他们的发展不能说不与背靠烟厂有关吧。

在激烈的竞争市场上，宜都厂、枝江钢制家具厂、枝江化肥厂、远安紫砂陶厂、当阳工艺制件厂、宜都厂等一大批日用轻工企业也迅速发展起来，成为经济振兴中的一支劲旅。

可谓"一龙腾起，百鸟争飞"！

纺织，是"六五"期间新兴起来的一项产业，尽管初创时期困难重重，但他们不畏困难，团结奋斗，逐渐走出了"谷底"成为全区工业的支柱行业。目前，全区已建成宜昌地区棉纺厂、宜昌地区针织厂、宜昌地区印染厂、宜昌地区色织布厂以及各县棉纺、织布、针织、毛巾、经编织物等厂家30多个，纱绽达6万多个，布机有1846台套，门类由过去的3个发展为10多个了。

拥有3万纱绽的宜昌地区棉纺厂，已基本抖落全身的"负担"，要自由奋飞在竞争的市场，是全区重点出口产品基地之一。

十分年轻的宜都棉纺厂，经过整顿，已显示出极强的活力。1985年，产值利税率、销售收入利润率、人均创利等指标在全省同类厂家中皆名列前茅。

坐落在猇亭镇上的宜昌地区印染厂是一个更加年轻的企业。当初，刘备兵败猇亭，可我们的印染厂却在这里振兴起来。目前，拥有一条以烧毛、退浆到丝光、染色、定型的现代化生产线，产品畅销东北、华北及云、桂、川、黔、赣等地。

瞬息万变的信息市场使当阳织布厂信息观念增强了，他们出了近50种信息报刊，并根据这些信息，1985年一年便向社会投放6个产品16个品种，皆受到欢迎。年内，仿毛西服被评为省优。

枝江是全区的棉花集中产地。"六五"期间，他们利用这一优势发展了一批纺织企业，开发了灯芯绒、床单、毛帆布、丝绸内衣一大批产品，同时也带动了服装、人造革等企业的发展，在

乐平里屈原塑像

一张白纸上画出了颇为好看的一画图。

远安，素有“垭丝之乡”之称。远安人民在开发垭丝上做出了努力。远安丝绸厂自1983年建厂以来，短短8年已以产品“轻、薄、软、柔”的独特风格，赢得了信誉，这朵开在远安深山的小花，其繁香早已飘到大江南北，融进人们的心中。

让我们把镜头从沮水之滨摇向清江出口吧。欣赏欣赏这里的又一朵纺织之花——宜都毛巾。

多时髦的设计！

连续三年成为省优产品。

1985年，又一个中榜了！

看一看销售分布图。哦，不仅全国各大城市有市场，而且还远销美国、苏联、加拿大、新加坡、香港等国家和地区呢！

宜都毛巾厂被外商称为信得过的产品，年出口能力达50多万打。飞银梭，走金线，织吧，再织出一片灿烂的朝霞，织出一个火红的前程！

在大力发展纺织工业时，机械工业也得到了相应的发展。经过几年的调整、整顿，机械工业焕发了青春，增添了活力，造船、拆船、轧钢等新的工业门类应运而生。工业泵、农用泵、榨油机、揉茶机、坦刮板输送机、小型拖拉机、电子稳压器、混凝土搅拌机、卷闸门等一批产品成为全区机械工业的拳头产品。

宜都运输机械厂是机械工业部的定点厂家。这种运输机在国内还是近几年发展起来的，要追根溯源的话，里面饱含着他们的心血。在重工业产品大调整时，他们找到了这样一个当家产品，并很快建立了科研所，使这一“貌似笨重、实为方便”的产品受到越来越多的人们所赏识。西德瓦尔布特公司还不远万里来这里“相亲”了。

宜昌市境内的北山坡旁有一朵芬芳浓郁的电子花，这就是宜昌地区电工仪器厂，该厂拥有较强的技术力量。1979年，国家一项重点工程在进行地面试验时，便使用了他们生产的程序控制稳压电源，当试验成功后，中共中央、国务院、中央军委特地给他们发来了贺电，现在，他们在巩固当家产品的同时，又研制出一种新产品——电解槽自动控制机，用上它，铝厂电解一吨铝可节电750度，产品问世后，机械工业部的领导同志特地到厂进行了祝贺。

没想到，小型拖拉机还有它走俏的时候。宜昌地区拖拉机厂自己设计生产的工农牌五马力拖拉机，能耕、能耙、能种，又能运输，当家农民的确需要这样的好帮手。这种场面使人眼热！

宜昌地区动力配件厂在开发新产品上颇有心计。他们不仅开发了喷涂机、钢筋剪切机，还从广东佛山引进了卷闸门这一产品，使自家厂有了新的气象。现在，他们又与广东佛山联营，成立了建筑装璜公司，向新的领域进行了开拓。

宜昌水泵总厂是一个实力颇为雄厚的企业，该厂生产的100D-45×9单级多级离心泵，曾于1984年为我国人造卫星上天服务，现有27个自吸泵安装在武钢1.7米轧机生产线上，目前运输正常、性能良好，100D-45多级泵1984年被评为机械部优质产品。

紧张地工作，忘我地劳动，严谨的态度，过硬的作风，换来了香甜的成果。

难怪他们能在全国同行业中夺魁呢！

城镇工业的发展，带动了区乡工业的发展，人们说中央“一号文件”是春风，吹得千村万户红，“无工不富”的思想已化为千千万万人们的行动，“五个轮子”一齐飞上了致富的大道。全区办起区乡企业66105个，从业人员达到24万多人，全区区乡工业产值达到3.8亿多元，比1980年增长4.97倍，现在人们想的，是过去不敢想的；现在人们干的，是过去人们不知道干的；小农经济的思想已逐步被人们摒除。看看，宜都松木坪水泥厂、宜都姚店淀粉厂、当阳长坂区麻球厂、枝江问安机械厂等一个个企业，从无到有，从小到大，在区乡工业中扛了大梁。

依山而建的宜都松木坪水泥厂，设计合理，工艺先进。长阳从日本引进了一条蘑芋粉丝生产线，使这为人们不屑一顾的蘑芋竟成了席上珍品。包谷、土豆在这里得到了转化。姚港淀粉厂既生产葡萄糖淀粉，又从上海引进了糖。

曾被定为“湖北名茶”的峡州碧峰茶是宜昌县太平溪茶场生产的，这茶以其“香气浓而持久，汤色黄绿透明，滋味鲜爽回甘，叶底嫩绿均齐”而博得人们的喜爱。1985年一举双夺桂冠，既获得省政府的优质产品的称号，又被农牧渔业部评为优质产品。

几年来，全区区乡工业已有了一批质量过得硬的产品，枝江问安机械厂生产的乙炔发生器，枝江云池花炮，当阳慈化的松花皮蛋等先后被评为省、部优产品。

有谁能想象这是过去搬弄岩石的手呢？如今，他们成了微机房的主人。

落户宜昌的这些军工企业，被人们称为“深山俊鸟”。现在，这些“俊鸟”又展开了它们矫健的翅膀。在新的形势下，他们把雄厚的技术力量迅速转化成新的生产力，在“军转民”方面进行可贵的探索，开拓出汽车，大马力柴油机、水泥窑、照相机、电视机、冷风机、蓄电池、电影转镜、变色镜等一大批民用产品，并且，不断在区域内推广了自己的产品。目前，他们与区内30多个企业有了“联姻”关系呢。远安车轿厂、当阳变速器厂就是在他们的支持下诞生的。大伙儿都夸他们是促进全区工业发展的有功之臣。的确，近几年来，他们为全区的工业发展尽了他们的力量，而且，可以预料，随着横向经济发展的深入，他们一定会为全区的工业腾飞做出更大的贡献！

时代在变、观念在变、生产方式在变，一切都在变啊！宜昌地区的工业就在这变革声中前进着！

1985年，全区实现工业产值12.54亿元，是新中国成立初的135.9倍，是1980年的2.6倍；全员劳动生产率达到10960元/人，是1980年的2.17倍；人均创税利2446元，是1980年的3.18倍。产品质量明显提高，有四个产品获得部优。27个产品获得省优，170多个产品被评为地区优良品。

亲爱的朋友，你看到这里，有什么想法呢？你能不为宜昌地区蓬勃发展的工业形势而欢欣吗？是啊，他们没有辜负长江所赋予的恩情，用自己的智慧写下了崭新的一章！

“六五”胜利过去了，“七五”之春来临，“七五”将是更美好而又更艰巨的五年。“宜昌地区向工业怎样再展宏图”？人们在认真思考了，大家在规划蓝图了。

“七五”期间，全区将要走出磷化工深加工的路子；开拓出轻纺产品新的品种和市场，加快引进步伐，提高建材、产品的水平；围绕旅游资源开辟旅游产品。把冶金和电子工业发展纳入重要的议事日程，把水电和食品工业推向新的高度。

我们预想，到那时，宜昌地区的经济结构将发生重大变化，经济实力将大大增强，地位作用将更为重要，宜昌将逐步成为全国的重要能源基地、旅游基地和新型工业区。

亲爱的朋友，到那时，宜昌地区的工业一定会以更新的风貌展现在你面前！

1986年10月

昭君故里的向往

——电视专题片《开发中的兴山》解说词

这是一条不普通的溪流，王昭君的传说，使它有了一个迷人的名字——香溪。

千百年来，香溪水流啊流，带给人间许多美妙的传说，带给人们许多温情的向往，带给人们许多甜蜜的回忆。

人们对昭君故乡的向往，寄托了人们对故乡的思念，对美的追求。

它再也不仅仅映照绝代佳人的芳姿艳影，它开始向人们诉说一个近似神话的秘密！

兴山县昭君塑像

这秘密就藏在兴山的每一处山川，每一方田野，每一片果园，每一片沙滩。

兴山县位于鄂西山区，地处长江西陵峡北岸，它东接保康和宜昌县，南与秭归县相邻，西靠巴东县，北毗神农架林区。

《兴山县志》记载：兴山环邑皆山，县兴起于群山之中，故名兴山。

兴山，它有过辉煌的古代文化，三国以前，它为南郡秭归所辖，故有“秭城”之称，春秋战国时期，它为楚国封地，楚人自谓的“高阳氏裔”就源于县内的高阳古城。

一代代的兴山人民在这块1300多平方公里的土地上劳动生息。

兴山人民渴望发展，渴望进步，政通人和的春天一到，他们就展翅而起，高速度地腾飞了。

首先是这些“父母官”们，他们掌握着兴山的命运，为了改变这片山水的面貌，他们勇敢地挑起了开发建设兴山的重担。

他们相信党的领导，相信人民的力量，相信自己的才智，组织专班，对兴山境内的一山一水详细的调查之后，一种开创性的战略构思出现了，那就是围绕兴山的资源和优势，大力发展小水电、矿产、林果业、旅游业，走一条具有山区特色的商品经济的路子。

兴山县昭君文化园一景

知识就是力量，尊重自然规律与尊重科学技术相辅相成。一项项尊重知识分子引进技术人才的政策出台了。

不少外地科技人才相继来兴山讲学和指导工作，为兴山人民描绘了一幅开发建设兴山的远景。

地质工程师回家乡了，他们被家乡的30多种矿藏所吸引，立志贡献自己的学识和才华，为家乡人民造福。

园艺师们焕发了青春，扎根山区十几年，他们所盼望的就是这一天啊！

全体兴山人民行动起来了，从知识分子到工人农民、从领导干部到普通群众，齐心合力，向贫穷宣战，向文明进军。

他们不再是愚蠢的战天斗地，而是科学地改造山区。

潺潺流水，难道你只能供多愁善感的男女发思怀之幽情吗？不过兴山人民将要把它转换成电能。

全县156条溪沟中，蕴藏着12.26万千瓦的水能总量，年开发的达16万千瓦，这是一笔多么巨大的财富啊！

1981年以来，县政府组织专班，对3000多平方公里的流域面积逐段进行了规划设计，一个个水电项目破土动工，一座座小水电站接二连三地建成投产，到1985年，全县已建成57座小水电站，装机2.7万千瓦。

电开始在全县几乎所有的区乡发挥了魔力。

电到之处，农民传统的生活和生产方式受到了冲击，油灯被淘汰，石磨已成古董，一些祖辈们不曾见的新玩意儿涌进了房屋，来到了田头……

兴山县被列为全国100个电气化试点县之一。

由于有了电，兴山人民所有想办的事情都有了可能。

乡镇企业遍及全县的每一个角落，工厂在庄稼人眼里不那么神秘了。

巍巍青山，难道你只能供风雅浪漫的游客遣发诗兴吗？

不，它峭拔的外表下面埋藏着取之不尽的宝藏，兴山人民将要把它请出地心深处。据勘查，兴山境内埋藏着3.8亿吨磷矿、100万吨硫铁矿，2800万吨煤矿，还有金、银、钒、铝、锌、大理石、石灰石等。

1958年的大办钢铁是劳民伤财的蠢事，今天兴山人民开发矿产是极有价值的高策。

煤矿、磷矿、硫矿三大矿业的兴起，构成了兴山地方工业的主体。

国家办、集体办、个人也办开采，运输、加工在逐步形成一条完成的生产体系。

“矿产资源的利用是有水快流”既满足了工业市场的需要，又搞活了兴山内地的经济，不失为一条卓有成效的方针。

茂密的森林，肥沃的土壤，适宜的气候，充沛的雨量，这些得天独厚的自然条件，难道人们就永远不识他们的真面目吗？

兴山县昭君文化园一景

乱砍滥伐、破坏生态的恶果，农守耕单一发展的教训，使兴山人民醒悟了，开始具备起立体思维和立体眼光。

全县53%的森林覆盖，1000种以上的木本植物树种组成了这个被列为湖北省7个重点产材县之一的广阔林海。

品种繁多的柑橘、油桐、茶叶、核桃、苹果、猕猴桃、黑白木耳、香菇、药材又组成了一个土特产的大家庭。

身在宝山的兴山人民终于识宝、惜宝、种宝、用宝了。

柑橘种植面积不断扩大，柑橘优良品种不断增多。兴山，可以当之无愧地享有“橘乡”的美称了！

秋天是收获的季节，兴山的柑橘延长了这里的秋天，不是吗？你瞧瞧，5月有夏橙，9月有蜜橘，10月有脐橙，腊月有血橙……

满天遍野，十里飘香。

迤逦美妙的风光，古迹斑斑的名胜，革命岁月的遗址，血火见证的文物，这如此丰富的旅游胜地，难道人们就永久地让它深屋藏娇、孤芳自赏、风剥雨蚀吗？

不，具备了审美意识和经济头脑的兴山人民已经发现，这上面不仅有饱人眼福的奇观，传统教育的教材，这上面还有——黄金。兴山人民着手建设大有潜力可挖的旅游工程了。

随着旅游网点的修复和线路的开通，祖国各地的游客纷沓而来，络绎不绝。他们兴致勃勃地投入了名山名胜的怀抱，了却平生的夙愿。

看一看高岚的山，这山会使他们高远宏达。

喝一口香溪的水，水会使她们漂亮、聪慧。

登上昭君的梳妆台，舞弄青丝，以求秀发柔美似水。

登上宝坪的昭君宅，赋诗作画，以慰暮年童心如故。

远方的游人醉了！醉在昭君故土的灵秀，醉在神山圣水的魅力，醉在今日兴山风貌的新姿。

变了，兴山变了。

然而，最能发现这种变化的是兴山人自己。物质宽松了，精神富足了，他们真正感受到了生活的意义和乐趣。因此，他们也变了。

他们挺胸抬头，变得爱说爱笑，变得盼望明天。

是啊，明天！兴山人民在朝着明天更好的日子大踏步地奔去，这不是神话，而是现实。

1986年10月撰于兴山香溪河

风采“税页”

一

十年寒暑，十年春风。

宜昌地税就这样走过了10年。历经寒暑的磨砺，她才更加闪光；淋浴着春风的神韵，她才更中的风采。

惊天的三峡，是今天宜昌的骄傲。

宜昌地税更是骄傲着、自豪着。10年，虽然“弹指一挥间”，但她却以“铁肩”肩负起历史的重任，以“妙手”著述一篇篇美妙的文章，为“金色三峡”、为“银色大坝”、为“绿色宜昌”，以征税人特有的情怀，奉献着一颗颗无私的爱心。10年风雨，她孕育了地税精神的新高度，她弘扬起人才强税的主旋律；她奏响科技兴税的新韵律；她演绎出依法治税的新乐章，她谱写出文明创建的新凯歌。她把一个征税人的天职化作了一缕缕春风，吹绿了宜昌的山山岭岭，又化作了一缕缕雨丝，滋润了宜昌的原原野野。税源扩大了，10年，120亿元的税费收入；10年，从3.8亿元至26亿元的增长，这是一个多么了不起的数字啊！这是春风吹开的鲜花，这是春风滋润的硕果！这是宜昌走向辉煌的基石！

看看今天的宜昌地税吧，那是闪烁的星空；

看看明天的宜昌地税吧，那是腾升的朝阳！

二

“晴空一鹤排云上，便引诗情到碧霄。”

每当我们读到这诗句时，便会想到那晴空，那群雁，那诗情。我们也会更多的想到那领头之雁。

在三峡宜昌的这片晴空之上，地税人就如那群雁般在翱翔、翱翔……坚强的地税班子也正如那头雁一般，引领着，朝着那既定的目标奋飞着、奋飞着……他们共同倾注着税收的“诗情”，谱写着税收的新篇。

调整，班子更加富有活力；提拔，班子更加富有朝气；监督，班子更加富有战斗性；探索，班子迈出的步伐更加坚毅。他们迎风挥雨，他们与时俱进，他们的发展思路更加清晰。10 年，心拧在一起；10 年，擎攥在一起；10 年，他们塑造了一个崭新的形象，那就是头雁，勇往直前的头雁。

春风多好，云多好；绿上柳稍，桃李妖娆。我们的地税如群雁，有这么好的头雁引领，何愁不引“诗情”到碧霄。

前方，那是春光！

前方，那更是辉煌！

三

面对着天安门，面对着五星红旗，你该想到什么？毫无疑问，是我们每一个税收干部的责任。为了天安门更庄严，为了五星红旗更鲜艳，宜昌地税人把天职化为了不尽的动力，架起了为祖国聚财的彩虹。

10 年来，成功移殖了深圳模式，构筑了 IS400 平台，开发出“国库经收，税款直达、微机联网”的新税收入库系统，开发出定额式、剪贴式、裁剪式发票，成为全国首创，得到同行首肯。可以这样说，一分心血，一分创举，一分便利，一分成绩，这就是宜昌地税的贡献！

10 年来，宜昌地税额大幅增长，年均以 20 点速度跨越，人均税收高达 180 万元，可以这样说，这就是宜昌地税的贡献！

有人说，朝阳似火。是的，宜昌地税正如一轮朝阳，融注进她那一份天职，焕发出她那无穷的生机。

10 年地税，她年轻，她充满希望，她带给我们更多的憧憬！

四

花红了，果熟了。

这花红，有着地税人倾注的心血；这果熟，有着地税人挥洒的殷勤。

在三峡这块热土上，在宜昌地税这走过的10年风雨历程中，他们把服务地方经济视为自己的神圣使命，把心用在源上，把情用在民上。开源聚财，扶贫济弱，在“旅游大发展、企业大调整、资源大开发、农业产业化”的新一页蓝图里，真的，财源就那么滚滚而来，脱贫之歌那么娓娓唱响；“企业增效益，国家增税收”的双盈画卷就凸现在我们面前。10年来，地方新增2亿元可用资金，这是一笔多么了得的财富！在“促进再就业，增加纳税人”的“牵手”活动中，1500名下岗职工成功地重上岗位，这又是一份多么了得的功绩！

花的确是开了，她是带着宜昌地税人的情怀而芬芳的；果的确是熟了，她是带着宜昌地税人的风韵而香甜的。

我们赞美花，我们品味果，我们更为宜昌地税人的情怀和风韵陶醉。

五

昨日一夜雨，今宵一园金。

好啊，当我们感受这雨时，我们怎能不想到宜昌地税这“服务”的风范。宜昌地税，她以人性化的理念培植出人性化服务的花蕊，这花蕊就香遍了宜昌的山山水水，香遍了千千万万纳税人的心扉，凭借文明创建、廉政建税的春风，这花蕊愈开愈新鲜，这馨香愈来愈浓郁。办税大厅是扇窗口，一缕缕温情微笑的芬芳就从那窗口透出，查前告知制、查前辅导制、税前约谈制、纳税提醒制，这一项项新建的制度，也如一阵阵春风温暖了多少纳税人的心怀；开通的语音服务信箱，也如一阵阵春雨，有多少纳税人遭遇的涉税难题，就在这春雨中不知不觉地化解。一个个电子显示屏，电子触摸屏，一个个公开公示栏，一个个廉政举报箱，又让多少纳税人感受到这个中的深情。

同样，人也在感受这美好的时刻。走过了10年的风雨，冰雪让大地更加玉洁，春风让大地更加翠绿。宜昌地税将拥有更加明媚的春晓！

2004年3月12日

一束绽开的桂子

——献给华中师范学院数学系自动控制研究室

这是一篇大学时的习作。写于1978年11月4日，作文指导老师给予了较好的评语："题目新颖别致，引人注目"，"开头写出了桂子给人的美感！富有诗意"，"引用古人诗句恰切形象"，"深切感人，余味无穷"等；并给出少有的90分的高分。

（一）

"十里荷花，三秋桂子。"

以前，我对荷花是极熟识的，却不认识桂子，可是桂子的"形象"老萦绕在我心头。我想：她或许如牡丹那样娇艳，或许如芙蓉那样俊秀，或许如玫瑰那样奇丽，或许如芍药那样妩媚……不然，人们为什么把"科举及第"比作"蟾宫折桂"呢？为什么把桂花酒作为最美的饮料呢？

今年金秋十月，我来到了桂子的故乡——桂子山，才第一次认识了她。哟，"小萼点珠光"！她竟小巧得很，一丝一毫不见她有与百花争美比俏的架势。她含羞地把自己那鹅黄且多情的面颊隐藏在碧叶丛中，而竭力地把自己的"才干"贡献给生机勃勃的大自然。看！桂子山四处飘香，我们恍惚到了一个桂子的香海之中！

最近，我们走访了"华中师范学院数学系自动控制研究室"，觉得桂子山上的这个小小单位也就有如一束绽开的桂子……

（二）

“华中师范学院数学系自动控制研究室”（且叫它“自控室”吧），说它小，不仅是因为它总共人员才8个，它所占的地盘也不过10来平方米的房子几间，还因为它的“自控基础值”几乎等于“0”。然而就是他们，在这不大的地方，却干出了一件使你难以置信的事来——他们从“0”开始向“∞”（读作无穷大）进军，用自己的双手生产了一台达到国家先进水平的小集成电路电子计算机。

电子计算机，这门新的技术，在它从20世纪40年代中期兴起之日，就以它特有的俏姿跨入了现代科技的先进行列，它那年轻的生命在现代工业、农业、国防和科技中显示出极其旺盛的青春活力。

我们国家是1956年开始研究它的。1958年，第一台电子计算机在中国科学院电子计算机研究所光荣诞生。20世纪60年代初，广大科研人员又着手了第二代生产。60年代中期，轰轰烈烈的“文化大革命”爆发了，风暴雷霆，人们都一股脑儿地卷了进去，这项科研任务也便暂时中止了。20世纪70年代初，国内基本上又有了个安定团结的局面，“向电子计算机进军”这样伟大的历史使命又横亘在人们的面前了。

——电子计算机在整个国民经济中占有重要地位，是发展方向；

——1980年毕业的理科学生都应该学会使用电子计算机……

“中央说了话，我们怎么办？”全国好多科研单位都在考虑这个问题了。华中师范学院——这个在全国80多所师范院校中享有一定地位的学府也在考虑这个问题了。

“买吗？ 60万元资金何处来，又向哪儿去买？”

不买吗？怎么办？计算机的课怎么办？

怎么办？怎么办？怎么办？

“干！为了培养合乎国家标准的人才！”共产党员、数学系教师张淦生同志首先表示。

“干！为了攻克科研项目！”共产党员、数学系教师梁肇军同志坚决支持。

“干！干！我们自己干！为了更美好的未来！”好几个教师都响应了。

这时学院领导恰好从外地参观回来。饱受大好形势的熏陶，对他们这种激扬的革命热情非常赞赏，马上表了态：“好！党委支持你们！”

于是，张淦生老师便带领着六七个人，收拾了几间不大的房子，一面闷锣一面鼓地干起来了。桂子山上的一枝新的金桂落种了……

（三）

俗话说：“打榨熬糖，各干各行。”

“山东的猴子不服河南人牵。搞理科的能应付工科吗？搞数学的能攻下电子吗？”好心的同志总是这样猜度。

他们的回答很干脆：“行！”

但是困难是必须承认的。他们这七八个人中没有一个研究生，更没有专家和设计师，而且也没有工人呢。也就是说，从设计绘图到焊接安装都得靠他们一手一脚地干起来。并且还要上重庆下上海，奔广州跑北京去采购原材料。他们这七八个“不稂不莠”的人能行吗？

他们的回答仍然是干干脆脆的一个字“行！”

他们都是搞数学的，一支铅笔一张纸，很会计算，他们算出了大科学家爱因斯坦的答案。A=X+Y+Z。即事情的成功等于刻苦钻研、勤学好问再加上不说空话。

韩偿老师是负责电流部分的。他常想：电子计算机，电子计算机，电是放在前面的，自己的任务不完成，会影响全局，一定要当好先行官。其实，他并不懂电，对于离速度发展的电子学他更陌生。他借来了好些书，什么《半导体电路》，什么《稳压电源》等，看呀看，画呀画。那么什么高电压呀低电压，正电压呀负电压的，简直把人搞得晕头转向。韩老师被蒙在里面了，但他却钻出来了，出来时就清醒多了。他又跑了好些院校，请教了好些内行，终于着手设计安装第一台电玩设备了。

负责这一部分的就只有他和伴随着他的身影。他先把图绘在自己的脑子里，再把图绘在纸上；他先去贵州一个厂买回了 10 台废品电玩设备，取下了有用的元件，又去上海复旦大学买回了两对集成对管；他先检查了“万仪表”，又想好了一个测定“差分参数”的土法子。

科学实验总免不了失败，在调试第一台电玩时，他整整花了两个月的时间。你问他失败的次数他也没法说清。但他会告诉你，问题就出在那两对集成对管上。太迷信人家了，光怀疑自己的技术不行。哪知后来用咱的土法子一测，是管子坏了。看来还得解放思想啊！

是的！思想彻底解放了，智慧就会降临，新的航道就会开通！果然，失败孕育了胜利，一年的时间，韩老师便用自己的双手组装了合乎要求的20台电玩，为落土的金桂发芽准备了必要条件……

（四）

给大家看一张图吧。

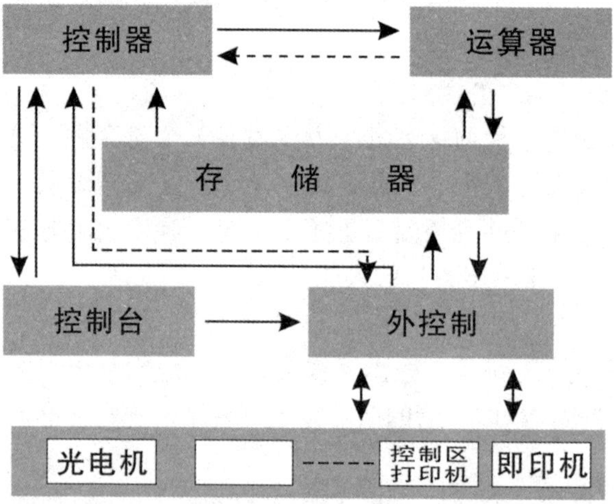

这张图就是挂在“自控室”内的“S73-3型电子数学计算机框形图”。为什么叫“S73-3型”呢？因为1973年3月，那是个难忘的春天。春天，太美了！是她滋润了人们的心田，是她带来了金桂的种子……

表面看来，这个“计算机”极其简单，其实它复杂极了。“欲穷千里目，更上一层楼”，还是让我们登上庐山之巅去欣赏一下它的真面目吧。

看看运算器。它是由两个高2米，长0.8米，宽0.64米的立体柜式的装置组成。这“柜”的正面，每个分成7层，每一层竖放集成电路印刷线路板28块，也就是说共有“印刷板”392块，而且每一块板子的装置不同，功用又有异；板子上的集成电路装置疏密有致，整齐清爽。特别惊人的是每块板子上的焊点，最少的就有160多个，最多的竟达600。焊丝呢，比头发还细，24平方寸的“印刷板”上，要进行这样精细的焊接工作，真使人望而生畏，不寒而栗。但是他们——这些无畏的人，却大胆地用焊枪开路，斩棘披荆，跨越飞登，1万多个焊点被他们就像蚂蚁啃骨头一样啃了个精光。

这个“柜”的背面，又是另一番景象。它完全是由极细的红绿漆包线

织成的蛛网。说它复杂，真像巧姑娘手下勾织成的彩色花纹被幔；说它精细，就像人体的动、静脉血管一样，不容有丝毫错搭、错连、错交叉的地方。不然，就是“一脉一活，周身不遂”了。

负责这部分装置的4个同志，也没有学过焊接工艺学，因为他们都是学数学的。虽然他们还不能用电子计算机去计算手下的工作，与四个现代化的距离遥远，但他们心中早已有了个正确的答案，眼中早已有了个光辉的目标。“着眼点——四化”！李邦几老师看准了她，李颂东老师看准了她，他们都看准了她。这个目标虽然是遥远的，但却是宏伟的璀璨的。无穷的力量也就从这里产生。他们明白，不懂能学懂，不会能干会。实践出真知，实践长才干，她们在实践中前进了。

这个组还有一个青年教师叫廖明海，多好的同志啊！他并不是共产党员，但他时刻以共产党员的标准要求自己。第四届全国人大，敬爱的周总理再次向全国人民发出了“向四个现代化进军”的号召。这个口号震撼山岳，也震动着他的心灵。他说：“四化是干出来的，不是看出来的！”当时“人防”建设需要人，他被抽去了。他负责的焊接部分还有1/2没完成，咋办呢？他没有把这个担子卸给同伴，“担不加斤啊，别人都很重了”，他仍然担在了自己的肩上。在“人防”工地他上了白班，就在“自控室”里上夜班，在“人防”工地上了夜班，就在“自控室”里上白班；日复一日，夜复一夜，整整搞了一个月。他的“人防”任务结束了，一屁股又钉在“室”里了。多好的同志，多可贵的精神啊！世界上能有一种计算机把它计算得出来吗？

以蠡不能测海，管中却可窥豹。同志，读到这里，你难道不为他们的精神所感动吗？是的，他们是些平凡的人，然而正是他们却用了不平凡的精力和心血去催芽，桂子山上的一枝新的金桂顶破地层露出了“尖尖叶”来。

（五）

“小荷才露尖尖角，早有蜻蜓立上头。”关注和支持的人可多呢！

然而，事情并不是如人们想象的那么风顺，顺流而下的船只往往会遇上暗礁。正当他们干得很爽心的时候，一股黑风吹到了武汉，是从“四人帮”那儿吹来的。好好的一个桂子山，本来芳香溢浪，扑鼻醉心的，又夹入了几股飕飕寒流，使人恶心呕吐，却又教人迎风而进。

风摇树动，鸟过毛落。

“要算盘，不要电子计算机！”的大字报贴上了街头；

“要开门学朝农，不要关门搞科研！”的大标语刷满了校园；

“算了吧，武大那么大，都没搞得了，趁早借梯下楼吧。”风凉话吹进了“自控室”；

“我们应该学柴油机，不应该学计算机”！刚跟班实习的几个学生也动摇了。

“同志们！”在一次小组会议上，共产党员张望生老师却站了起来义愤填膺地对大家说道，“风能摇动树，却不能摇动我们的心！我们是为实现四个现代化搞科研。对此，党中央有指示，国务院有指示，我们没有错，没有错！我们都不搞计算机，难道说要我们的子孙万代都与我们的祖宗一样去拨算盘吗？”他说得相当激动，愤怒的目光从他那对有神的眼里直射出来。

“我们要坚决干下去！”得到的回答是那样的肯定，又是那样的整齐。

这时学院领导白瑞西同志、刘丙一同志、郭抵同志都来看他们来了，给他们带来了温暖和动力，带来了鞭策和鼓舞。系领导邓副主任也来得更勤了。

全组8个人的心连得更紧了。

从此，张淦生老师更把心贴在这里了，每日的三餐饭，总见他是在“自控室”内吃完的；为了工作，将自己的一切置之度外。有一次，他的小孩重病了，爱人又当班，她临走时叮嘱他快把小孩弄去病治，可是他没有。还是他爱人下班后，噙着泪水把小孩背到医疗室去。那时，他——张淦生老师想的是自己的身份，自己的责任，一个共产党员的中流砥柱的作用啊！

有名的大渡桥事件以后，无政府主义更加泛滥，虽然不及决堤的黄河水那样汹涌，却也给社会带来了灾难，好些人成了无政府主义的殉葬品，闹工资讲待遇要党票，而不上班不生产不工作。

但是“自控室”的一位同志——共产党员梁肇军老师恰恰相反，他的心更恋上“电子计算机”了。他家安在武师，离桂子山有10多里，往年的晚上，他都要在家帮助料理料理，这时却顾不上了；往常的星期天他都是在家中消遣度日的，这时却总见他是一头扎在“自控室”里埋头忙过的。

机器组装好以后，便要调试指令。张淦生老师却因公去了襄阳。日子过得真慢，熬煞人呀！还才是1975年10月，张淦生老师做了一个梦，美梦。他梦见丛丛的桂子中自己的计算机放声高唱了时代的最强音《东方红》，他像个小孩子一样拍手大笑了……然而，梦醒后他并不感到失望，他坚信自己的事业，寒冬已临，春天还会远吗？

春天不会远了！转瞬就是 1976 年 3 月，虽然室外还是凉意侵人，但室内早已是百花盛开，春意盎然了。

梁肇军老师正聚精会神地和同志们一道轮流地用他们那又酸又木的食指按动键盘，调试指令。

……一千次，两千次，三千次……；……一小时，两小时，三小时……啊！终于在三月三号上午找到了一些较稳定的单元！

……指示灯燃了，灭了；又燃了，又灭了……人们的悬着的心伴随着指示灯明灭忐忑地跳动着……

突然！“5 56 | 2— | 1 16 | 2— | ……”破窗而出，向云天飞去！“是机器唱的！是的！是的！！”茫茫的黑夜见着了光明，无边的苦海有了尽头。老师们兴奋得真不知所措，一个个泪水盈盈地憨笑着、憨笑着……

呵——

远方的白云啊，你为什么俯首窥视，你是想和我们的老师一起享受这幸福吗？刚吐芽的金丝呀，你为什么轻歌曼舞，你是和我们的老师一样万分高兴吗？怒放的桃花哟，你为什么笑出了深深的酒窝，你是和我们的老师一样看见了成功的希望吗？

——呵！桂子真的要绽开了！

（六）

战过酷暑，迎着秋凉，桂子就开在 1976 年这金色的 10 月里，空气是那样清新，大地是那样明亮。他们只觉得年轻了许多，精力充沛了许多，眼睛亮极了，房子宽多了，一天不干就觉得一天不舒服。他们甩开膀子欢欣地干着——不仅要使机器引吭高歌，更重要的是要早日给它一个聪明的脑子。让它学会它自己的语言，机器语言。

这个语言还得靠人编了后再教给它。不然便可能将三年心血付诸东流。

这确实是个难题。语言这东西本来就不是随便可以学好的，何况还要自己创造后再教会机器呢。

但是，困难吓不倒英雄汉。这个困难远远比不上挖太行、王屋二山；愚公把两座山都搬走了，难道愚公故乡的七尺男儿还能跪在山脚举手“投降”吗？

李邦几老师就是愚公。他很遗憾计算机初放歌喉时不在场，心中多出了一个空缺，此时他真恨不得为了填满它而一肩把“太行、王屋”挑走。他自觉地一声不响地干着。

秋热仍然如火，电扇呼啦啦地吹着，室内的气温降了，但李邦几老师内心的那股热情却更高了。为了早日完成编码和电脑储存工作，他的双眼已经布满了血丝，脸颊消瘦下去了……

岂止是他！他们都没有被吓倒！

“倚天剑，锷未残”，指顾崎岖成坦道，苦战能过关！他们抖擞精神攻下了它！10 月里，一台完完全全按照自己意愿生产的电子计算机终于摆在人们面前了。

看吧，它有三套运算指令。

——短定点指令，是适应学生上课而设计的；

——中定点指令，是适应一般计算而设计的；

——长定点指令，是适应科研计算而设计的。

经过一段一段调试检验，完全合乎要求：式样美观，结构严谨，计算能力也相当强。

到这时，一束桂子——桂子山上的——献给祖国的桂子就真的开放了，金黄金黄的，喷香喷香的，像闪光的星星镶嵌在宝蓝色的天帘之上，像西宫的琼浆饱和在清新的空气之中。同志，你不妨做一次深呼吸吧，这个滋味该有多美啊！

（七）

花香也飘到了北京。

全国科技大会召开以后，院领导从北京带回了中央首长对他们的问候和关怀。院领导高兴地说：

——“高教部表扬了你们。你们为实现四个现代化做出了可喜的贡献。”

同时，院领导也向他们传达了国务院的殷切希望：

——继续努力，再进行“电视卫星教育语言”的研究，这是国家科委 108 项任务之一，力争 1985 年完成。

这确实是个非常鼓舞人心的喜讯。当我们听说了此事，便情不自禁地问起来了：“中央领导同志都表扬了你们，为什么不见你们写点材料呢？”

莫看张淦生老师是40出头的人了，在回答我们这幼稚而好奇的问话时，竟很有点羞涩："我们根本没有想到过写点什么的，我们只觉得才做了我们应该做的一点点微不足道的工作。"然而，当我们问到他们对八五年完成新的科研任务有无把握时，他却是那样爽朗而又自信地并没回答，只是笑了……

真傻！这样的问题还值得问吗？我责备自己了，看看人家的过去，预测不到将来吗？你就仔细品味品味这笑声吧。它含有"可上九天揽月"的气质，"可下五洋捉鳖"的雄心，也饱含着对前景无比向往的必胜信念呢……

……我简直想得太多了。倏地，不禁从心底升起了对他们的无限敬意。我觉得他们就是桂子山上的桂子，虽然也有极美的花朵，但从来不愿显示自己，只把沁沁的芳香献给人民，即使是绚丽的"四化"之花在神州大地如火如荼怒放的日子，看吧，也必定是这样……

啊！满山绽开的桂子，这时，我才真正认识了你！你不仅是桂子山的骄傲，更是整个中华民族的骄傲啊！

1978年11月22日

九月兰花总赋香

——写在《竹海那方情》后面的话

吴绪久

为了这本书能顺利付梓，我市文学界的朋友们给了很多帮助。市文联的吴强副主席、曹红主任、杨延俊主任，西陵区文联的阎刚主席在其间也作了很多很好的且有力的工作。自然，还有温新阶主席、韩永强主席，以及力人主席等友人都给予了必要的关心，我是应永远铭记于怀的。

我收到稿子的那天正好是我老伴的周年忌日，我很欣慰，这也是对我老伴最好的告慰。我的老伴为我作出了那么多无形的奉献、无声的支持和有力的鼓励，才使我在文学的路上走下去，坚持下来。《竹海那方情》这书有可能成不了大气候，但毕竟是一种成果，这应该是天堂的老伴高兴看到的，她应该为我高兴的。

那天，我也去取回了我特地为老伴雕刻的一朵玉质兰花。这是我缅怀老伴的一件信物。没有老伴，就没有我的文学；没有老伴，就没有我的成果。我要虔诚地向我老伴致意！当天，我写下了一则微文，记录了玉质兰花的本事，表达了我无限的缅怀之情。《竹海那方情》即将付梓，我想重新录下这段文字，再次表达对天堂亲人的虔诚和敬重，对天堂亲人的思念和缅怀。

下面是我 9 月 28 日所写的一则文字：

这图是一个玉雕，玉雕的白玉兰。这是我特地为缅怀我的老伴而请玉

雕师雕制的。这玉也是我从新疆带回来的，可也不是一般的玉，是有故事的玉呀！我是7月下旬随女儿、女婿到新疆的。那天住在边陲小村乔木村，下午到乔木河边去游玩，河里的水好，石头也好，我拍了些照片，还捡了一块小石头。晚上我把照片发给弟弟妹妹们看了。大弟弟玩石头比我专一，也是让他欣赏欣赏。由于相距太远，也只能这样。他倒是希望我带块小的回来做个纪念。那块小的我真的带回来了，但那的确是块很普通的石头。而小妹妹也是来话了，她说，这次去新疆能捡块玉回来，那就真的值了。新疆是有玉的，但不是你想捡就能捡上的。我给小妹妹回了微信说，一是没时间，二是没运气。在新疆一天都得跑1000多里路，哪里还有时间去找玉呢？没有运气，有玉你也遇不上呀！我说的是实话。然而，那天晚上不知何故，我竟做了一个很奇怪的梦。梦见我回到了老家乡下，老家正有人在办丧事，房中停着一口棺材……醒来后，这事让我很是纳闷，心里一直放不下，无缘无故为什么做这样的梦呢？这一整天我的心就忐忑着，像压着一块石头。记得那天是往赛里木湖去的，车是走的省道。一望广袤无边，几乎没有人户。但走着走着，走到兵团国家牧场时，司机突然停车了，他想方便下。我也下了车，我想拍风景，在路肩处，我拍了两张，一低头，看见脚下有块石头，很小，我还是好玩地捡了起来，一看，觉得有点玉的味道，尽管小，还是蛮高兴。那个地方本来就用铁丝网围着，路边处有这样一块石头就不错了。正准备上车，我见司机还没来，便又想着还去拍两张照片吧，这样又多走了两步。拍完照，我见铁丝网下的草丛里有块石头，我又有点兴趣地把它捡了起来，这一下我真的高兴了。这石头比拳头还大，虽有残缺，但正是这残缺让我更兴奋了：是玉！真的是玉！还是一块金丝白玉！对着太阳光看了看，我敢肯定是玉了！这时，压在我心中的一块石头才算落地了。从那一刻起，我便决定把这玉带回来，这是上天的意思，是送给我的礼物！从新疆回来后，前不久我请玉雕师傅看了，他认定了是一块玉，这样我便决定请他帮忙雕刻成一朵玉兰，因为我老伴名兰，这朵玉兰就是缅怀她的最好的信物。事也凑巧，事先也没约定，昨天玉雕师打来电话，说雕刻好了，让我今天去取。明天就是我老伴的周年忌日，今天取回来，明天正好可以摆供在堂了！的确，老伴这一生留给我们的精神遗产、品格遗产是丰富的、是宝贵的、是无法用金钱衡量的。在做墓碑时，我给她做了一副挽联：

平凡铸就人生秀
贤慧长书大地兰

这一生，她就是在用平凡和贤慧说话。这是无价的家风！人们也说，金有价而玉无价，你能说这朵玉雕的白玉兰，且是有着这么多故事的白玉兰，能不是无价之宝吗？她应该是开在我们这个家族中的白玉兰！

小河流水忆沮漳，
九月兰花总赋香。
贤慧平凡当大写，
子孙代代应风光！

——母爱无限，家风无价。

愿天堂的亲人永远安好！

2017年10月15日于宜昌半岭居